講談社文庫

風の陣

一 立志篇

高橋克彦

講談社

風の陣㊀【立志篇】

目次

【主な登場人物】〔官職・階位は、天平勝宝九年（七五七）春前後のものである〕

丸子嶋足《まるこのしまたり》　陸奥・牡鹿出身の蝦夷・宮足《みやたり》の息子。都で大内裏の警護にあたる兵衛府に仕える〔無位〕

物部天鈴《もののべのてんれい》　陸奥・東和で蝦夷をまとめる物部二風《にふう》の息子

伊治鮮麻呂《これはるのあざまろ》　陸奥・伊治（現・栗原郡）の蝦夷・豊成《とよしげ》の孫

物部水鈴《もののべのすいれい》　物部天鈴の妹

物部言人《もののべのことんど》　馬商人として都に常駐し、情報収集に務める物部一族の一人

百済敬福《くだらのけいふく》　渡来人。十二年間陸奥守を務める〔従五位上〕

坂上苅田麻呂《さかのうえのかりたまろ》　都の警護にあたる衛士府の少尉。田村麻呂《たむらまろ》の父〔正七位上〕

藤原仲麻呂《ふじわらのなかまろ》　光明皇后の皇后宮職が改編されて成立した、天皇の大権を代行する当時の最高官庁である紫微中台内相（長官）〔従二位〕

橘　奈良麻呂《たちばなのならまろ》　失脚した前左大臣・橘諸兄《もろえ》の息子。全国の兵士・兵器の管理、武官の人事権を握る兵部省の卿（長官）〔正四位下〕

藤原豊成《ふじわらのとよなり》　仲麻呂の兄。右大臣〔従二位〕

佐伯全成《さえきのまたなり》　百済敬福の次官〔陸奥介〕、次いで陸奥守〔従五位上〕

大伴古麻呂《おおとものこまろ》　陸奥に設置された軍政府・鎮守府の長（将軍）〔正四位下〕

上道臣斐太都《かみつみちのひたつ》　天皇側近の警護にあたる中衛府の舎人《とねり》〔従八位上〕

秦多麻呂《はたのおおまろ》　備前出身の武人

佐伯美濃麻呂《さえきのみのまろ》　越前守〔従五位下〕

小野東人《おののあずまんど》　備前守〔従五位下〕

賀茂角足《かものつのたり》　紫微中台の次官〔正五位下〕

高麗福信《こまのふくしん》　中衛少将（次官）〔従四位上〕

孝謙天皇《こうけんてんのう》　父は聖武天皇。母・光明皇后を後見として即位した女帝

道祖王《ふなどおう》　天武天皇の孫。塩焼王《しおやきおう》の弟。皇太子

大炊王《おおいおう》　天武天皇の孫。父は『日本紀』を編纂した舎人親王《しんのう》

黄文王《きぶみおう》　天武天皇の孫。父・長屋王《ながやおう》は藤原氏の陰謀で自殺

【天皇家・藤原家関係図】

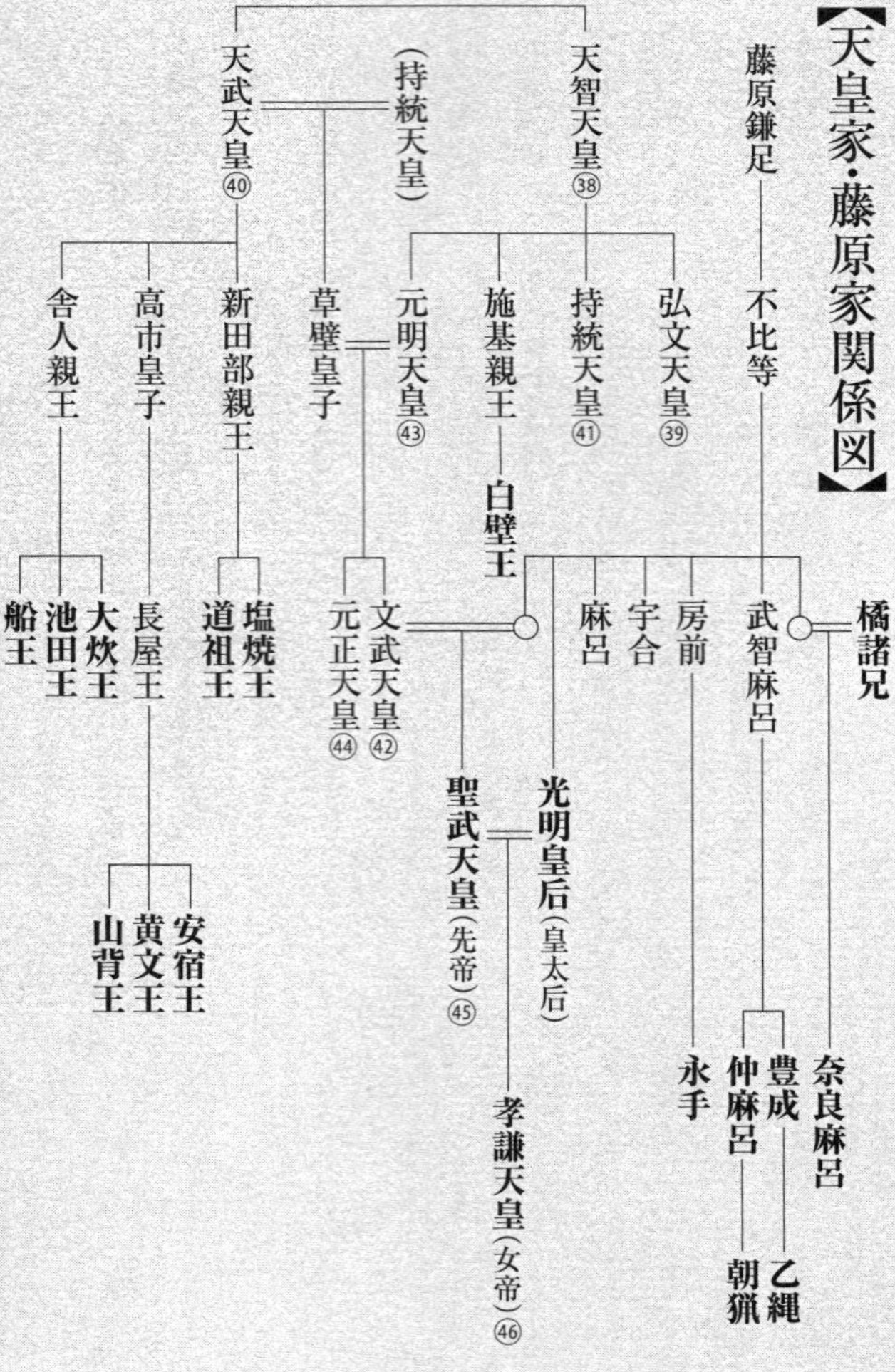

藤原鎌足
不比等
橘諸兄
奈良麻呂
武智麻呂
豊成
乙縄
仲麻呂
朝猟
房前
永手
宇合
麻呂
光明皇后（皇太后）
天智天皇㊳
弘文天皇㊴
持統天皇㊶
施基親王
白壁王
元明天皇㊸
（持統天皇）
天武天皇㊵
草壁皇子
文武天皇㊷
元正天皇㊹
聖武天皇（先帝）㊺
孝謙天皇（女帝）㊻
新田部親王
塩焼王
道祖王
高市皇子
長屋王
安宿王
黄文王
山背王
舎人親王
大炊王
池田王
船王

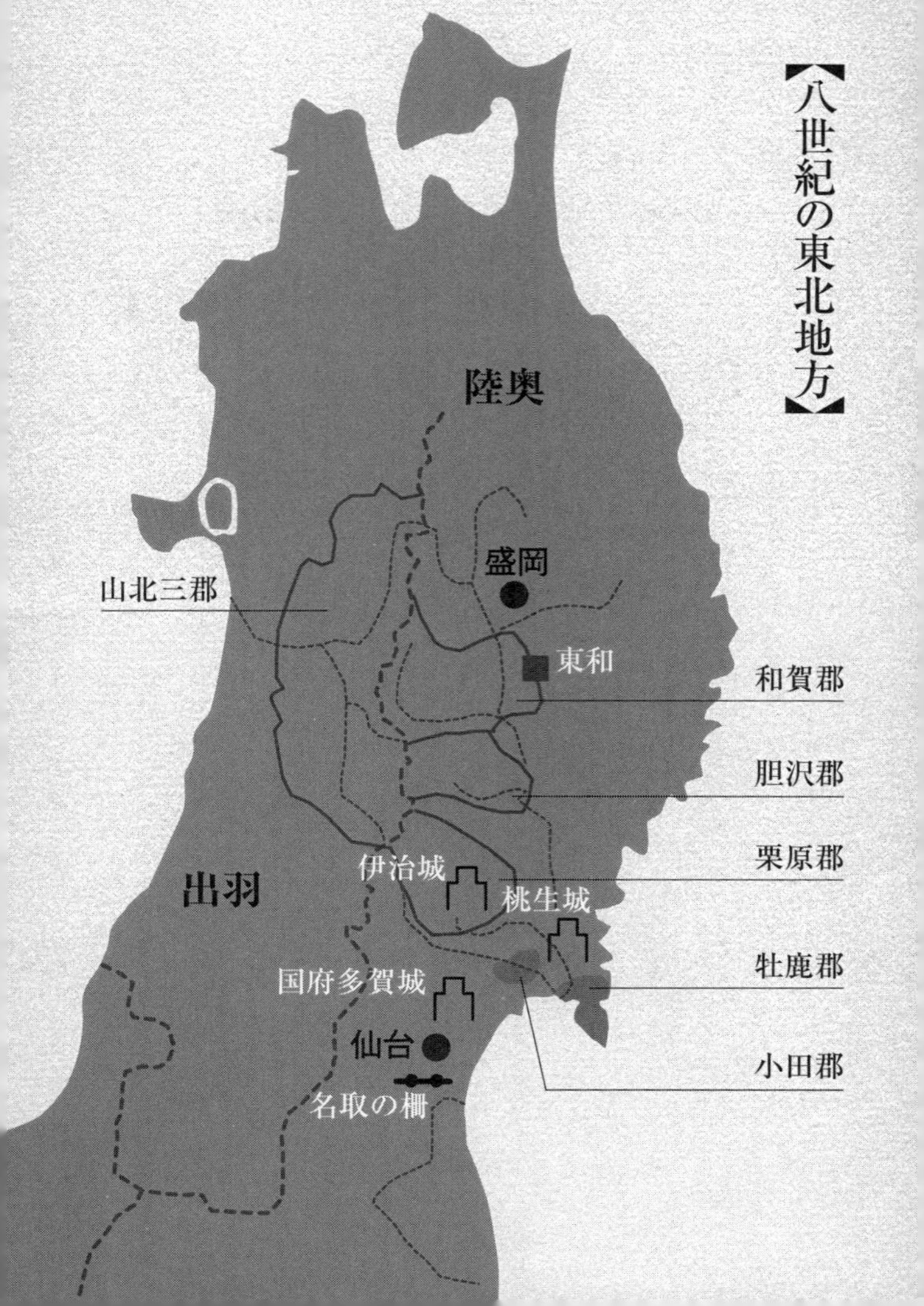
【八世紀の東北地方】
陸奥
盛岡
山北三郡
東和
和賀郡
胆沢郡
栗原郡
伊治城
出羽
桃生城
牡鹿郡
国府多賀城
仙台
小田郡
名取の柵

春疾風《はるはやて》

一

　聖武《しょうむ》天皇が国を纏《まと》めていた天平《てんぴょう》年間は仏教が遍《あまね》く国土に広められた時代であった。相次ぐ飢饉や疫病の発生、そして内政の乱れによる権力争いが天皇の心を仏による救済へと傾けさせたのである。天皇は諸国に国分寺《こくぶんじ》、及び国分尼寺《こくぶんにじ》を建立して国土の安泰を願い、平城京には空前絶後の大仏を鋳造した。また唐より鑑真《がんじん》を招き唐招提寺《とうしょうだいじ》を創建させたのもこの時代のことである。都は唐風文化に彩られ華美となった。仏教への加護は聖武の後、孝謙《こうけん》、淳仁《じゅんにん》、称徳《しょうとく》と三代に亘《わた》って継続される。仏教にとっての黄金時代であったと言っても過言ではなかろう。そしてそれはただの比喩でもない。仏の体は黄金で包まれる。仏が多く造られることは黄金の輝きが国土に満ちることでもあった。まさに黄金の世である。

が、問題は日本に黄金が産出しなかったことにある。唐よりの輸入に頼るしかなかった。それでは自《おの》ずと限界があった。寺を建立できても肝腎《かんじん》の仏がなくては用をなさない。朝廷は黄金の調達に苦慮していた。

そこに天平二十一年（七四九）、春早々に陸奥《むつ》から黄金が発見されたという朗報が舞い込んだ。これまで辺境としか見做《みな》していなかった陸奥が、この瞬間から朝廷にとって宝の蔵に変わった。陸奥の黄金があれば国家の鎮護が叶《かな》う。

しかし、朝廷の考える国家の中に陸奥が含まれていなかったことにすべての不幸の源がある。

国家鎮護どころか、その黄金を巡って朝廷はさらなる苦慮を負う結果となった。

陸奥に暮らす蝦夷《えみし》との果てしない戦いが黄金を軸として何世紀にも亘って繰り広げられることとなったのである。

二

それよりわずか三月《みつき》ほど前の天平二十年の暮。陸奥の小田郡《おだぐん》の山中を雪を掻き分けつつ進む二人の人影があった。一人は白髪の老人。もう一人はまだ三十代前半の屈強な男である。二人はやがて山の中腹の小さな庵《いおり》に達した。すでに夕闇が迫りはじめている。雪を踏む足音を聞き付けたと見えて庵の蔀戸《しとみど》が上に開いた。中から外を覗く目が光っている。若い男は笠を取って顔を見せた。中の男は笑顔を浮かべて外へ飛び出て来た。

「これはお早いお着きにござりますの」

男は白髪の老人の前に平伏した。

「昼からの雪。この様子では明日になると見ておりましたに」

「雪には馴れておる。一人か？」

老人は庵を顎で示した。

「浄山《じょうざん》も呼び寄せております」

「この山では、さもありなん。山の霊気を二風《にふう》とともに探って参った。よくぞ果したと褒《ほ》めてやりたいところじゃが……」

「その話は中にて」

男は遮《さえぎ》ると老人を庵に促《うなが》した。

狭い庵の中に畏《かしこ》まっていた浄山が二人を丁重に迎えた。老人は軽く睨《にら》み付けて上座に腰を下ろした。若い男がその隣りに座る。

「おひさしぶりにござりました」

浄山はあらためて老人に頭を下げた。老人の名は物部吉風《もののべのきっぷう》。従って来た若者は、その長男の二風。金掘りを生業とする浄山と修験の僧である宮麻呂《みやまろ》にとって二人は主人に等しい存在であった。陸奥の山は物部一族の支配下にある。

「銅は許したが、黄金には手を出すなときつく申し渡したはず。我らの欲で言うたのではない。黄金は陸奥を滅ぼす。それがうぬらには分からなんだか」

「重々承知にござりましたが……陸奥守さまのご熱心さについほだされてしまい申した。民の安堵のためと口説かれては……」

浄山は額の汗を拭いながら弁明した。

「陸奥守百済敬福《くだらのけいふく》はうぬと同様の身。それで力を貸すつもりになったのであろう」

吉風の言葉に浄山は身を縮めた。吉風の言うごとく浄山の祖父も敬福の先祖とおなじに百済から渡って来ている。

「民の安堵とは、口先ばかりではないか。相次ぐ寺の造営が民をさらに苦しめておる。都の大仏の建立にどれほどの民が使役を強いられておるか知らぬうぬらではあるまい。陸奥より黄金が出たと知れば帝はますます増長する。それで国が滅びようと我らの関わることではないが、案じられるは陸奥。必ず黄金を求めて兵の増強にかかる。これまでのようには参らぬ。大仏のための黄金が調達できれば、それで終わるというものではない」

「されど」

宮麻呂は抗弁した。

「この小田郡は国府《こくふ》多賀城《たがじょう》と間近にござる。兵の監視もござれば、とても隠し通せるものにありませぬ。使役の者とて多くは多賀城に関わる者ども。銅を探し求めていたのはまことでござった。たまたま砂金を見付けただけのことにござります」

「知らぬふりをすればよい」

吉風は一喝した。

「いかにも多賀城の支配下にある小田郡では我らの手が及ばぬ。それを承知の上で黄金を探したのではあるまいな？」

「決して……それればかりは信じてくだされ」

「浄山はともかく、宮麻呂は蝦夷《えみし》。まさか朝廷に与《くみ》するとは思えぬが、近頃妙な噂も聞く」

じろりと吉風は宮麻呂を一瞥《いちべつ》した。

「牡鹿《おしか》の丸子宮足《まるこのみやたり》が陸奥守にしばしば目通りを願い出て大層な物を貢いでおるそうな」

「はぁ……」

「宮足はうぬの兄。いったいなんのために陸奥守に媚《こ》びねばならぬ。なにか耳にいたしておるか？」

「さて……いっこうに。手前は山に生きるを楽しみとする身にござります。兄のことは」

「知らぬと申すか」

「とんと付き合いがなくなり申した」

「朝廷を信じてもろくなことにならぬ。兄に伝えておけ。いいように使われるだけじゃ」

「…………」

「陸奥守にとって一番の貢ぎ物は黄金。それを弟のうぬが見付けるとは……宮足もさぞかし喜んでおるであろう。陸奥守はうぬらに階位を授けて貰《もら》うと請け合ったらしいの」

宮麻呂と浄山はぎょっと顔を見合わせた。それは極秘の話であった。

「受けるつもりか？」

吉風は薄笑いを浮かべて二人を見詰めた。

「まぁ、断われまいの。せっかくの栄誉じゃ。断わる理屈などない。金掘りと猿や狸相手の山伏が階位を授かるなど前代未聞。謹んで受けるがよかろう。じゃが……これだけは申しておく。そうと決まれば我ら一族はうぬらを同類とは扱わぬ。またうぬらとて迷惑であろう。裏に物部があっては出世の妨げ。朝廷にとって我ら物部は仇敵《きゅうてき》」

吉風に威圧されて二人は平伏した。

「小田郡以外に黄金があること、決して口にしてはならぬ」

吉風は低い声で言った。

「うぬも蝦夷なら心得よ。それが知れれば陸奥は戦場となる。過ぎたことは致し方ない。いまさら小田の黄金を隠すわけにいかぬ。じゃが、余計なことを洩らせばどうなるか覚悟しておけ。これまで蝦夷は無駄な戦さを避けて陸奥守に従って参ったが、今度ばかりは軽々と頷かぬ。争わぬは、どうせ朝廷が陸奥を低く見下していたがゆえ。しかし黄金を目当てに陸奥を蹂躙《じゅうりん》するとあらば命を賭けても守らねばなるまい。この物部も蝦夷に荷担する。真っ先に血祭りに挙げられるのはだれか、それも兄にしかと申しておくのじゃな」

「ははっ」

宮麻呂は体を震わせながら応じた。

「裏手に潜みおる者らにも言うておけ」

吉風はわざと声を張り上げた。

「蝦夷には蝦夷の生き方がある。朝廷と組んだとて先は地獄ぞ。公卿《くぎょう》の者らは蝦夷を人と思っておらぬ。いつか必ずそれを知ろう」

篠《しの》の揺れる音がした。宮麻呂は青ざめた。

「山道に七つ八つの新しい足跡が見られた。この庵は行き止まり。それに気付かぬ儂《わし》と思うたか。儂に命を縮められると案じての守りであろうが……」

吉風は立ち上がった。

「それとも……儂を殺す気であったか?」

「まさか! お許しくださりませ」

宮麻呂は懇願した。物部の長《おさ》を手にかければ報復は免れない。それは宮麻呂も承知だ。

「朝廷が欲を出さぬように献上する黄金の量には気を配るがよい。人は必ず次には倍を求めて来る。場所も今の山一つにとどめよ。それを決して破らぬと申すなら見過ごしてやろう。ただし、うぬの兄が妙な真似をせねばの話だ。分かったか？」

「心してござります」

二人は床に額を擦りつけて誓った。


「あれでようござったのか？」

庵を出ると二風は吉風に質《ただ》した。

「裏切りは明らか。どうせならここで首を刎《は》ねれば面倒がない」

「それをやれば直ぐに宮足との戦さになろう。黄金のことが陸奥守に伝わっておらねばロ封じの役目を果たそうが、もはや取り返しがつかぬ。今は様子を見るしかあるまいに。宮麻呂は我らの力を知っておる。滅多な動きはせぬ。首を取ったとて無意味じゃ」

「あの男、利口と思われまするか？」

「さてな」

「間抜けにござる。それゆえ危ない。今は親父どのを恐れていようが、明日にでも兄の宮足と会い、陸奥守と繋ぎが取れれば分かりませぬ。我ら物部が陸奥の奥深くに黄金の山を持つことを言いふらす」

「その程度のことは宮足とて承知。宮麻呂と浄山二人の口を封じただけでは足りまい。宮麻呂は愚かでも兄の宮足は違う。儂が本気で争うつもりじゃと知るはずだ。厄介《やっかい》を背負い込むよりは小田郡の黄金で当座は間に合う。余計なことは口にすまい。もし陸奥守が我ら物部と手を組む気になれば元も子も失うぞ」

「陸奥守が我らと手を結ぶなど」

有り得ない、と二風は笑った。

「人は自分の背丈で物を測る。蝦夷の己れと手を組む陸奥守なら、物部と組むも不思議ではあるまいと考える。心配いたすな。宮足は当分我らのことは陸奥守に伝えまい」

「ならば安心にござりまするが」

「ただ、問題はその先じゃ」

「と申しますと？」

「朝廷はきっと陸奥を見直す。小田郡一つで満足するわけがない。まだまだ黄金の山があると睨むであろう。多賀城を拠点に陸奥をことごとく支配しようとする。それをのんびり眺めているわけにはいかぬ。我らも蝦夷に働きかけて守りを固めねばなるまいぞ」

「そちの役目じゃ。胆沢《いさわ》辺りに移り住み、蝦夷の纏《まと》めを引き受けてくれ」

「いかにも」

「いつからにござります？」

「雪解けを待って直ぐにでも。十年は今のままで凌《しの》げると見たが、朝廷軍に抗《あらが》える力を蓄えるとなると十年で足りるかどうか……同時に戦さとならぬような工夫もせねばの。都に人を送り込むのも考えねばなるまい」

「まったく、面倒なことになりました」

「いつまでも隠し通せるものではなかった。その日が来たというまでじゃ」

吉風は冷静に見ていた。

「蝦夷は心穏やかなる民。それで侮《あなど》られる。が、儂はそう思わぬ。蝦夷は強い。強いがゆえに耐えられる。力が一つに纏まればこれまでとは違う国になるであろう」

「纏まりましょうか？」

「纏めてやるのじゃ。物部のために申しておるのではない。蝦夷のためだけを思うて働け。そうすればきっと蝦夷は一つになる」

吉風は少なからぬ責任を感じていたのである。自分らが関わっている黄金がこの穏やかな陸奥の平和を脅かそうとしている。蝦夷はそのせいでさらなる苦渋を強いられる結果となるのだ。吉風は深い溜め息を吐《つ》いた。

三

明けて天平二十一年の正月。
朝廷の陸奥統治の拠点である国府多賀城にて恒例の祝宴が開催された。郡司《ぐんじ》と朝廷の支配下に組み込まれた蝦夷の主だった者が席の大方を占めているのであるが、今年は黄金の発見も加わって、ことに賑やかであった。採金に関わった者たちは上座を与えられ陸奥守自らが杯《さかずき》に酒を注ぐという破格の扱いである。それも当然であった。大仏の鋳造は八割方終わり、いよいよ腰を据えて黄金の調達にかからなければならぬ時期に差し掛かっていた。普通の仏ならともかく大仏となると用いる黄金の量が莫大となる。朝廷はそのために唐から黄金を取り寄せて蓄えてはいたものの、まだ五分の一にも満たない。そこにこの朗報を伝えれば陸奥守の手柄となって大幅な昇進が必ず見込まれる。実際、その通りとなった。後になってからのことだが陸奥守百済敬福は従五位上《じゅごいのじょう》から従三位《じゅさんみ》へと実に七階級もの特進を果たした。いかに朝廷が黄金の発見に狂喜したか、これで分かる。ばかりか聖武天皇はこの年の四月に年号を天平から天平感宝《かんぽう》と改めた。宝の出現に感謝するという意味合いが込められているのは間違いない。

それを予測していればこそ百済敬福は身分の卑しき者たちにさえ酒を注いだのであ
る。

「こ、これは恐縮にござりまする」

杯を捧げ持つ宮麻呂の指は震えた。隣りに控えている浄山も頭に血が昇った。陸奥
守と言えば雲の上の人間であった。

「よくぞ見付けてくれた。雪解けを待って黄金を都へと運ぶ。そちらも同道いたせ。

帝《みかど》もさぞかしお喜び召《め》される。儂も鼻が高い。これで我が国は変わるぞ。真の仏の国
となる」

「ははっ」

酒を零《こぼ》しそうになりながら宮麻呂はぼろぼろと涙を溢れさせた。

「これまで陸奥は貧しき国と見下されておった。が、今後はだれしもが陸奥守の地位
を望むであろう。国にとって大事の地。そうしたのはそちら二人じゃ。礼を申す」

敬福は二人に頭を下げた。

「勿体《もったい》のうござります」

宮麻呂と浄山は蜘蛛のごとく平伏した。

「兄の宮足とともに陸奥のため働いて貰いたい。儂はありがたい者を得た」

はあっ、と下座に居た宮足が控えた。敬福は振り返ると満面の笑みを見せて、

「都に黄金を運ぶお役目、丸子宮足に命ずる。多賀城に仕える者が運ぶより、蝦夷が先頭に立てば帝もご満足であろう」

「おそれながら」

宮足は膝を前に進めて願った。

「そのお役目、ぜひとも倅《せがれ》の嶋足《しまたり》にお命じくだされませ」

ざわざわと席が騒がしくなった。宮足の倅と言えばまだ十五の若輩であった。

「大役が務まるか？」

さすがに敬福も眉を顰《ひそ》めた。

「我が一族が五十の兵を整えますれば倅にても充分にお役が務められると存じます」

「倅を儂は知らぬ」

「庭に控えさせておりまする」

宮足は目通りをと願った。

「この寒空に待たせておいたか」

敬福は頷くと謁見を許した。宮足の方がそれでいいと言うなら敬福にも異存はない。

宮足は末席にある郎党《ろうどう》に嶋足を呼ぶように命じた。その顔には満足が見られた。

「丸子宮足の倅、嶋足と申します」

居並ぶ郡司や蝦夷の長たちの目に怯《おび》えも見せず現われた嶋足は胸を張って挨拶した。とても十五とは思えぬ偉丈夫《いじょうふ》であった。鋭い目には強靭《きょうじん》な意志力が窺われる。

ほう、と敬福は嶋足を見詰めた。浅黒く、惚れ惚れとするような顔立ちだった。よほど鍛えているらしく腕の肉が盛り上がっている。

「似ておらぬではないか」

敬福が思わず洩らした言葉に皆も笑って頷いた。宮足はでっぷりと肥えていて肌も白い。

「この倅なら儂の側に置きたい。多賀城に預ける気はないか？」

「都にて腕を試しとうござります」

宮足の代わりに嶋足が応じた。

「あと一年ほどで儂の任期が終わる。儂に従うと申すなら都に同道いたそう。こたびのことでそなたの親の宮足にも階位が授けられるはず。そうなれば内裏《だいり》への出入りも許されようぞ。役にも就ける」

「まことにござりますか！」

嶋足は顔を輝かせた。笑いには幼さが見えた。敬福は微笑んだ。

敬福の稚児《ちご》好きを承知している者たちは、溜め息混じりに胸の奥で舌打ちした。それにはもちろん宮足への嫉妬が含まれている。ことに蝦夷の長たちは心穏やかではなかった。宮足の纏めている丸子一族は蝦夷の世界で言うなら格下の集団に過ぎない。吉弥侯部《きみこべ》や伊治《これはる》、それに安倍《あべ》を名乗る一族が蝦夷を率いてきた。それがここにきて急速に力を伸ばしはじめているのだ。宮足の手腕を認めるにやぶさかではないが、陸奥守より得ている信頼の多くが貢ぎ物に由来していることを知らぬ彼らではない。

「蝦夷の俘囚《ふしゆう》のと申す時代ではないぞ。心して朝廷に尽くせば報われる世となりつつある。階位とて授かれよう。参内《さんだい》すら許される身となるやも知れぬ。皆も励むがよい。儂も陸奥守として下ってから早や十一年。皆の心は充分に知ったつもりじゃ。都に戻った暁には蝦夷の忠勤を必ず帝に奏上いたす。東日流《つがる》辺りではまだまだ朝廷に異を唱える者も多いが、そなたらが朝廷の信を得、内裏に出仕いたすようになれば、それも変わる。この嶋足の言こそ頼もしい。都に上がって才を示せ。儂が今後もうぬらの後ろ盾《だて》となる」

敬福の言葉に皆は一斉に平伏した。

その夜、多賀城を間近に仰ぐ館《たち》に蝦夷の者たちが顔を揃えていた。これも恒例のことであった。この館は蝦夷たちが共同で建てたものである。多賀城に用のあるときはここに泊まることが多い。

「陸奥守さまはああ申されたが……まこと蝦夷に階位が下されようか」

沈んでいた席に口火を切ったのは吉弥侯部に連なる大道《おおみち》だった。出羽《でわ》の山北《せんぼく》一帯を支配している蝦夷の長老の一人である。

「さよう。どうも信用がならぬ」

頷いたのは伊治豊成《これはるのとよしげ》。その姓が示すごとく伊治（現在の宮城県栗原郡一帯）の蝦夷を傘下に従えている。古い歴史を誇る名門である。

「蝦夷というよりも、陸奥守さまに貢ぎ物の多い者にと言い換えるべきでござろうよ」

安倍守忠《もりただ》の皮肉に皆は爆笑した。胆沢一帯を治めている長であるが、その周辺には多賀城の支配が及んでいないので気楽に発言ができる。それに丸子宮足がこの場にいないのも関係していた。宮足は多賀城にまだ引き止められて馳走にあずかっている。

「陸奥守さま……悪いお方ではないが、物に目が眩《くら》み過ぎる。後ろ盾になると申すのも都にまで付け届けをいたせという意味であろう」

豊成はそう言って嘆息した。

「これからは丸子の言いなりになるやも……あれほどのお喜びよう。黄金に勝る貢ぎ物はない。宮足の思う通りに運んだ」

大道は苛々《いらいら》と酒を口にした。出羽には黄金が出ない。どうにもならないことだった。

「蝦夷が一段と結束せねばならぬときに宮足が掻き乱す。今の陸奥守さまは十年以上も多賀城に暮らされたお人。じゃが、都に戻られて別のお人が参ればどうなるか。黄金はますます重宝される。新しき陸奥守さまは出世の糸口にと黄金を求めるに相違ない。他のものならともかく黄金は小田に限られる。宮足ばかりが大事に扱われような」

豊成はまた肩を落とした。

「いやな世の中となりそうだ」

大道は女に杯を突き付けて酒を注《つ》がせた。

「吉風どのが、つい先日我が館に足を運んでくだされた」

豊成の言葉に皆は耳をそばだてた。

「さようか、伊治にも」

守忠は頷いた。守忠の館にも立ち寄っている。小田の金山の検分に行く途中と聞いていた。その帰りに伊治へ回ったのであろう。

「なんの話じゃ？」

大道は急《せ》かした。

「黄金のことでひどく案じておられた。陸奥に黄金が産出すると知れれば朝廷が欲を出す。我らもこれまでのようにのんびりと構えてはおられまい。朝廷は必ず兵と民の増強を推し進めて陸奥の支配を強化いたすであろう。蝦夷の首を都の役人にすげ替えて我らから国を取り上げる。それも遠い話ではあるまい」

「馬鹿な。やれるものか」

大道は鼻で笑った。役人に首をすげ替えても肝腎の蝦夷が従わない。今の陸奥の平穏は蝦夷の長の立場が守られていればこそ成り立っているのだ。それぞれに置かれた郡司の存在はあくまでも名目に過ぎない。

「馬や獣の皮ぐらいのことなら朝廷も蝦夷に任せておこうが、黄金は別じゃぞ。これまで蝦夷の好きに任せていた胆沢や東日流《つがる》にも手を広げるに違いない。まさか、と内心では笑っていたが、今日の陸奥守さまのご様子を見ていれば杞憂《きゆう》と捨ててはおかれぬ。我らが思う以上に朝廷は黄金に重きを置いている」

「それはその通りじゃがの」

大道も認めて、

「無理押しすれば戦さになる。それを知らぬ朝廷ではあるまい。出羽に小さな柵《き》を設けただけで蝦夷は立ち上がった。結果は朝廷軍の勝ちとなったが、苦戦であったのは確か。それをまた繰り返しはすまい。四十年前と違って蝦夷も力をつけている。蝦夷が結束すればたちまち三万や五万になる。階位を授けて朝廷に取り込む策はあろうが、退けはせぬ。吉風どのは我らのことより己れの今後を案じているのであろうよ」

「とは？」

「黄金に決まっていよう」

不快そうに大道は言い放った。

「黄金は物部一族が握っておる。これまで我らには不要の品ゆえ気にもせなんだが、宮足が手にしたとなるとおびやかされる。それで我らを煽《あお》っているのだ。宮足を我らの手で押し潰させようとの肚《はら》じゃ」

「なんで吉風どのがおびやかされる？」

豊成は大道を睨み付けた。

「吉風どのは朝廷など相手にしておらぬ。黄金は唐人との商いに用いているのじゃ。そんな小さなお人ではないぞ。本気で我らの先行きを案じてくれておる」

「なれば我らにも黄金をくれと言うてやれ」

大道はぐいと眉を吊り上げて、

「黄金があれば宮足などの好きにはさせぬ。我らの首とて無事に繫がるであろう。それで蝦夷は安泰ではないか。口先ばかりで己れの懐《ふとこ》ろを痛めようとせぬ者の言葉など信用ならぬ。朝廷に知れて攻め滅ぼされるのを恐れているのは吉風どの一人。我らはもともと黄金を持たぬ身。朝廷に疎《うと》まれる理由はない」

何人かが大道に頷いた。

「守忠どのはどう考える？」

豊成は守忠に質した。

「なんとも……朝廷が今後陸奥に力を注ぐであろうことは明らかにござろうが、その先がどうなるかについては分かりかねる。と言って、朝廷は常に戦さでもって決着をつけて参った輩。それを忘れてはなりますまいの。特に蝦夷には有無を言わせませぬ。少しでも我らが異を唱えれば直ぐに軍を繰り出しましょう。そういう者らの下に我らは従っておる」

「それは昔のことだ。この二十五年、小競り合いすらなくなっておる」

大道は制した。

「朝廷が賢くなったと言うよりは我ら蝦夷が耐えているせいにござろう」

守忠は返した。

「一人一人の力は知れている。三千もの多賀城の兵力にはとても立ち向かえぬ。それで無理も聞かねばならぬ。その繰り返しではござらぬか。この平穏は蝦夷の忍苦によって支えられているもの。決して朝廷が心を和らげたのではござらぬぞ」

「そなたになにが分かる」

大道は頬を痙攣《けいれん》させた。

「胆沢じゃから呑気《のんき》な言葉が吐けるのだ」

「その代わり、目がよく見え申す。口先ばかりとは朝廷のこと。都の者らは蝦夷を人とは思うておらぬ。本気で陸奥を取り上げようとするなら蝦夷の首を刎ねるに逡巡《しゅんじゅん》いたさぬ。そう心得て対処するのが賢明というもの」

「戦さも辞さぬと申すのか！」

「こちらがどれほど耐えたとて朝廷は己れの欲のために我らを簡単に切り捨てると申しておるのでござる。これまでのように謝ってことが済むとは限らぬ。覚悟を決めておかねばならぬ。吉風どののことも我らとは無縁。言われずとも己れの身は己れが守らねば」

「宮足の間抜けめが！」

大道はぎりぎりと歯噛みした。

「当分は恭順を装うしかあるまい」

守忠は居並ぶ皆に言った。

「朝廷は小田の他に黄金があるとは知らぬ。我らが陸奥守さまに従って誠意を尽くせば、まさか隠し事をしているとは思わぬ。宮足とて言うまい。そうして様子を見極めるのだ」

皆も大きく頷いた。

「見極めて宮足の好きにさせるのか」

大道は守忠に毒づいた。

「三年も経てば宮足が我らの上にでる。蝦夷の面目がそれで立つのか」

「………」

「たかだか牡鹿の纏めに過ぎぬ者に出羽の吉弥侯部が従えと申すか」

「なればおぬし一人で宮足を殺すがよい」

守忠は言った。

「我らは知らぬ。陸奥守さまは即座に出羽へ兵を進めるであろう」

「後も今もおなじであろう。貴様は必ず朝廷と戦さになると吐《ぬ》かしたはず。それなら待つこともない。宮足に従うくらいなら今夜にでもあやつの首を落としてくれよう」

「勝てる戦さと負ける戦さでは大違い。勝つためには用意というものがある。今では勝ち目がない。それを言うておる」

守忠はどんと床を叩きつけた。

「宮足ごときの者のために皆が滅びるわけにはいくまい。それが分からぬなら勝手にいたせ。我らはまだまだ死んではおられぬ」

さすがに大道は押し黙った。

「上が割れていては結束はおぼつかぬ。それも朝廷の望むところ。このままでは戦さもせずして蝦夷は滅びる。皆もよく考えろ」

豊成はそう言って締め括《くく》った。

が、それは大人の世界の話であった。

おなじ館の別の部屋ではひさしぶりに顔を合わせた子供たちがはしゃいでいた。多賀城にほど近い土地を支配する蝦夷たちは年に一度の祝宴に家族を引き連れてきているのである。多賀城の町には都の品物が溢れている。それを目当てに女たちが同行をせがむのだ。

「嶋足は都に参るのか」

羨《うらや》ましそうに一人が車座の中心にいる嶋足を見詰めた。ここでは嶋足が最年長だった。大人の世界での身分の違いはない。子供の中では年長と器量が優先される。

「都に行ってなにをする？」

目を輝かせながら最年少の子供が質した。伊治豊成の孫の鮮麻呂《あざまろ》であった。わずか五歳ながら口調はしっかりとしている。

「弓で帝にお仕えする」

嶋足はきちんと応じた。嶋足ばかりはそろそろ身分の違いを意識する年頃に差し掛かっている。鮮麻呂はやがて蝦夷の纏めをする男になるはずだ。それを嶋足はわきまえていた。

「帝というのはなんじゃ？」

本当に知らないらしく、鮮麻呂の言葉に年長の子供たちは笑った。

「陸奥守さまより偉いお人よ。いや、この国で一番偉い」

「馬はうんと速いか？」

鮮麻呂は興味を抱いて訊《たず》ねた。

「知らぬ」

「弓は嶋足より上手いか？」

「さてな」

「刀はどうじゃ？」

「公卿《くぎょう》の方々は刀など使わぬ」

「石投げと喧嘩は？」

「やらぬさ」

「では、なんで偉い？」

鮮麻呂は首を捻った。言われて嶋足も詰まった。そんなことを一度も考えたことがない。

「まあ……親父どのが国で一番偉かったのであろう」

やがて嶋足は答えた。それに皆は納得した。

「それでも親父さまは弓や馬を教えよう」

鮮麻呂は食い下がった。

「なにもできなくて偉いわけがない」

「それは鮮麻呂も一緒だろうに」

嶋足が言うと皆は爆笑した。鮮麻呂は小柄で泣き虫であった。それでも皆から一目置かれているのは、泣きじゃくりながらいつまでも喧嘩を止めないことだ。しまいには相手が根負けしてしまう。今では鮮麻呂に喧嘩を仕掛ける者はいない。

「おまえはちっとも偉くないが、祖父《おじい》が偉いお陰で皆が言うことを聞く」

「馬に乗れるぞ」

「郎党に抱かれてな。それなら帝にだってできる。石投げはいかにも鮮麻呂の方が上手いかも知れぬが、帝は喧嘩をせぬ。石投げができても都では自慢にならぬぞ」

鮮麻呂は好きな嶋足に言われてしょぼんとなった。馬を得意とし、弓と刀を見事に扱う嶋足は鮮麻呂にとっての憧れだった。

「もう蝦夷の世ではない」

大人びた口調で嶋足の弟の三山《みやま》が言った。まだ八歳である。どうせ親の受け売りに違いないのだが、三山の頭のよさは子供同士で承知している。

「俺も兄者《あにじゃ》を頼っていずれ都に上がる。鮮麻呂も参ろう。都の者は愚か者ばかりじゃと親父どのが申していた。こんな貧しい国にいるよりは都に上がって面白く暮らす」

「貧しいのか？」

またまた鮮麻呂は疑問を覚えた。

「牡鹿には山と海しかない。美しい女もおらぬ。なにもかもが違うさ」

美しい女というのも親の受け売りに過ぎない。しかし、子供たちは大きく頷いた。

「祖父は豊かな国と言うておる」

鮮麻呂だけは抗弁した。

「都を見ていないからだ」

「三山は見たのか？」

「見なくても分かる。都に行った者の話を聞けば済む。この多賀城の町の百倍も賑やかということだ。山の高さほどもある大屋根が連なっているそうじゃ。菓子がふんだんにある」

「本当か！」

それには鮮麻呂も羨ましさを覚えた。

「都に一日でも暮らせば二度と陸奥に戻りたくないと思うらしい。多賀城の兵に聞いてみればいい。だれもが帰りたがっている」

「俺は帰ってくるぞ」

嶋足は弟を遮《さえぎ》って、

「陸奥守となって戻るのだ。この陸奥を都と変わらぬ国にする」

おお、と皆は喜びの声を発した。

「鮮麻呂にはこの国を頼む。やがてここにいる我らが助け合って新しき国を」

「分かった！」

鮮麻呂は声を張り上げて嶋足に誓った。

〈こいつ……どんな男になるのか〉

嶋足は鮮麻呂の屈託のない笑顔に気後《きおく》れさえ感じた。迷いが微塵もない。後がうるさいゆえ喧嘩をしない、と皆は言うが、そうではないのを嶋足は知っていた。鮮麻呂の喧嘩の理由はいつもはっきりしている。理不尽なものに対しての抗いだった。だから血だらけになっても屈しない。屈すれば理不尽さを認めることとなる。天性の資質なのだ。今は十歳の者でさえ鮮麻呂に従っている。おなじ年頃であったなら自分とて鮮麻呂を棟梁《とうりょう》と立てていたかも知れなかった。

四

それから三月《みつき》が過ぎた四月の上旬。

伊治豊成の館を二風が訪れた。

都に黄金を運ぶ荷駄が出発して十日が過ぎている。陸奥はまた春を迎えて活気づいていた。二風が訪れたのは胆沢の近くの東和《とうわ》に本拠を定めたことの挨拶も兼ねられていた。

「なれば守忠どのよりお聞き及びであろう」

豊成は二人きりになると蝦夷の情勢を伝えた。あの日以来、安倍守忠とはたびたび連絡を取り合っている。

「出羽の吉弥侯部大道がよく分からぬ。あの者は出羽の纏め。従う蝦夷が多い。あれが力を貸してくれぬ限りはことがならぬ。それを承知しながらのらりくらりと……あれほど毛嫌いしていた宮足とも近頃では付き合うているようじゃ。喧嘩するよりはましと見ておるが、どうせなら宮足にあやかって陸奥守の機嫌を取り結ぶつもりらしい。これでは結束もむずかしいの。儂の言葉に耳を傾ける者は日増しに少なくなっていく。あの荷駄を送り出すまでの馬鹿騒ぎが警戒を緩めた。蝦夷が重用される世になったと信ずる者が増えた。戦さなど有り得ぬと見ておる。たった百日でこのありさまぞ」

「………」

「無理もあるまい。宮足は多賀城に詰めて我が物顔で振る舞っておる。あれを目《ま》の当たりにすれば、だれもが陸奥守さまに貢ぎ物をしたくなる。それに……陸奥の年貢が三年ほど免除されるという知らせが陸奥守さまに届いたそうな。正式な通達はまだじゃが、これに皆が感謝している。すべて宮足のお陰じゃと掌《てのひら》を返すごとく褒めちぎっておる者も……」

「それほどに黄金が朝廷にとっての宝ということにございます。今はそれで満足しておりましょうが、欲に限りはございませぬ。必ず陸奥を制圧にかかりましょう」

二風は断言した。

「黄金を持たぬ蝦夷を滅ぼすか？」

「宮足のように忠誠を誓えば分かりませぬ」

「忠誠はなにで判断いたす？」

「朝廷が次に行なうのは多賀城より先に拠点を設けることにございましょう。兵を常駐できればいつでも戦さができますする。その柵《き》を設けるに快く承諾いたせば忠誠の証《あか》し」

「うーむ」

豊成は唸った。まさか、とは思う。四十年前の蝦夷の反乱も柵の建設に関わるものだった。朝廷が出羽に軍事の拠点を設けようとしたことに蝦夷が反発したのだ。結局、蝦夷は敗退し出羽の柵は建設されたが、朝廷もその戦さに少しは懲《こ》りたと見えて、それ以上の柵の建設を控えている。だが、二風の言う通り、そのときと今は事情が異なる。三十年前は朝廷にとって陸奥はさほど大事な土地ではなかったのだ。反乱さえなければ無理に柵を増やす必要がない。しかし、黄金を産出する国となった今は陸奥を完全支配したいはずである。戦さを予測するなら先ず柵の建設が急務となる。

「それを快く受ける者がおろうか？」

「今の平穏が続き、宮足がますます重く用いられれば心を動かす者がでて参りましょうな」

「しかし……己れの領地に朝廷軍の柵を許すなど、とても考えられぬがの」

「そうありたいと手前も願いまする」

二風も頷いた。

「拒めば戦さとなるか？」

「そこまではまだなんとも……むしろ戦さを避けねばならぬのは我らの方。結束が果たされぬうちは必ず負けましょう」

「それが問題だ」

豊成は溜め息を吐いた。

「なぜ分からぬのか……皆の気が知れぬ。己れさえよければいいと甘く見ておろうが、蝦夷も落ちたものじゃ」

「今度は耐えるだけで済みますまい。幸い、胆沢から和賀《わが》にかけては守忠どのに従う者ばかり。手前も死力を尽くしますれば、なにとぞこの一帯の纏めをお願いいたします」

「多賀城に近過ぎる。それで心が揺れ動く。伊治についいては請け合うが、その他となると先行きが知れぬ」

豊成は自信を失いかけていた。歳への不安もあった。すでに六十に近い。蝦夷の長とは名ばかりで世代が移りつつある。近頃では目も霞みはじめていた。

豊成の視線は広い庭に注がれた。

孫の鮮麻呂が二風の子供を案内しているのが見える。笑い声が響いてきた。

「頼もしきお子にございますな」

二風は世辞でもなく口にした。一言二言話をしただけだが、芯の強さが伝わってきた。

「天鈴《てんれい》と申したか」

豊成は二風の子を遠く眺めて質した。

「わざわざ同道したには理由《わけ》があろう」

「できればしばらくこの館にお預かりいただきたく連れて参りました」

「人質など無用。吉風どののことは信じている。蝦夷を裏切るお人ではない」

豊成は温かな笑顔を見せた。

「そういうお方なればぜひとも。天鈴も早や九歳にあいなります。多賀城の近くに置いて学ばせたいと存じます。東和にいては情勢に疎《うと》くなるばかり」

「儂に任せると申すのか」

「あのお子を拝見させていただいて手前の目に狂いのないのを知りました。いずれ蝦夷を背負うお子となりましょう」

「変わった親じゃの」

豊成はくすくすと笑って、

「引き受けた。あの二人、どうやら気が合うたらしい。天鈴とてやがて物部を継ぐ身。今から手を結び合うておれば頼もしかろう」

「厳しく教えてくださりませ」

二風は丁寧に頭を下げた。

そうとは知らず鮮麻呂と天鈴は喧嘩をはじめていた。天鈴が嶋足を悪し様《あざま》に罵《ののし》ったのだ。

「都に参ってなぜ悪い」

鮮麻呂は天鈴を睨み付けた。

「もはや蝦夷ではなかろう」

天鈴も怒鳴り返した。

「嶋足の親の宮足は蝦夷の恥さらしじゃ」

「親と嶋足は違う」

「おなじよ。都にでて帝に仕えると言うたな。それで蝦夷と言えるか」

「うぬは嶋足を知らぬ」

「その歳でなにが分かる。親父どのは宮足こそ我らの敵と申した。敵の倅に尻尾を巻くとは、うぬも知れた者よな」

「嶋足がうぬになにをした！」

鮮麻呂は小石を握って倍も背丈の違う天鈴に躍りかかった。石を握った手で殴れば痛みが倍にも増える。天鈴は額を押さえて転げ回った。鮮麻呂は天鈴に馬乗りとなった。

「卑怯ではないか！」

天鈴は何度もおなじ額を打つ鮮麻呂に喚《わめ》き散らした。五歳とは思えぬ機敏さだ。

「俺は知らぬ相手の悪口を言うやつを許さぬ。嶋足を見てから言え！」

「知ればだれでも仲間にするのか！」

天鈴は鮮麻呂を蹴り上げた。そこは五歳である。軽い体が宙に浮いた。鮮麻呂はごろごろと斜面を転がって池に嵌《は》まった。

「……！」

さすがに天鈴は慌てた。ここは鮮麻呂の家である。なにかあっては取り返しがつかない。

が――

鮮麻呂は馴れているのか平然と上がってきた。しかしその顔には涙がある。

「悪かった。俺が悪い」

天鈴は両手を揃えて謝った。鮮麻呂の言い分にも一理あると悟ったのだ。自分は嶋足と会ったことがない。それで誹謗《ひぼう》するのは男のすることではなかった。

「意気地がないやつだ」

鮮麻呂は気が抜けた顔をして小さな胡座《あぐら》をかいた。鮮麻呂は涙をしきりに拭って、

「本当に悪いと思ったか」

天鈴を丸い目で見据えた。

「嶋足を見てから悪口を言わせて貰う」

天鈴も薄笑いを浮かべて言った。

「きっと俺は気に入らぬ。それでも今は謝ろう。うぬの方が正しい」

「そうか。なら許してやる」

鮮麻呂は満面の笑みを浮かべた。こだわりなど少しも残されていない。

「俺はおまえが思うているより強いぞ」

天鈴は苦笑いして、

「喧嘩では俺の方が上だ。それだけは承知しておけ。喧嘩に負けたのではない。悪いと思うたから手を引いた。分かったたな」

「分かった」

鮮麻呂は天鈴に細い腕を伸ばした。天鈴はがっしりとその手を握った。

〈こいつ、妙なやつだ〉

天鈴はもう鮮麻呂が好きになっていた。

熱風

一

天平勝宝九年《てんぴょうしょうほう》（七五七）の春。

平城《なら》の都を囲む山々を白い桜が埋めている。五年前に開眼《かいげん》された大仏の座る東大寺の屋根にも風に運ばれた桜の花びらが積もっている。のどかに霞のかかった空の色や、澄んだせせらぎの音を耳にしている限り、地上は幸福に満たされているように思える。小鳥たちは暖かな風に喜びの翼を広げ、青々とした草原では鹿がのんびりと体を休めている。

が――

都の民の心は沈んでいた。昨年の五月に聖武太上天皇《しょうむだじょうてんのう》が崩御《ほうぎょ》なされて、宮中は一年の間、喪《も》に服しているのである。宮廷に於ける賑々《にぎにぎ》しい新年の行事はもちろん中止され、市中にも公の場での歌舞音曲を禁ずる命が通達されていた。新しい春を喜ぶことすら憚《はばか》られる。今の都で唯一活気を帯びているのは西と東の市《いち》ばかりであった。たとえ喪中であっても人は食べねば生きていかれない。食べ物を扱う市場を閉ざすのは無理である。幸いに二つの市は大内裏《だいだいり》から遠く離れている。それで多少の騒ぎも容認されているのであった。

と言っても喧嘩は許されない。喪があけるまで殺生《せっしょう》は堅く禁止されている。特に官営の市場で異変が起きれば示しがつかない。もともと市場には市司《いちのつかさ》と呼ばれる役人が常駐しているのだが、その配慮もあって朝廷は喪中の期間だけ左右の兵衛府《ひょうえふ》から交替で五十人ずつ市場の警護に回していた。

「嶋足《しまたり》さま、また騒ぎでござる」

市の外れの詰所《つめしょ》に戻ったばかりの嶋足のところへ、部下が知らせにやってきた。嶋足はうんざりした顔をして立ち上がった。右兵衛府《うひょうえふ》の精鋭を集めた見回りの長《おさ》に任じられたのは誉れであるが、こう忙しくてはやり切れない。市場に居る間、ほとんど休む暇がないのだ。ここには食料ばかりか全国の産物が並んでいる。店は五十以上もある。訪れる客は日に五千人を下らない。値段の上での諍《いさか》いや、限られた品物を巡ってるの奪い合いがあって当たり前である。承知していても嶋足は釈然としないものを感じていた。部下たちはわざと些細なことを持ち込んでくるように思える。考えられるのは蝦夷《えみし》へのやっかみだ。彼らは自分たちの上に蝦夷が立っていることを快く感じてはいないはずである。それで嶋足の仕事を増やす。面倒をすべて嶋足に押し付け、自分らは笑ってそれを眺めるという魂胆であろう。知っていても、叱れば部下はもっと従わなくなる。結局は自分が一人で対処するしかない、と諦めて嶋足は詰所をでた。

「今度はなんだ？」

自分より遥かに年長の部下に嶋足は質《ただ》した。嶋足の役職は番長《ばんちょう》。ただの兵衛とでは三階級も上の地位だ。もっとも、番長とて兵衛府内での階級で言えば大した地位ではない。督《かみ》を筆頭に佐《すけ》、大尉《だいじょう》、少尉《しょうじょう》、大志《だいさかん》、少志《しょうさかん》、府生《ふしょう》と続いて、ようやく番長に至る。番長の下は案主《あんじゅ》、府掌《ふしょう》、そしてただの兵卒である兵衛しかないのだから、下から数える方が早い。が、四百人が定員の右兵衛府で、少志まではそれぞれ一人しか居ないので、数から言えば番長は三百八十人近い部下を持つ計算となる。第一線の兵を預かる将と言ってもいい。陸奥守《むつのかみ》の百済敬福《くだらのけいふく》の帰京に従って都にでて八年。わずか二十三歳で嶋足はそこまでの出世を果たしていた。それにはむろん敬福の引き立てもあったが、嶋足の抜きんでた刀と弓の腕も大いに与《あずか》っていた。

「四人の男どもが馬の値のことで店の店主と諍いを引き起こしたとか。刀を下げております」

「都の者たちではないのか？」

刀と聞いて嶋足は足を止めた。衛士《えじ》以外の者が刀を持つことはなるべく禁止されている。

「そこまでは知りませぬが……恐らく」

部下は頷いた。

「兵を集めろ。場合によっては捕らえる」

嶋足は命じた。四人では恐れることもないが、もし暴れられて民が怪我でもすれば面倒になる。数で囲んで戦意を喪失させるのが一番簡単である。

「有無を言わせず囲んでは後が厄介になりかねませぬぞ。やはり様子を見てからでないと」

部下は逡巡《しゅんじゅん》した。

「どなたかに雇われた者かも知れぬと？」

「滅多な者には馬は買えませぬ」

言われて嶋足も頷いた。主人なしのあぶれ者に馬など買えるわけがない。

「手荒く扱えば後でねじ込まれまする」

部下は意地悪い目をして言った。あしらいを見物する気なのであろう。嶋足は舌打ちすると歩きはじめた。

「うぬの二枚舌が許せぬと申しておるのじゃ」

威嚇する声が人混みの先にあった。嶋足は遠巻きにしている者たちを掻き分けて進んだ。輪を抜けると四人の男たちに囲まれて平伏している店の者が目についた。男たちは嶋足に気付いて、じろりと睨み返した。

「いかがなされた」

嶋足は男たちの腕を値踏みしながら接近した。一人はなかなかの腕と見えるが、他の三人はさほどと思えなかった。

「貴様はなんだ？」

腕に覚えのありそうな男が叫んだ。

「この市の警護を預かっている右兵衛府の者。ご承知と思うが、今は大事のとき。市についての不満であればこちらがお聞きする。いったいなにがあったと申される」

嶋足は丁寧に質した。

「この店はおなじ品物の値を人によって上げ下げする。それで道理にかなうのか？田舎者と蔑《さげす》むゆえ文句をつけた。それが悪いと言うなら我らにも考えがある」

男は嶋足を若いと見て侮《あなど》っていた。

「まことの話か？」

嶋足は店の者に訊ねた。

「いえ……決してそのような。このお方たちが立ち去られた後に日頃お世話になっているお館《やかた》のご注文がありましたので……多少ばかり値を安くしただけにござります」

「それが人によって値を変えるということだ」

男が怒鳴り散らした。

「買うつもりになって立ち戻れば、そういう話をしておる。その値であれば迷わずに買うていた。俺の言い分のどこが悪い」

「なるほど」

嶋足も頷きつつ、

「なれど、すなわち田舎者と見做したわけではありますまい。世話になっている者に対して礼を尽くすのは当たり前。それを侮蔑と取るのは考え過ぎかと存ずる」

「俺が都に十年も暮らしていたれば、今の言葉、聞かぬでもない。しかし、我らは備《び》前《ぜん》の者。この店を世話したくてもかなわぬ理屈。我らばかりの話ではない。都以外に暮らす者はすべて世話をしたくともできぬ道理ではないか。それを、見知らぬ顔じゃと言われて高く売りつけられてはかなわぬ。遠くからわざわざ訪ねてきた客にこそ礼を尽くすのが人と申すものではないのか？」

言われて嶋足は詰まった。

「それで手前もお詫び申し上げました」

店の者が嶋足にすがった。

「おなじ値でお譲りいたしますと申し上げましたが」

「それで済むと思うか！」

男は声を張り上げた。

「うるさい者らと見たに過ぎぬ。今後の見せしめとしてやる。腕の一本もへし折ってやれば、これからは人を見ての商いはすまい」

「どうぞお許しを……決してそういうつもりでは……」

店の者は男たちに謝った。

「ご貴殿らのお怒りもごもっとも。されど店の者とてこのように頭を下げている。ここは手前に免じてお許しあれ。市場での騒ぎを鎮めるは手前が役目。手前も謝り申す」

「ほう、貴公がどう謝ると言うのだ」

男は矛先《ほこさき》を嶋足に向けた。

「兵衛府かなにか知らぬが、大内裏をかさに着ての物言い……騒ぎと言うが、それを起こさせたは店の者じゃぞ。我らに言う前に店の者を叱るのが先であろうに」

「だから、店の者も謝っておろう」

嶋足はつい声を荒くした。この様子では簡単に許す気がないらしい。

「ほれ、地金《じがね》がでおった。官営の市場ゆえ客より店の方が大事。違うか？　ましてや田舎者の相手などしてはいられぬ。だろうが」

「ここでは話にならぬ。詰所に参られよ。そこでゆっくり双方の仲立ちをいたす」

「仲立ちなど無用。鄙《ひな》には鄙のやり方がある。腕を折るとは言わぬ。しかし、二つ三つは殴らせて貰おうか。それで許してやろう」

「ここは大内裏の管轄する市場であるぞ。手前の目の前でそれをいたせば――」

「どうなる？」

男はせせら笑った。

「刀にかけても許さぬ、か？　面白い。抜いてみよ。先に手を出せば困るのはうぬのはず」

「なにからなにまで承知だな」

嶋足は苦笑して、

「これも行き掛かり。手前で済むなら店の者の代わりとなろう。それではどうだ？」

「つけ上がるな！　関わりのない者を殴って気が晴れると思うてか。小賢《こざか》しい」

男は嶋足に唾《つば》を吐きかけた。さすがに嶋足の顔色は変わった。思わず刀に手が伸びる。それを待っていたように他の三人が囲んだ。見守っていた部下は慌てて仲間を呼んだ。

「いい。ことを荒立ててはならぬ」

嶋足は部下を制して刀から手を離した。

「いかにも筋違いと見えようが、ご貴殿らも時期を考えてくだされ。ここで騒ぎとなって無縁な民が怪我でもいたせば、ご貴殿らもただでは済みませぬ。きついお咎めが下されましょうぞ。この通りにござる」

嶋足は深々と頭を下げた。

男たちは顔を見合わせた。

「貴様、名はなんと言う？」

「丸子嶋足と申す者。お見知りおきを」

「よし。今日のところは勘弁してやろう。我らはこたび橘奈良麻呂卿《たちばなのならまろきょう》のお館にご厄介になることとあいなった。それで馬を見繕《みつくろ》いに参ったところだ。ご尊名をみだりに用いてはご迷惑と存じて名乗らぬのが禍《わざわ》いとなった」

「あの橘卿の!」

嶋足は冷や汗を拭った。橘奈良麻呂と言えば正四位下《しょうしいのげ》の階位を戴く雲上人《うんじょうびと》である。この一月に亡くなったばかりの、前左大臣橘諸兄《もろえ》卿の子であった。郎党とは言え、下手に手出しして傷でも負わせていれば咎められるのはこちらだったはずである。

へへっ、と店の者も青ざめた。

「備前から参った秦多麻呂《はたのおおまろ》と言う。覚えておけ。今度邪魔だてすれば許さぬぞ」

男は名乗ると三人を引き連れて立ち去った。

〈なぜ橘卿があのような者らを……〉

嶋足は内心で首を傾《かし》げた。その噂は耳にしないでもなかった。館に多くの者が新たに召し抱えられているらしい。

「ありがとうございました」

店の者が嶋足の前に平伏して礼を言った。

「顔を覚えておけ。また馬を求めに参ろう」

嶋足は言うと詰所に戻った。遠巻きにしていた者たちが嶋足に手を叩いた。多くは他の店の主人たちであった。

「よくぞ耐えられましたな」

部下が見直した顔で嶋足を迎えた。

二

「どこまで尾《つ》いてくれれば気が済む」

部下と別れて一人になると嶋足は振り向いた。市場での仕事を終えて市中の見回りをしながら兵衛府に戻る道々、ずうっと嶋足は背後に人の気配を感じ取っていた。それで部下を先に行かせて寂しい裏道へ入ったのである。

「兵衛府にでも出仕したいのか？」

悪びれずに笑いを見せて近付いた男を眺めて嶋足は警戒を緩めた。大人びた体をしているが、まだ若い。十七、八という年頃だろう。それでも肌は浅黒く、鍛えた体をしている。鷹のごとく鋭い目が印象的だが、その瞳は澄んでいた。腰に下げた刀も安物ではない。柄《つか》が脂で光っているのは使い込んでいる証拠である。腕に相当な自信があるのだろう。それゆえ嶋足は兵衛府に入りたいのかも知れぬと思ったのであるが……。

「鮮麻呂《あざまろ》がよろしくと言っていた」

「とは……伊治鮮麻呂《これはるのあざまろ》のことか？」

嶋足は思いがけない名に眉根《まゆね》を寄せつつ、

「見たことのない顔だ。鮮麻呂の名を口にしたからには、陸奥の者か」

「鮮麻呂と俺は義兄弟の契《ちぎ》りを結んでいる。こたびはじめて都に上ってきた。都に着いたれば早々に兵衛府の丸子嶋足を訪ねよと鮮麻呂が申した。明日か明後日には参るつもりだったが、市でおまえを見掛けた。それでふらふらと後を尾いてきた」

「なぜもっと早く声をかけぬ」

「都で名を挙げたおまえに迷惑をかけてはいかんと思ってな。一人になるのを待っていた」

「おぬし、名は？」

遥かに若いはずなのに堂々たる物言いをする。それが少しも苦にならないのは不思議だ、と思いながら嶋足は質した。

「物部天鈴《もののべのてんれい》……物部吉風《きっぷう》は我が祖父」

「物部吉風さまのお血筋であるか」

嶋足は、なるほどと頷いた。

「陸奥の物部を名乗る者が兵衛府を訪ねては出世の妨げ。それは俺も心得ている」

「別に……蝦夷であるのを隠しておらぬ。なれど、その心遣いはありがたい」

嶋足は丁寧に礼を言って、

「鮮麻呂は元気で居るか？」

確か今年で十三になるはずだ。嶋足はあれ以来一度も陸奥へ戻っていないのである。

「鮮麻呂は常におまえのことを自慢している。おまえが蝦夷を変えると申してな。内裏に尻尾を振る者に蝦夷は変えられぬと俺は言い続けてきたが……市での扱い見せて貰った。喧嘩好きと聞いていたに、案外そうでもない。助太刀をしてやろうと楽しみにしていたが、上手くケリをつけた。市の者たちにも信頼を得ているらしい」

天鈴は苦笑しながら、

「大したものよな。蝦夷が都で頼りにされている。素性を捨てて都振りを身につければ蝦夷とてそこまで信用されるか」

軽い皮肉を言った。

「どこぞで酒でも呑もう。ひさしぶりに陸奥や鮮麻呂の話を聞きたい」

「俺は酒癖が悪いぞ。酔うとなにを口にするか知れぬ。それでもいいのか？」

「構わぬ。俺の馴染みの店に案内する」

「ほう。蝦夷が都に馴染みの店を……」

「八年も居る。蝦夷であろうと酒を呑む店の一つや二つができて当たり前」

口は悪いが、なぜか憎めない男であった。それに物部吉風の孫がどうして都に現われたのか知りたい気持ちもあった。

「手柄を立てる気があるか？」

天鈴は笑いを崩さずに言った。

「市の飯屋で小耳に挟《はさ》んだ話がある。相手はたった五人。おまえ一人でやると言うなら教えてやってもよい」

「夜盗か？」

「たんまりと貯め込んでいるという噂のある役人の館《たち》を襲う話。俺にはどうでもいいことだ。部下を引き連れて乗り込むと申すなら教えぬ。そんな小役人など殺されてしまえばいい。が、一人で行く気なら俺も手伝おう」

「なんのために？」

「おまえの器量を見定めたい。まこと鮮麻呂が言う通りの男なのか……」

「たった五人とは……よく言う」

嶋足は肩を揺すって笑った。

「夜盗を退治しても殺生にはなるまい。場所は五条四坊《ごじょうしのぼう》と聞いたぞ」

「どなたのお館だ？」

「今の陸奥守とおなじ名の佐伯《さえき》とか言っていた。それで話が気に懸かった」

「佐伯美濃麻呂《みのまろ》さまのことか！」

その場所で佐伯と言えば限られている。もし佐伯美濃麻呂であるなら小役人どころの騒ぎではなかった。従五位下《じゅごいのげ》を戴く貴族だ。従五位と言えば陸奥守辺りに任じられる階位である。

「まこと五人と言ったか？　佐伯さまのお館なら郎党を二、三十人も抱えておろう。五人で襲えるわけがない」

「知らぬ。あるいはもっと仲間が居るのかも……が、連中は塀を乗り越えて真っ直ぐ役人の寝所を襲う算段をしていた。郎党が控えていたとて、せいぜい二、三人。違うか？」

「そんな危ない話を飯屋でしていたと?」

「俺の耳はよく聞こえる。それに、人の出入りの激しいところこそ内密の話ができる。だれも他人の話に耳を貸さぬ」

「もし……十人なら手強《てごわ》いぞ」

嶋足は思わず溜め息を吐いた。

「一人か二人片付ければ済むことだ。館の庭で待ち構えて騒ぎを起こせば郎党が駆け付けてこよう。連中も逃げ出す」

「確かに来るという証しはない。庭に潜んで待ち構えているところを館の者に見咎《みとが》められればどうなる。迂闊《うかつ》に話には乗れぬ」

「なら勝手にしろ。部下を三十人も連れて見回るのだな。それで連中も恐れて館には近付くまい。朝まで寝ずの番をしろ」

うーむ、と嶋足は唸った。

「当てにならぬ郎党どもゆえ連中が目をつけたのだ。庭に潜んでも見咎められはせぬ」

いかにも天鈴の言う通りである。

「承知した。その話に乗る」

嶋足は決断した。

「腕の立ちそうな連中であったか？」

「市でやり合った秦多麻呂《はたのおおまろ》と言ったか。あれよりは強くない」

「おぬし、だいぶ使えると見える」

嶋足は感心した。多麻呂の腕は口先ばかりではない。それを天鈴も見抜いている。

「親父が死んで奈良麻呂はすっかり権勢を失ったと聞いている。なのにああいう連中を集めているとは……面白い。そのうち都に騒ぎが持ち上がるかも知れんな」

「おぬし……そこまで知っているのか」

嶋足は少し寒気を感じた。陸奥の物部が都の情勢に明るいのは昔から承知のことだが、遥か年下と思える天鈴にあっさりと言われると、やはり不気味な気がした。

「奈良麻呂の敵は藤原仲麻呂《ふじわらのなかまろ》。どっちに従うかで運が変わるぞ。佐伯美濃麻呂と申す者はどちらに傾いている？」

「そんなことは存ぜぬ」

「偉そうに言うことか」

天鈴は鼻で笑って、

「せっかく助けてやるのだ。これで恩を売れる。出世するつもりなら今後はもちっと頭を使え。腕ばかりでは先が見えている」

「俺は武者として力を示す」

「武者が陸奥守に任じられるのは蝦夷との戦さのときばかり。それが望みか？」

天鈴はじろりと嶋足を見詰めた。

「そうではあるまい？　おまえは陸奥守となって戻り、新しき陸奥を作ると鮮麻呂に誓ったそうではないか。まことそのつもりなら武者ではない出世をせねばならぬ理屈」

「媚《こ》び、へつらえと言うか」

不快そうに嶋足は言った。

「どうせ今だとて内裏の雇われ犬。それならもっと上手く立ち回れ。いかにもおまえの腕なれば兵衛府の大志《だいさかん》くらいにまではなれるかも知れぬが、陸奥守は無理だ。知らぬおまえでもあるまいに」

「…………」

嶋足は額の脂汗を拭った。その通りである。若いゆえに夢を捨ててはいないが、武者の道では先が知れていた。大戦さが起きてくれない限り大きな昇進は見込めない。

「今夜が運の分かれ目だ。器量を見極めにきたと言うたはそのこと。おまえにその気があるなら我らも手助けしよう」

「物部が丸子の一族に？」

「一族ではない。おまえ一人にだ。我らが案じるのは陸奥の先行き。そのために力を惜しまぬと言うなら手助けに回る」

「なぜ俺なのだ？」

「鮮麻呂がおまえを好きだからさ。鮮麻呂はおまえを信じている。俺は鮮麻呂に賭けている。あやつは必ず蝦夷に光を授ける男。それで俺もおまえに会ってみる気になった。どうやら親父の宮足とは違うらしい。兵衛府で真面目に務めを果たしている」

「鮮麻呂は立派な男になったか？」

嬉しい思いで嶋足は訊ねた。

「いずれ都に同道して参る。敵を知らずして戦さの策は立てられぬ」

「戦さ？」

「やがてそうなろう。それを防ぐのはおまえの働き次第だな」

「戦さなど有り得ぬ。兵衛府に居る俺が言うのだ。陸奥など案じておらぬぞ」

「都ばかり見ていてなにが分かる。蝦夷は恭順こそしているが、近頃の多賀城《たがじょう》の兵の横暴さに不満を溜め込んでいる。送られてくる兵のほとんどは諸国で罪を犯した者ばかり。つまり朝廷が蝦夷を人と思うておらぬからだ」

「いや、それは……」

嶋足は詰まりながらも反論した。

「兵といえども、戦さのない場所では土地の開墾に使役される。と申して遠き陸奥では志願する者がおらぬ。それでやむなくそういう処置となった。考え過ぎであろう」

「陸奥におまえが居ればそう思わぬはずだ」

天鈴は言い放った。

「気の荒い兵どもだ。多賀城の町では乱暴狼藉《ろうぜき》が絶えぬ。訴えたとて蝦夷の言葉に耳を傾ける役人はおらぬ。もし朝廷が少しでも陸奥の民を大事と心得おるならば、あの横暴を許すわけがなかろう。ことに桃生《ものう》の町が酷《ひど》い」

「桃生までか」

嶋足は嘆息した。桃生は嶋足の父親の領地と隣り合っている。小田《おだ》の金山とも近い。

「多賀城の目が届かぬことをいいことに好き放題だ。おまえの親父は見て見ぬふり。蝦夷の女がかどわかされて、殺されるのも珍しくはない。陸奥守佐伯全成《またなり》どのは前の百済敬福《くだらのけいふく》どのと違って私欲の薄いお人のようだが、蝦夷のことにまでは心を砕かぬ。

兵の不平を鎮めるのがやっとだ。あるいは取り巻きが陸奥守のところまで話を通さぬのかも知れぬが」

「女が殺されていると言うはまことか」

「親父に聞け。黄金を献上しに都にしばしば参っておるではないか」

「知らなかった……」

「市でつまらぬ諍いをさばいておる間に仲間の蝦夷が殺されておる。そういうことさ」

天鈴は大人びた物言いで締めた。

三

二人は佐伯美濃麻呂の館にほど近い飯屋で時間を過ごし、頃合《ころあい》を計って館に向かった。たまたま通りかかったという形を取りたかったのである。

邸宅街だけあって夜はひっそりとしている。広い通りに人影はまったく見られない。

「本当に今夜か？」

嶋足は疑いを捨てきれなかった。

「神の思し召しだ。俺がたまたま小耳に挟み、おなじ日におまえと出会う。これでなにもなければ運が尽きたと思え」

天鈴はのんびりと応じた。

「館の者に見付かれば、まさに運が尽きる。庭に忍び込んでは言い訳が立つまい」

「下手に捕らえるなよ。一人二人を殺すだけでいい。他は逃がせ。それらの口からおまえが先に庭に入っていたと知れれば厄介となる。おまえは夜盗が塀を乗り越えているのを見掛けて退治した。それで通さねばならぬ」

「争いとなったら己れのことで手一杯だ。そっちは自分で身を守れ」

嶋足は念押しした。天鈴の腕の立つのは想像できるが、相手にもよる。

「十人もの数のときは争う前に館の者を呼ぶ。それも承知だな」

「五人だ。請け合う」

天鈴は言うと嶋足に示された塀を躊躇《ちゅうちょ》なく乗り越えた。腕が届く塀である。

嶋足も天鈴に続いて庭に下り立った。池を挟んだ館にはまだ明りがいくつか見られた。

嶋足は身震いを覚えた。

「こんなものか」

館を眺めて天鈴は笑った。

「従五位下と言えば陸奥守の一つ下。それがこの程度の暮らしとは情けない。貴族と言ってもほんの下っ端であろう」

言われて嶋足も認めた。多賀城に較べれば五十分の一にも満たない小さな館である。なのに、たった今はこの館の広大さに威圧を覚えていた。いつの間にか都の物差しに馴らされている。思えば故郷の館よりわずかに大きいだけである。嶋足に自信が甦った。

「さてと……どうする？」

天鈴は嶋足を振り向いた。

「寝所を真っ直ぐ襲う気なら敵もここから忍び込む。松の枝にでも取り付いて見張るか」

嶋足は太い松を選ぶと先に登った。

天鈴の言葉通りに夜盗が現われたのは、それから半刻《はんとき》後のことだった。塀の外に黒い影が蠢《うごめ》いている。数は七つだった。

「あれなら大して差はない」

天鈴はにやにやして言った。

「一度に七人が乗り越えてはこぬだろう。二つに分けて入る。はじめのやつらを襲って騒ぎを起こせば後の連中はそのまま逃げる。簡単な仕事だ。おまえ一人でもやれるさ」

「俺ばかり行けと言うのか」

「危ないと見たら飛び下りる。その方が不意を衝《つ》ける。おまえの手柄だぞ」

当たり前のように天鈴は口にした。

「それをはじめから言え。手助けすると申したくせに……勝手な男だ」

それでも嶋足には笑いが見られた。夜盗が本当に現われて安堵したのである。庭の中での争いとなれば大義は嶋足にある。

「来たぞ。三人だ」

天鈴は嶋足を促した。嶋足はそろそろと松から下りた。胸の高鳴りが止まない。

「人を殺したことは？」

天鈴は枝の上から質した。

「まだ、ない」

「やつらにはある。遠慮はするなよ」

嶋足に微《かす》かな逡巡があるのを察して天鈴は言った。嶋足は笑いで応じた。まさか嶋足が待ち構えているとも知らず三人の夜盗は塀から飛び下りた。嶋足はいきなり彼らの前に立ち塞《ふさ》がった。夜盗は仰天した。

「兵衛府の者だ。待っていたぞ」

「なに！」

「すでに手が回っている。諦めろ」

嶋足はぎらりと刀を引き抜いた。

「たわけ！　それと気付かぬ俺と思うな。他の役人などおらぬ。安心しろ」

逃げ腰になった二人の仲間に声を発しながら一人が素早く刀を身構えた。それで二人も刀を抜いた。嶋足は男たちに囲まれた。

「どうしてもやる気か？」

嶋足は暗がりに足場を定めながら言った。池を背中にすれば背後を気にすることはない。

「館の雇われ者か？」

一人が低い声で訊ねた。

「兵衛府と申したはず」

「役人がたった一人でくるわけがなかろう。そう言えば逃げるとでも思ったか」

男は嘲笑《あざわら》うとじりじりと詰め寄った。大した腕ではないが馴れているせいか怯《おび》えがない。

「今夜は退散するしかなさそうだがよ、うぬの命だけは手土産《てみやげ》に貰っていく」

「近頃荒らし回っているのはうぬらか？」

「としたら、どうだ」

「半月ほど前、元興寺《がんごうじ》近くの館で女と子供が殺された。それもうぬらの仕業か？」

「なるほど、まことの役人らしい。よく知っていやがる」

「それを聞いて安堵した。あの館にはうぬらの顔を見た者がおる。死んだとて顔があれば問題はあるまい。自白させずとも済む」

「なにを言いやがる！」

相手は怒りに任せて刀を振ってきた。嶋足は正面から受けた。火花が散った。嶋足の緊張がそれで解けた。指に感覚が戻る。鍛えているという自信が次の動きを楽にした。嶋足は男の腿を蹴りつけて離れた。男はぐらっと傾いた。その顔には焦りが見られた。刀での戦いを制するのは気合いである。どんなに腕を磨いていても、生身の刀の冷たい輝きを間近にすると心が乱れる。結局は馴れが気合いに繋《つな》がる。それだけを頼りに目の前の男はこれまで勝ちを収めてきたのであろう。それがたった一度の蹴りでぐらついたのだ。男は急に怯えを見せて後退した。すかさず嶋足は踏み込んだ。男は動転して刀を闇雲《やみくも》に振った。嶋足は身を縮めて男の脛《すね》を横に払った。がつんと手応えがあった。骨を割ったのである。男は絶叫して庭に転がった。見守っていた二人の男は、叫びに誘われるように嶋足を襲った。が、倒した男に較べれば段違いに腕が劣る。難無く嶋足は二人の刀を避けて一人の胸元に飛び込んだ。嶋足は思い切り男の腹を突き刺した。悲鳴が上がった。残りの一人は刀を放り投げて塀に飛び付いた。だらしのない夜盗だった。

「てめえ！」

脛を斬られた男が嶋足の背後に回っていた。嶋足は慌てて突き刺していた刀を引き抜くと、振り向きざま渾身の力で男の頭をかち割った。同時に嶋足の刀が根元から折れた。男は額に鉄板を仕込んだ鉢巻をしていたのだ。

〈しまった！〉

と思った嶋足だったが、もはや他の敵は見当たらなかった。逃れていく夜盗たちの足音が塀の外から聞こえた。嶋足は大きく息を吐いた。足元に転がっている二人の死骸を見下ろしながら嶋足は武者震いを止めるのに必死だった。逃げた一人が居残っていたら確実に殺されていただろう。刀がこんなに脆《もろ》いものとは思わなかった。嶋足は刀を固く握り締めている指を左手で剝《は》がした。がちゃんと音を立てて刀が地面に落ちた。

「都の刀はそうしたもんだ」

いつの間にか天鈴が側にやってきていた。

「蝦夷の刀とは大違いだ。これじゃ兜《かぶと》に負ける。二人も斬ればぼろぼろになるぜ。腕を鍛えたところでどうにもならん」

天鈴は言いながら死骸を検分した。

「さすがだな。鉄仕込みの鉢巻を真っ二つだ。噂通りの腕を見せて貰った」

「おぬしは……斬ったことがあるのか？」

嶋足はようやく息を整えて質した。

「熊を相手にしたことはあるが、人はない」

「危ないところだった……薄情なやつだ」

「そう思ったのはおまえだけだ。五人を相手にしたっておまえなら勝てる」

天鈴は立ち上がると館に目をやった。

「やっと騒ぎに気付いたらしい。俺が居たんじゃ面倒になる。明日か明後日、また市で会おう。褒美《ほうび》に立派な蝦夷刀《えみしとう》を用意しておこう」

天鈴は嶋足に微笑むと塀に走った。機敏に塀を乗り越えて、たちまち姿を消した。

「そこに居るのは何者だ！」

館の郎党たちが嶋足を取り囲んだ。

「夜盗を退治してござる。手前は兵衛府の丸子嶋足と申す者。お騒がせして申し訳ない」

郎党たちは嶋足の足元に転がっている二つの死骸を認めて尻込みした。

「貴公が、たったお一人でか？」

「こやつらの仲間どもは逃げ失せました。お館に忍び込むのを見たゆえ、致し方なくお庭を汚してしまい申した」

「かたじけない。礼を申し上げる」

郎党たちは嶋足に頭を下げた。

四

丸子嶋足の勇名はたちまち都に鳴り響いた。翌日の首実検の結果で嶋足が手にかけた二人は、正しく市中を荒らし回っていた夜盗の一味の者と確かめられたのである。なぜそばかりか首魁《しゅかい》と目された。それを単身で討ち果たしたのだから功績は大きい。なぜその時刻にたまたま居合わせたのか、という疑惑を抱く者など一人も居なかった。嶋足の府生《ふしょう》への昇進は確実と見做された。いや、あるいはその上の少志《しょうさかん》とて有り得る。少志の官に任じられるとなれば、同時に階位を授けられることになる。相当するのは従八位上《じゅはちいのじょう》という、大内裏の階位制から見ると末端に当たる位であるが、馬料や禄を頂戴する歴《れっき》とした官人となる。もはや雇われ兵士ではなくなるのだ。しかも大内裏の階位制はよほどの失態でもない限り二年から三年で自動的に上がることになっている。一度階段に上がってしまえば出世は約束されたようなものだ。都人《みやこびと》ならともかく、蝦夷が自力でそこに到達するのは容易ではない。

すべては天鈴の賜物《たまもの》である。

天鈴は近いうちに市で会おうと言ったのだが、なぜか三日が過ぎても顔を見せなかった。

市に詰めながら嶋足はそれを気にしていた。

天鈴が市を巡回する嶋足の前に姿を見せたのは四日目のことだった。

目配せを受けた嶋足は巡回を部下に任せて天鈴が消えた飯屋に向かった。

「昇進が定まってからと思ったが、ずいぶんかかるな」

どこかで見掛けたような男と酒を呑んでいた天鈴は嶋足が腰を下ろすと杯を渡した。

「こんなものだろう。まだ四日だ」

「明白な手柄だ。即日の昇進はいくらでもある。おまえが蝦夷ゆえ階位を授けるべきかどうか二の足を踏んでいるのだ」

ずけっと天鈴は言った。それに嶋足は笑って頷いた。だろう、と嶋足も思う。

「この男は言人《ことんど》。我らの一族だが、都に永い。かれこれ十五年も暮らしている」

天鈴は紹介した。四十近い男である。

「海豹《あざらし》の皮や馬を扱うております」

「なるほど、市で何度か見たことがある。そうか、吉風《きっぷう》さまの手の者であったか」

「それはご内密に。都ではただの馬商人」

言人は辺りを憚りながら念押しした。

「今までなにをしていた？」

嶋足は天鈴に質した。

「おまえのために働いていたのさ」

天鈴は苦笑いして、

「どこに売れば高く値がつくか、この言人と探っていた。兵衛府の少志ぐらいでは先が永い。やはり大志辺りからはじめんとな」

「なにを言うかと思えば……」

嶋足は笑った。

「ここは陸奥とは違う。いかに物部吉風さまのお力でも通用せぬ。無位の者がいきなり大志など……夜盗を始末した程度ではないか」

「もう少しすれば、この店に坂上苅田麻呂《さかのうえのかりたまろ》がやってくる」

天鈴は面白そうに嶋足を見詰めた。

「坂上苅田麻呂さまだと！」

嶋足は絶句した。

「なんの用事があってだ？」

「おまえに会いにくるのさ。武者のことは武者が一番よく分かる。佐伯美濃麻呂を少し当たってみたが、先行きが分からぬ男だ。今後どちらに従うか知れぬ。そんな男を頼りにすればかえって危ない。大内裏に乱れが起きた場合、大事を左右するのは衛士《えじ》府《ふ》と兵衛府。やはりそこで働くのが出世の糸口。おまえにはそれだけの腕がある。そこで坂上苅田麻呂に目をつけた。苅田麻呂の親父は左衛士府の督《かみ》。息子の推薦があれば上に働きかけておまえを迎えることができよう。兵衛府では先が知れているぞ。それに……大内裏を守る兵衛府の者が市中で夜盗を退治したとて手柄となるか、という反論もあるそうだ。それは衛士府の役目。もちろん、蝦夷のおまえに階位を与えたくない連中の言い掛かりに過ぎないが、確かに一理ある。それならいっそ衛士府に移る方がいい。言人が苅田麻呂に話を通した。苅田麻呂もおまえの武勇を知って心を動かしている。兵の数こそ多いが、おまえほどの腕を持つ者は衛士府におらぬ」

「…………」

嶋足は腕組みした。おなじ衛府《えふ》に属していても兵衛府と衛士府では役割が異なる。兵衛府が主として大内裏の警護を任されているのに対して衛士府は門の外、つまり市中の警護が主体なのである。それだけに兵の数も多ければ責任も重大となる。

「苅田麻呂は衛士府少尉《しょうじょう》。その苅田麻呂がおまえを片腕に欲しがっている。それなら大志も夢ではあるまい。だれに付け届けすればいいのか、この言人が調べ上げた。苅田麻呂さえ頷けば今日にでも二人で動く……」

「貢ぎ物で動かすと申すか……」

「手柄を立てたのだぞ。その口添えを頼むだけのこと。無能な男を出世させろと言うのではない。必ず上手くいく」

「しかし……ちと気が進まぬな」

「おまえの腹が痛むわけではなし……命を賭けた代償が府生ぐらいでは足りぬ。昼寝をしていたとて二年で貰える役職ではないか」

「それはそうだが……」

「親父の手助けを拒んでいるゆえ、我ら物部の手助けはなおさら無用ということか」

天鈴は鋭く見抜いていた。貢ぎ物で出世するつもりなら、とうに行なっている。腕に自信があればこそ兵衛府への出仕を自ら望んだ嶋足であった。

「これまでとは違うのだ。おまえは安心しているらしいが、この一年のうちに必ず都には不穏が生じる。その折りにおまえがどこに立っているかが重要になる。下っ端の兵ではなにをしたとて認められぬ。少なくとも少志となって兵を動かす位置になければ戦さの手柄とならんぞ。武者のままで上に昇るつもりなら今が大事だ。躊躇しているときではない」

「俺になにをさせる気だ」

嶋足は不安を覚えた。

「言ったはずだ。本当に蝦夷のことを考えているのなら陸奥守にしてやりたい。それにはまず階位がなくてはならぬ。最低でも従五位下か。そこまでは我ら物部も手助けする」

「なれるか？」

「なると言って都へでたのはおまえだろうに」

「あのときは……若かった」

「まだ若い。都が乱れれば機会はある」

天鈴は軽く請け合って、

「苅田麻呂に手土産がある。橘奈良麻呂のことだ。それをあいつに耳打ちしろ」

「なにか調べがついたのか？」

「こたび陸奥鎮守府《ちんじゅふ》将軍に任じられた大伴古麻呂《おおとものこまろ》の動向が怪しい。盛んに奈良麻呂と連絡を取り合っている。なにかを企んでいるのは間違いない。藤原仲麻呂に権勢を奪われそうなので焦っているのだ。それと……道祖王《ふなどおう》」

「道祖王さまがいかがした？」

嶋足は膝を乗り出した。道祖王とは今の皇太子である。大内裏の警護を任せられている嶋足にすれば聞き捨てならない名だ。

「おまえがそこまで知っているとなると、反対に苅田麻呂は警戒するやも知れぬが……内裏の大事がすべて道祖王を通じて奈良麻呂らに筒抜けだ。帝《みかど》がいつどこでなにをしているかまで奈良麻呂は押さえている。奈良麻呂が送り込んだ女に誑《たぶら》かされているのよ」

「まさか！」

「確かだ。我らは大伴古麻呂の身近な者を懐ろに引き込んでおる。鎮守府将軍となると、どんな政策を打ち出してくるのか見極めねばならぬ。それをしている間に耳に入ってきた話。古麻呂は陸奥などそっちのけで奈良麻呂と密議を続けている。春となっても病いを口実に陸奥へ下向《げこう》せぬのはそのせいだ。陸奥に引き籠もっている間になにかが起きてはまずいと考えているのだろう」

「証しがあるのか？」

とても簡単に信じられる話ではない。

「だから、苅田麻呂に調べさせろ。おまえは蝦夷。鎮守府将軍の動きに気を配っていたとて不思議ではない。苅田麻呂とて少し調べれば納得する。おまえはますます苅田麻呂に信頼され、出世が約束される」

「おぬしたちは……都でなにをしている」

脂汗を拭いながら嶋足は溜め息を吐いた。

「都でなにが起きようと、陸奥に関わりがなければ興味はない。それでおまえに教えただけのこと。そろそろ苅田麻呂が現われる時刻だ。仲立ちはこの言人がする。俺はしばらく退散しよう。上手く話をつけるんだな」

天鈴は杯を一気に干して立ち上がった。

「あの男……何歳になる」

店から消えると嶋足は言人に訊ねた。

「十七にござります」

「あれでか……とてもかなわぬ」

嶋足は呆れて苦笑するしかなかった。

「参られましたぞ」

言人は声を潜めて苅田麻呂の出現を告げた。嶋足は戸口を振り向いた。

〈まこと……苅田麻呂さま〉

嶋足は身震いを覚えた。坂上苅田麻呂こそ、今の都で最も名の知れた武人であった。

苅田麻呂は巨体を持て余すように肩をすぼめて店の中を覗いていた。客たちは威圧を覚えたのか話を止めて苅田麻呂を見詰めていた。

追い風

一

坂上苅田麻呂《さかのうえのかりたまろ》の目に射すくめられた格好で嶋足は腰を上げた。まだ心の準備ができていない。苅田麻呂が実際に現われるなど、半信半疑でいたのだ。

嶋足はその場に平伏しそうになった。腕も違うが、なにより身分に差があり過ぎる。苅田麻呂は嶋足の勤務する兵衛府《ひょうえふ》よりも規模の大きな衛士府《えじふ》の少尉《しょうじょう》。番長《ばんちょう》の嶋足から見れば四階級も上に当たる。いや、それだけのことなら嶋足とて滅多に気後れしない。一番には苅田麻呂の父親の犬養《いぬかい》に対する崇敬が加わっている。犬養は左衛士府の督《かみ》、つまり都警護の頂点に立っている男なのである。

「丸子嶋足とは、そなたか」

苅田麻呂はにやりと笑って訊ねた。嶋足の側に居る馬商人の言人《ことんど》が代わりに頷いた。言人は何度も苅田麻呂と会っている。

「勘定を済ませて私についてこい」

苅田麻呂は顎で命じて店を先にでた。嶋足の肩を言人が押した。嶋足は圧倒されていた。遠目《とおめ》に見掛けたことはあっても、こうして間近で口を利いたことはない。苅田麻呂は確か三十歳。二十三の嶋足であるが、それ以上の隔たりを覚える。

見失わぬように慌てて店をでた嶋足は、それが杞憂《きゆう》であったと知った。市の雑踏にあっても苅田麻呂の巨体は人々より頭一つほど抜きんでている。苅田麻呂は振り向いて嶋足が従っているのを確かめると、ずんずん先へ進んだ。並んで歩くなという意味と察した嶋足は少しの間を取りながら続いた。

〈どこに行く?〉

苅田麻呂はやがて市の門を潜って寂しい裏手へと向かった。嶋足は首を捻った。門を固めている兵が嶋足に頭を下げる。

「ちょっと抜ける。半刻《はんとき》ほどで戻る。なにか面倒が起きたら詰所に待たせておけ」

嶋足は言うと通り過ぎた。

「二人とも足が速くて疲れますの」

間もなく言人が嶋足に追い付いた。

「このままだと秋篠川《あきしのがわ》沿いに都を出てしまうが……なんのつもりだ？」

「さあ。あのお人のなさることはどうも。なにしろ自ら願って出世を拒んだお人」

「その噂は耳にしたが、本当なのか？」

嶋足は言人に質《ただ》した。一年前辺りのことである。内裏《だいり》は苅田麻呂の腕を見込んで禁《きん》裏《り》警護を専《もっぱ》らとする中衛府《ちゆうえふ》の将監《しようげん》に迎えようとしたらしいのだが、苅田麻呂は固く拒み続けて衛士府への残留を願ったと言う。しかし、俄《にわか》には信じられない話だ。中衛府の将監となれば階位は正《しようろくいのじよう》六位上。衛士府の少尉からだと一挙に四階位の特進となる。しかも昇殿の一歩手前の地位なのだ。それを一蹴《いっしゆう》するなどとうてい考えられない。

「恐らく真実《まこと》でありましょう。中衛府に出仕してしまえば腕を腐らすばかり。禁裏を襲う者など一人もおりますまい。退屈な役所仕事を続けることになりまする。体を動かすことがなによりもお好きなお人。聞いたわけではござらぬが、あのお人なれば有り得ます」

言人は断言した。

「そういうお人が実際におるのだな」

嶋足は溜め息を吐《つ》いた。

「お父君のお側に居たいと思うてのことでもありましょうがの。中衛府に移れば滅多に顔を合わせることがなくなりまする」

それには嶋足も頷いた。苅田麻呂の父親犬養は七十五という老齢であった。本来なら身を退く高齢であるのに、内裏の方でそれを許さないのだ。それほど信頼を得ていることになるのだが、息子の苅田麻呂としてはその支えにならねばと思っているのだろう。

「まこと、あのお人の下《もと》に迎えられるのなら嬉しい話だが」

嶋足は苅田麻呂の背中を見詰めて言った。武者として仕え甲斐のある男である。

「苅田麻呂どのさえその気になれば簡単にござる。かような場所に連れ出したということは、きっと試す気なのかも」

「俺の腕をか？」

嶋足は立ち止まった。

「都の中では人目がござる。まさか刀を抜かせるわけには参らぬでな」

「と言うことは……つまり」

「刀での試合を望んでいるものと」

「冗談を申すな」

嶋足は青ざめた。いくらなんでも衛士府の少尉を相手に刀を抜くなど許されない。

「見なければ腕が分かりませぬ。夜盗を一人で退治したと言うのも、苅田麻呂どのにすれば人の口から耳にした噂に過ぎませぬからの」

言人は当たり前のごとく口にした。


「ここなれば人目を気にすることがない」

苅田麻呂は川原に下りて嶋足を誘った。

「いかにも腕は確かそうだが……兵衛府の者が、あんな夜更けに一人でなにをしていた」

苅田麻呂はじろりと嶋足を睨《にら》んだ。

「たまたま夜盗とでくわしたのも話がうますぎる。恐らく、どこぞで夜盗の狙いを耳にしたのであろうが……それならなぜ部下を引き連れて館《たち》の警護に回らぬ？　市中のことは兵衛府の管轄外ゆえ、手柄を他の者に奪われるとでも思うたか？　としたなら厭《いや》な男よな。出世のために佐伯どのの命を軽んじたことになる。幸いに退治したから良かったものの、そなたが敗れれば佐伯どのの命がどうなっていたか知れぬ。役目を第一と考えねばならぬ警護の者がそれをやれば世の乱れの原因《もと》だ」

辛辣《しんらつ》な言に嶋足は冷や汗をかいた。

「いや……それはですの」

言人は慌てて弁明にかかった。思いがけない苅田麻呂の冷たさに言人は困惑していた。

「そなたとの付き合いゆえ、こうして足を運んで参ったが、私になにを頼む気だった？　それもこの嶋足から申し出たことであるなら許さぬ。かような者が内裏を悪くする」

苅田麻呂は言人を一喝した。

「蝦夷《えみし》同士の情けで目が曇っておるやも知れぬがな。人の命を軽んじて己れの出世を願う男などに先行きはないと思え。言うては悪いが蝦夷に出世の道などない」

苅田麻呂は言人に続けた。さすがの嶋足にも怒りが生じた。己れ一人が出世に目を奪われず、清廉潔白な気でいる。だが、それとて犬養という親があるせいであろう。苅田麻呂こそ自分というものを知らない。それに、なによりも蝦夷への蔑視が許せなかった。

「ほう……怒ったか」

苅田麻呂は冷笑して、

「なれば好都合。刀を抜け。私が面倒を片付けてやる。内裏ではそなたの扱いについて頭を悩ませているらしい。蝦夷ごときに無駄な時間を費やしている。死んでしまえば、すべての厄介が省けるというもの。ここで会ったを幸いに首を刎ねてやる。だれも見ておらぬ。いくらでも言い訳がたつでな」

「それは、こちらの言い分にござります」

嶋足はぎろりと見返した。

「国の安泰を願わねばならぬお人に蝦夷への軽視があっては、それこそ世の乱れの原因となりまする」

「斬れる腕と思うてか」

苅田麻呂は声を上げて笑った。

「二人の夜盗を倒したぐらいで思い上がるな。この苅田麻呂を倒すと言うなら遠慮せずにかかって参れ。蝦夷なら私も気にならぬ」

「まだ言いまするか！」

堪《こら》えかねて嶋足は刀を引き抜いた。言人は動転して嶋足の前に立ち塞がった。

「よしなされ。お相手が悪うござる。坂上苅田麻呂どのと斬り合えば都におられなくなり申すぞ。ここは辛抱《しんぼう》じゃ」

「都になどとどまる気はない。なにが坂上苅田麻呂か！　この者がこの程度なら他も知れた。いずれ必ず戦さとなる。そうなる前に苅田麻呂の首を落としてくれよう」

嶋足は言人を押《の》し退けた。

「いかにも出世を願ったが、それは蝦夷との戦さを避けんとしてのこと。己れの私欲にあらず。それすら分からぬ者に遠慮はせぬ」

「面白し」

苅田麻呂はすらりと刀を抜くと右手ばかりで身構えた。顔には笑いが残されている。嶋足は緊張した。腕の違いをまざまざと知らされたのである。重い刀を片手で扱って、微塵も剣先に揺れが見られない。笑いはただの見栄ではないのだ。

「どうした。そなたの喧嘩は口先だけか」

苅田麻呂は軽く一歩前にでた。嶋足は後退しながら川を背にした。しかし、夜盗相手のときと異なって、なんの意味もない。あの場合は背後からの攻撃を防ぐ目的だったが、今は敵がたった一人。つまりは追い詰められたに過ぎなかった。

〈いや、違うぞ〉

嶋足は自分に言い聞かせた。この位置ではもう逃れられない。苅田麻呂が踏み込んできたら前にでるしかないのだ。その決意をつけたくて、わざと川を背にした。どこまでも逃れられる場所なら躊躇《ちゅうちょ》が邪魔をする。さしたる恨みもなく、しかも上役が相手となると迷いが生じて当たり前であろう。本気でぶつかったとしても勝つにはむずかしい。そこに迷いが重なっては結果が見えている。これは嶋足の覚悟の表われであった。

それに気付いてか苅田麻呂は刀を両手で握った。慎重に間合いを詰めてくる。

嶋足は苅田麻呂の足の指先に目をやった。右か左か、どちらの指先に力が込められているかで、次の動きが読める。と思ったが、双方ともに緊張が緩められていた。嶋足は苅田麻呂の目を見詰めた。その瞳にも平静さが感じられた。嶋足は不審を抱いた。腕の違いに自信を持っているのかも知れないが、それにしても殺気がなさ過ぎる。

〈あるいは……〉

これが試しかも知れぬ、と嶋足は悟った。

〈どうせ勝てぬ相手なら〉

嶋足は刀を持ち替えて峰《みね》を下にした。苅田麻呂はじっと嶋足の顔を見据えた。やがて苅田麻呂は薄笑いを浮かべて、

「峰打ちに直したは私を傷付けまいとしてのことか？」

嶋足に質した。

「殺気の見えぬお人を斬ることはできませぬ」

嶋足の返事に苅田麻呂は大きく頷くと、刀を鞘《さや》に納めた。嶋足も笑いを見せた。

「言人、この男、掘り出し物だ」

苅田麻呂はあんぐりと口を開けて見守っていた言人を振り向いて言った。

「向かって来たら遠慮なしに打ち据えてやるつもりだったが……今の様子を見ると相討ちとなったやも知れぬ。危なくこの苅田麻呂、短い生涯を閉じるところであったぞ」

「とてもかなう腕ではありませぬ」

嶋足も刀を納めて頭を下げた。

「なにがありましたので？」

言人はきょとんとしていた。

「この男、私が試していると察した。その少し前には本気でやり合う決意をしたと思うたに……平静を保っている証しだ。さらに磨けば、とてつもない腕となる」

苅田麻呂は嶋足と向き合うと、

「どうだ、私の下で磨く気にはならぬか」

温かな笑顔で訊ねた。

「その気があれば今日にでも掛け合う」

「喜んでお任せいたしまする」

嶋足は川原に両手を揃えて願った。

「内裏とて文句はあるまい。口喧《くちやかま》しい私の下に置けば安心できる。二、三日中には衛士府へ移れという命が下ろう。悪いようにはせぬ。楽しみにそれを待つがいい」

苅田麻呂は言うと歩きはじめた。

「酒を呑みたいところだが……」

思い出したように苅田麻呂は振り返り、

「命が下る前につるんでいたと伝われば、あらぬ噂が立つ。祝い酒は後にしようぞ」

さっさと立ち去った。

「やりましたの」

言人は嶋足の肩を叩いた。

「今夜は我らで祝い酒にいたそう。若も喜ばれる。これで甲斐があったと言うもの」

「坂上苅田麻呂……凄いお人だ」

それに応ぜず嶋足は小さくなった苅田麻呂の影をいつまでも目で追っていた。

二

嶋足に衛士府への出仕が言い渡されたのは二日後のことだった。それも少志《しょうさかん》を飛び越えて大志《だいさかん》としての任命である。番長から数えると一気に三階級も特進したことになる。いや、実際はもっとだ。左右合わせて定員八百人の兵衛府と千二百人の衛士府では役職の重みが違う。衛士府の大志は兵衛府の少尉にも匹敵する。正式の出仕は三日後と定まった。その間に宿舎への移転や兵衛府での仕事の引き継ぎを済ませる必要がある。嶋足は慌ただしく動き回った。これまでは雇われ兵士の一人に過ぎなかったのに、大志となると官人に加えられる。小者《こもの》を従えることも許され、館とてそれなりのものを見繕えるよう支度金が支給される。これまでとはなにからなにまで違う暮らしが待っている。

館の手配は言人が早速にしてくれた。引っ越しと言っても嶋足にそれほどの家財があるわけではない。持ちたくても共同の官舎に住まいする身では無意味であろう。

任命の翌日、新しい館に入った嶋足は、だれの目もないのを幸いに床に寝転ぶと大きく手足を伸ばして喜びを噛み締めた。

体もへとへとに疲れている。この日は朝から兵衛府内での挨拶回りにかけずり回った。明日は一日ゆっくりできる。

〈ようやく俺の館を持てた〉

嶋足はしみじみと思った。陸奥を出て八年。それも己れ自身の才覚で得た館である。明日には言人が小者を連れてきてくれる手筈となっている。馬とて自分のものが持てるのだ。

嶋足は夕闇に包まれていく館のあちこちを飽かず眺めた。まだ調度は揃っていない。それだけに広さが感じられる。

〈国の母者や弟らがこれを聞けば、なんと喜ぶだろうか……〉

都と陸奥は遠い。この昇進が伝わるのは早くても一月後《ひとつき》のこととなろう。それを思うと嶋足の胸は弾んだ。嶋足の与えられた階位は正八位下。父親の宮足《みやたり》は黄金を貢いだ功績により従七位上を授かっているのだが、それは上に外《げ》という文字がつく。外従《げの》七位上。すなわち正式な内裏の官人ではない。この時点で嶋足は親の宮足を超えたとも言える。

「たった八位程度で、そんなに嬉しいか」

暗い庭から声がかかった。嶋足は慌てて半身《はんみ》を起こした。

「天鈴《てんれい》か……驚かすな」

嶋足は舌打ちしながらも笑って中へ誘った。天鈴の側には言人の他に若者が並んでいた。

「弓守《ゆもり》と言う名だ。これも我ら物部《もののべ》に連なる者。この男で構わぬなら小者として用いてくれ。歳はまだ十五だが気が利く」

天鈴は若者を嶋足に紹介した。

「物部と知れれば親父どのが案じるか？」

軽い逡巡を見て取って天鈴は笑った。

「親父とは無縁のこと。よかろう」

嶋足は頷いた。すべてが天鈴に仕組まれているようで、それが気になっただけである。

「しかし、狭い家だ。これでは館とは言うまい。決められた定めがあるゆえ仕方なかろうが……先はまだまだ永い」

天鈴はどっかりと嶋足の前に胡座《あぐら》をかいて酒の詰められた瓶《かめ》を差し出した。

「せめて苅田麻呂とおなじ少尉にならねば下働きと一緒だ」

「少尉など……とても」

　嶋足は苦笑いした。階級で言うなら、わずか一つ上の役職に過ぎないのであるが、階位は格段に異なる。少尉を任じられるのは正七位上より上と決まっているのだ。嶋足の階位から見れば五段階も上に当たる。階位はおよそ二年で一つ上がることになっているので、十年も辛抱しなければ少尉にはなれない。

「また手柄を示せばいい。しかも、その時期は近いと見た。ことに衛士府は忙しくなるぞ。働きようによっては一年もせずして少尉への道が開かれる。大志と言えばじかに二百の兵を動かす立場にある。すべてはこれからだ」

　天鈴は嶋足に酒を注いだ。

「忙しくなるとは……橘奈良麻呂《たちばなのならまろ》さまの一件か？」

　嶋足は声を潜めて質した。

「いよいよ動きが慌ただしい。親父の橘諸兄《もろえ》を失って奈良麻呂は見る見る権勢が弱まった。とは言え、奈良麻呂は兵と軍馬を管轄する兵部省《ひょうぶしょう》の卿《きょう》。なにかことを起こすつもりなら今しかないと見ておるに違いない。手をこまねいて、もし別の省へ動かされてしまえば後手に回る。俺が奈良麻呂でも今を大事にする」

「なるほど」

嶋足は小さく頷いた。これまでは己れと無縁の世界と見て、深く考えたことがなかった。だが、兵部卿という地位の重さは分かる。隼人《はやと》以外に直接の支配が及ばぬと言っても、近衛府、兵衛府、衛士府など兵事に関わる部署に強い力を持っていることは確かなのだ。もし兵部卿からなにか命令が下れば、即座に頷いて行動を起こす者が大勢居よう。たとえそれが雲上人を殺せという命令であっても、である。しかし、それが大蔵卿《おおくらきよう》とか式部卿《しきぶきよう》となると話が異なる。

「奈良麻呂と反目している藤原仲麻呂とてそこは承知であろう。兵部卿からの追い落としを必死で画策しているはず。今のところ運がどちらに転ぶかは我らにも分からぬ。が……都に乱れが生じるのは間違いない。その行方を占うのが衛士府の動き。衛士府がどっちに従うかで勝ち負けが決すると言ってもいい」

「…………」

「近衛府は禁裏の警護で動けまい。兵衛府は兵の数が少ない。奈良麻呂が頼りにするのは雇い入れている私兵と隼人、そして衛士府と見た。あとは大伴《おおとも》や小野《おの》と言った同盟者の手勢……そうなると仲麻呂に勝ち目はなくなるが、大半を占めるのは衛士府の兵。これが仲麻呂に従えば一気に形勢が逆転する。手柄と申したはそこよ。衛士府こそ出世の早道。上手く立ち回って勝ちに繋がれば少尉など直ぐに手が届く」

「そこまで見越して俺を衛士府に」

嶋足は唸った。

「普通なら、勝つ側を見定めて味方につくのが楽に違いなかろうが……それでは褒美も少なくなる。負ける側に手を貸して勝たせることこそ大事。理屈はそうでも、その見極めが案外とむずかしい。どちらも勝つ気でいる」

天鈴は陽気に笑って杯《さかずき》を干した。

「どちらなのだ？」

嶋足は苛々《いらいら》と問い質した。

「内裏に八年も仕えて、その見当すらつかぬのか？　俺に聞くことではあるまいに」

「政《まつりごと》のことなどなにも知らぬ」

嶋足は憮然《ぶぜん》として言い返した。

「今宵からはそれで済まなくなる。もともと蝦のごとき身分ゆえ今度の特進となったが、これからは夜盗を二人や三人退治したとて滅多に上には引き上げられぬ。この先必要となるのは腕ではなく政を見極める目だぞ。藤原や橘を侮《あなど》るな。あれらはそれが確かゆえに今の地位にある」

天鈴はぎろりと見返した。

「かも知れぬな」

嶋足は素直に認めた。六歳も年下なのに天鈴にはどこか引け目を感じる嶋足だった。陸奥での力関係が影響しているのだ。天鈴の祖父である物部吉風《きつぷう》は陸奥全体に強大な力を持っている。牡鹿《おしか》一郡を纏《まと》めているだけの嶋足の父親宮足など較べものにもならない巨大な存在なのだ。その直系であるという自負が天鈴の言葉の端々《はしばし》に表われる。それが嶋足に威圧を与えているのであった。

が、それがただの自惚《うぬぼ》れや強制であるなら、嶋足とて簡単には頷かない。ことごとくに得心がいけばこそ同意もし、従う気になる。

「力は奈良麻呂が上。策では仲麻呂。内裏が大きく二つに割れぬのは、だれもが決めかねて様子見をしているからよ。道祖王《ふなどおう》の存在がさらにそれを複雑にしている」

「そうなのか」

嶋足は曖昧に質した。なぜ複雑にしているのか、それさえも分からない。

「道祖王は先帝が定めた皇太子。それをどちらが味方につけるかで普通は趨勢《すうせい》が決まる。だが仲麻呂はまったく道祖王を問題にしておらぬ。今の女帝が道祖王を内心では疎《うと》んじているのを承知しているせいだ。もっとも、後先はどちらか分からぬぞ。女帝の道祖王嫌いは仲麻呂から吹き込まれたものかも知れぬ」

「仲麻呂さまにそんな力があるのか？」

「まったく……なにも知らぬのだな」

天鈴は呆れた顔で嶋足を見やって、

「女帝の母親である光明《こうみょう》皇太后は仲麻呂の叔母に当たる。つまり女帝と仲麻呂は従兄妹の繋がりにある。女帝は幼き頃より仲麻呂を実の兄と同様に付き合うてきたとか。血筋だけで言うなら橘奈良麻呂とて女帝と従兄妹の間柄となるが、関わりの深さが違う。仲麻呂の祖父であった不比等《ふひと》の血筋の方が帝の周りに多く残されている。女帝が仲麻呂を頼りとするのも不思議ではない」

「なぜ仲麻呂さまは道祖王さまをそれほどに嫌われるのだ？」

「道祖王が次の帝になると藤原一族との縁《えにし》が薄れる。それだけのことさ。我らにはそれだけのことと映るが、仲麻呂にとってはなによりも大事なことに違いない。しかも道祖王は奈良麻呂と親しい。いまさら懐ろに引き入れるのもむずかしい。それで女帝を誑《たぶら》かし、道祖王を退ける策に転じたと俺は見ている」

うーむ、と嶋足は嘆息した。いかにも厄介な状況である。敵対する奈良麻呂と仲麻呂のどちらを選ぶかという単純な問題ではない。帝と皇太子のどちらに従うかという選択まで関係していることになる。軍事的な力は確かに奈良麻呂にあろうが、帝を味方につけている仲麻呂の策も無視できない。皇太子はあくまでも皇太子でしかないのだ。

「と申しても、結局は力だな」

天鈴は薄笑いを浮かべて、

「そろそろ大方《おおかた》は奈良麻呂に傾きかけている。力で仲麻呂を制すれば女帝も奈良麻呂に従うしかなくなる。道祖王に帝位を譲ろう。まあ、それが自然の成り行きだ」

「………………」

「仲麻呂がここで思い切った策でも打たぬ限り権力はまた奈良麻呂に戻る」

「その……愚かな問いかも知れぬが」

嶋足は照れた顔で訊ねた。

「奈良麻呂さまと仲麻呂さまが手を携《たずさ》えて政をしていくわけには参らぬのか？」

「昨年の正月に奈良麻呂の親父の諸兄が左大臣の職を退いた経緯を噂でも耳にしたことはないか？」

天鈴は嶋足を見据えて、

「表向きは病いとされているが、あれは仲麻呂らの陰謀だぞ」

「とは？」

「諸兄の館に永く仕えている男が裏切って、諸兄に謀反《むほん》の心ありと訴え出たのだ。諸兄を信用している先帝は問題にもしなかったらしいが、仲麻呂らは言葉巧みに諸兄に働きかけ、とりあえず辞意を表明して身の潔白を帝に示せと持ち掛けた。左大臣の重職を果たせる者は諸兄の他にいない。帝はきっと引き止めるに違いない。それで疑いがすべて払拭される。諸兄も己れの力を過信して、その誘いに乗った。病いを理由に辞意を示したところ、朝議でそれがあっさりと受理されてしまった」

「まことか！」

「馬鹿な話よな。諸兄に謀反など有り得ぬ。左大臣で権勢を極めているばかりか、そのとき諸兄は七十三か……いまさら謀反を起こす欲も気力もあるまい。だから帝も笑って不問に付した。朝議でも苦笑が洩れたと言う。それゆえ諸兄は罠《わな》に嵌《は》まったのよ。辞表の提出はあくまでも形式に過ぎぬことと侮ったのだ。まさかそれが仲麻呂らの仕組んだ策とも思わずにな……悔やんだとて後の祭り。いったん辞表が受理されてしまえば打つ手がない。諸兄は一夜にして権勢を失った。隠居して一年も保《も》たずに死んだのは、気力を完全に失ったからであろう。奈良麻呂にすれば仲麻呂こそ憎い親の仇。手を携えるなど……とても」

「ひどい話だ。呆れてものも言えぬ」

「内裏とはそういうところよ。もっとも……道祖王を皇太子にと画策したのは奈良麻呂という噂もでている。今の二人の親密な付き合いを見れば嘘とも思えぬ。親父を失って先行きに不安を抱いた奈良麻呂が早速に手を打ったものだろう。どっちもどっちさ」

天鈴はにやにやと嶋足に笑って、

「おぬしが市で馬の値のことで喧嘩の仲裁をしているときに、雲の上ではそういうことをしている。民の安泰などとは口ばかり。公卿《くぎよう》らは己れの権勢にしか興味がないのだ。朝廷は蝦夷と戦さをする気がないとおぬしは言ったが、そうではない。今は暇がないだけのこと。どちらかに権勢が定まれば、またぞろ陸奥に目が向く。その程度は頭に入れておけ」

「俺は……なにを見てきたのだろうな」

嶋足はぼりぼりと頭を掻いた。

「水の底に暮らす魚には、水面の波の揺れが分からぬ。我らは陸奥から遠く眺めているゆえ、よく見える。しかし、これからは上の動きに気を配らねばなるまい。でないと出世はおぼつかぬ」

「物部の者たちは……ずうっとこうして朝廷の動きに目を光らせてきたのか？」

「おまえの親父が朝廷に黄金を献上してから、特にな。都に言人のような者を増やしている」

「あい済まぬ」

嶋足は頭を下げた。

「俺は俺のことしか頭になかったらしい」

「……………」

「陸奥守となって戻るなど……恥ずかしい」

「そこまで分かってのことなら、我らも必ず手助けする。お互いに先が永い身ではないか」

天鈴は空《から》になった嶋足の杯に酒を足して、

「祝いの手土産を忘れておった」

言人を促した。代わりに弓守が立ち上がると表に飛び出た。弓守は直ぐに庭へ黒毛の馬を牽《ひ》いて現われた。

「これを……俺に？」

天鈴の頷きに嶋足は狂喜した。遠目でも分かる見事な馬であった。脚の筋肉が弾《はじ》けるごとく盛り上がっている。それでいて足首は細く引き締まっている。

「どうせおぬしの親父からも出世の祝いに馬が届けられようが……これほどの馬は陸奥でも滅多に手に入れられぬ」

天鈴の言葉に嶋足は大きく首を振った。

「都で一番速い馬のはずだ。戦さとなればきっと働くぞ」

「だろうな。直ぐにも飛ばしてみたい」

嶋足は庭に下りると馬の顔を撫でた。馬は主人と認めたようでおとなしくしていた。

「馬の背に刀と弓も積んでいる。それもおぬしへの土産だ。いずれも蝦夷の用いるもの」

「ありがたい」

嶋足は荷を解いて刀を引き出した。ずっしりと重い。ひさしぶりの感触だった。蝦夷刀《えみしとう》を手にするのは故郷を出て以来のことだ。

「それなら敵とやり合って折れる心配もない。存分に戦えるぞ」

「これこそがまことの刀だ」

嶋足は鞘から引き抜いて月明りにかざした。子供の頃にはこの刀の善し悪しが理解できなかった。むしろ鈍重で扱いにくいとさえ感じていたものだ。だが、それは刀のせいではなく己れの腕の未熟さによるものだったのである。体が鍛えられ、刀の重みに耐えられる筋肉が出来上がると、これほど頼もしい刀はない。それが今は確信できる。

「拵《こしら》えは都風にしたつもりだが、気に入らぬなら直ぐに取り替えさせる」

「いや、これで満足だ」

嶋足は両手でしっかり握って大上段に構えると、思い切り振り下ろした。びゅう、と小気味良い風が生じた。この重さで一撃を食らわせたなら兜とて割れるであろう。腕や脚など一溜《ひとたま》りもない。

「さすがに見事な腕だ」

天鈴は感嘆の声を発した。

「この刀を振って、ぴたりと止めるとは……蝦夷にもざらにはおるまい。これを用いるなら苅田麻呂にも勝てる。二度三度と斬り合ううちに苅田麻呂の刀がぼろぼろになる」

「苅田麻呂さまと言えば……」

嶋足は刀を鞘に納めて言った。

「今宵聞いたこと……どこまで話して構わぬのだ？」

「自分で見当をつけろ。おぬしには珍しい話だったかも知れぬが、ある程度のことは苅田麻呂とて承知。どころか、すでに奈良麻呂辺りから苅田麻呂へ誘いの手が伸びているやも知れぬ。そこを見定めて話を進めろ」

「急に多くのことを聞かされて判断がつかぬ。どうも自信がないな」

「そのときは聞くだけにすればいい。なにも焦ることはない。奈良麻呂と道祖王が陰でつるんでいるらしいと耳打ちして苅田麻呂の心の動きを探ればいいのだ」

嶋足はなんとかそれに頷いた。

三

二日後の早朝。

嶋足は弓守を供に従えて衛士府へ出仕した。一般に中衛府、衛門府、左右の兵衛府、そして左右の衛士府を合わせて六衛府と呼ぶのだが、禁裏を守る中衛府と大内裏全体の警護に当たる兵衛府は、ほぼ役割が同一のせいで府庁も大内裏の中に設けられている。だが、衛士府の役目は都を囲む門の警備が主体であり、大内裏とはさして関係がない。そこで府庁は市中に建てられている。そこがこれまでの嶋足の勤務と大きく違うところだ。

〈これで当分は内裏と無縁だな〉

嶋足は右手に見える内裏の大屋根を眺めながら少しの寂しさを覚えた。よほどの用件でもない限り大内裏の門を潜って中に入ることはなくなるはずである。

しかし、その代わり気楽さが待っている。

市中の見回りが仕事の大半となろう。府庁とて町中にあるからには気取っていない。その方がのんびりとやっていける。

嶋足は衛士府の門の前に立って大きく息を吸った。ここには兵衛府とまるで異なる活気が感じられた。門衛さえも潑剌《はつらつ》として見える。

「今日より出仕を命じられた丸子嶋足と申す。どこに参ればよいのか」

言うと門衛は緊張した面持《おもも》ちで、

「すでに坂上苅田麻呂さまがお待ちにございます。館に進まれてお訊ねくださりませ」

兵衛府とは格段に扱いが変わっていた。当然である。嶋足は官人なのだ。が、嶋足自身がまだそれに馴れていない。

嶋足は弓守を門脇の詰所に待たせて館へと向かった。門でのやり取りを見ていたのか、館を守っている衛士たちが整列して嶋足を迎えた。困った顔をしながら嶋足は通り抜けた。それもまた当たり前だ。六百人もの定員を誇る左衛士府において嶋足の任じられた大志《だいさかん》という地位は、上から五番目。人の数から見ても督《かみ》一人を筆頭に、佐《すけ》一人、大尉《だいじょう》二人、少尉二人に続いて大志二人となるのだから、嶋足の上には六人の上司しか居ない計算となる。

「いよいよ来たか」

声をかけて屋内に入ると苅田麻呂が陽気な笑顔で嶋足を手招いた。

「ここは少志以上の者が勝手に使って構わぬ部屋だ。それぞれの詰所は別にある。が、退屈でかなわぬ。皆がここに集まって遊んでおるのだ。そなたが来たと知れば直ぐに皆が顔を出そう。と言っても督を務める親父どのと佐を任じられている三浦さまは忙しくて滅多に出仕なされぬがの。それで朝から祝いの酒が呑める」

苅田麻呂は酒瓶をどんと差し出した。

「しばらくは衛士府に馴れるだけでいい。一応は顔を出して酒でも呑んでいろ。細かな仕事は下の者で足りる。我ら衛士府は他の役所と違う。不穏を取り締まるのが第一。暇なのは大いに結構ということさ。我らが遊んでいられるのは、すなわち都の平安を意味する」

「なるほど。そうですね」

嶋足も笑って苅田麻呂の前に座った。

「と言うても……それがいつまで続くかだ」

苅田麻呂は薄笑いを浮かべて、

「出仕した早々で気の毒だが……案外と間近に一騒ぎが起きるかも知れぬ。面倒でなければ兵を鍛えてやってくれ。むろん今日明日のことではない。気が向いたときでいい」

「なにを申されます。ご命令とあれば今日からでもかかります」

嶋足は苦笑した。

「あんまり熱心に働かれると我らがきつい。怠け者のように思われてしまう」

「ご冗談ばかり」

「冗談だよ。冗談だが……実はそうでもない。大尉の職にあるお二人が衛士府に勤めながら弓や刀にさほど執着しておらぬ。どうせあと一年のうちには他の役所に移るお二人。それでも上司には違いない。そいつが厄介の種子《たね》となっている。兵の鍛練を上申すると、露骨に厭な顔をする。立ち会うのが嫌いなのだ」

「それは……困りましたな」

「今までは不穏のないのを幸いに各人の鍛練に任せていたが、これからはそれでは足りなくなろう。そなたを懇願して衛士府に迎えたのも本音はそこにある。私の代わりに部下を鍛えて貰いたいのだ。大志は直接に部下を指導する役目。そなたが鍛える分にはなにも問題がない。私がこの部屋でぶらぶらとしている限り、お二人は安心している」

「安心とは？」

奇妙な言い方に嶋足は眉根を寄せた。

「いや、言葉のあやだ」

「戦いの鍛練をしているかのように見做《みな》される、ということにござりますか？」

嶋足はじっと苅田麻呂を見詰めた。

「なにか思い当たることでもあるのか？」

逆に苅田麻呂が質《ただ》した。

「橘奈良麻呂さまと藤原仲麻呂さまの不仲の噂が日増しに大きくなって参りました」

「ほう……それで？」

面白そうに苅田麻呂は促した。

「奈良麻呂さまは私邸に備前の武者どもを多く抱えてござります。あるいは奈良麻呂さまと仲麻呂さまとの間に争いが──」

「もうよい。口を慎め」

苅田麻呂は嶋足を遮《さえぎ》って、

「お二人の大尉は、ともに奈良麻呂さまの息のかかったお方。それが聞こえればただでは済まなくなる。詳しい話は夜にでも聞こう。この衛士府の中ではなにも知らぬふりをいたせ。お二人の口を通じて衛士府の動きが奈良麻呂さまに筒抜けだ。それで私も苦慮している。まったく……どうしたものか」

苅田麻呂は腕を組んで舌打ちした。

「奈良麻呂さまと道祖王さまがしばしばお会い召されていることもご承知ですか?」

嶋足の耳打ちに苅田麻呂の顔色が変わった。

「出るぞ」

やがて苅田麻呂は立ち上がった。

「呑気《のんき》に杯を傾けているときではない。市中の見回りに参る。ついて来い」

厳しい顔で嶋足を誘った。

二人は通りの喧騒から外《はず》れて、小さな神社の境内に足を踏み入れた。

茹田麻呂は社《やしろ》の階段に腰を下ろして、

「さきほどの話、どこで耳にした」

暗い目をして嶋足に問い質した。

「兵衛府にそういう噂が広まっているとも思えぬ。心して返答いたせ。他にだれがそれを知っておる?」

「だれも知りませぬ」

「嘘を申すな。そなたごときに知れる話ではあるまい」

「手前は蝦夷」

「それがいかがした?」

「蝦夷である以上、陸奥守や鎮守府将軍にどなたが任命されるかが常に気になります。お人柄によっては陸奥が乱れますゆえ」

「いかにも」

「今の鎮守府将軍は大伴古麻呂《おおとものこまろ》さま。任官は昨年の秋と言うに、なぜかいまだに陸奥へ赴任なされませぬ」

「病いと聞いている」

「是非ともお調べくださりませ」

「病いではないと申すのか？」

茹田麻呂は身を乗り出した。

「病いどころか、ぴんぴんとなされて奈良麻呂さまとご会見遊ばされておいでです」

「大伴古麻呂どのまでとな！」

茹田麻呂は絶句した。

「それで気になりました。手前はひとえに陸奥の先行きを案じてのこと。大伴古麻呂さまの郎党の一人に密《ひそ》かに近付き、陸奥へ赴任せぬ理由を探っているうちに道祖王さまのご尊名を耳に挟んだのでござります」

「もうよい。分かった」

茹田麻呂は深い溜め息を吐いて、

「奈良麻呂さまと道祖王さまの繋がりについてはこちらにも調べがついている。そなたの言った通りだ。しかし……大伴古麻呂どのもそれに関わっていたとは……由々しき大事。よくぞ教えてくれた。この通り礼を言う」

茹田麻呂は嶋足に頭を下げた。

「ただの繋がりではござりませぬ」

嶋足は続けた。

「道祖王さまは禁裏の大事をこと細かに奈良麻呂さまへお伝え申し上げているご様子。お帝《かみ》がいつどこへ参られるかもご承知とか」

苅田麻呂は啞然として口を開けた。

「そこまで突き止めたものの、手前にはなにをすればよいのか……たとえ申し上げても、信じてはいただけぬ話」

「証拠を手に入れなければならぬ」

苅田麻呂はやがて落ち着きを取り戻した。

「大伴古麻呂どのの郎党の話では、まだ確かとは言えぬ。やはり奈良麻呂さまに近い者の証言でなければ、どうにもなるまいの」

「真実《まこと》ならどうなされます？」

「知れたこと。禁裏の大事を外に洩らすは最大の罪と定められている。それを見逃すわけにはいかぬ。ましてやお帝のご日常まで知られているとあれば、国が滅びかねまい」

苅田麻呂の返事は明快だった。嶋足も大きく頷いた。

「奈良麻呂さまと仲麻呂さまの、どちらに善悪があるか私には分からぬが……衛士府は都の安泰をまず考えねばならぬ。人との関わりは二の次だ」

「手前も身命を賭して働きまする」

嶋足は苅田麻呂に誓った。天鈴の狙っている策とは外れているのかも知れないが、今は苅田麻呂に任せるのが一番だと思った。都の安泰を優先するという言葉に嘘はないであろう。こういう男こそ嶋足が求めていた人物であった。

「明日から兵の鍛練をはじめてくれ」

「は」

「その上でそなたの手足となりそうな兵を五十人選び出せ。腕だけではない。密かな探りができそうな者だ。兵を選んだら出仕する必要もない。奈良麻呂さまの館や大伴古麻呂どのの館を見張るのだ。だれが出入りするのか、どこに参るのか……なにを企んでいるのか、細かなことまで探って貰いたい」

「承知いたしました」

嶋足は興奮に震えていた。

市の警護などとは問題にならぬ重要な任務である。嶋足の働きによっては政《まつりごと》が逆転することさえ有り得る。

「大伴古麻呂どのが密議に荷担しているとなると、陸奥守の佐伯全成《さえきのまたなり》どのも危ないな」

茹田麻呂の目が暗く光った。

「鎮守府将軍が力を発揮いたすは、あくまでも陸奥でのこと。都にあっては一兵たりとも勝手に動かせぬ。陸奥守と呼応せぬ限り戦力にはならぬ理屈だ」

「なれど……都での争いに陸奥の兵を用いるのは無理にござりましょう」

「まさかのときの支えにはなる。陸奥には兵が一万五千もおるのだ。それが味方についたとなると多くの者どもが心を動かす。万が一、企てが露見したときに逃れる地にもなろう」

なるほど、と嶋足も認めた。

「そなたは蝦夷。ついでに陸奥の動向も探って欲しい。佐伯全成どのは武芸に秀でた上に無欲のお人。まさか軽々と企てに加わるとは思えぬが……それだけに荷担すれば影響が強くなる。傷が広がらぬうちに対処するのが先決だ。場合によっては陸奥へ参ってくれ」

「手前が陸奥へ！」

嶋足の顔が見る見る輝いた。

「そなたならだれにも怪しまれまいに」

苅田麻呂は当然のごとく口にした。

光る風

一

衛士府《えじふ》に出仕して十日にもならぬと言うのに、嶋足《しまたり》は忙しさに追われていた。仕事に馴れぬという理由からではなかった。むしろ水を得た魚のように嶋足は市中を動き回っていたのである。規律ばかりを重んじる兵衛府と違って衛士府には自由がある。府庁へ朝に一度顔さえ出せば後はなにも言われない。定時の見回りに縛られるのは兵だけで、その管理職である大志《だいさかん》はなんでも好きにやれる。大事がない限り館《たち》に戻って昼寝をしていても咎められることはない。嶋足の動向を気にする者はほとんど居なかった。それを幸いに嶋足は苅田麻呂《かりたまろ》の命《めい》を密かに果たしていた。衛士府の中でも腕の立つ者を五十人ほど選び出し、直属の部下とした嶋足は、自分の館を互いの連絡の場所と定めて橘奈良麻呂や大伴古麻呂《こまろ》らの動静を探らせていたのである。衛士府の中に奈良麻呂へ同調する者が居なければ府庁で公然と任務を遂行できるのだが、今の状況では外部に洩れる恐れがある。内密の探索ということが嶋足の緊張をさらに高めていた。

「ご苦労さまにござります」

嶋足は出仕すると一番に苅田麻呂の執務室を訪れて前日の報告をする。

「その顔では、なにか摑んだな」

苅田麻呂は嶋足の緊張を見抜いて言った。

「昨夜、大伴古麻呂さまのお館にて病いご平癒《へいゆ》の祝宴が持たれました。一族のみのささやかな祝いということにござりましたが……備前守《びぜんのかみ》の小野東人《おののあずまんど》さまと多治比礼麻呂《たじひのいやまろ》さま、それに多治比鷹主《たかぬし》さまが列席なされました」

「それではささやかな祝宴と申すまい」

苅田麻呂の目が光った。

「他に佐伯古比奈《さえきのこひな》さまと賀茂角足《かものつのたり》さま」

「賀茂角足さまとな！」

苅田麻呂は信じられぬ顔で問い返した。

「間違いありませぬ」

「角足さまと言えば仲麻呂さまの信任篤《あつ》きお人。それが真実《まこと》であるなら、どれほど奈良麻呂さまの手が他に及んでいるか知れぬ」

茹田麻呂は唸りを発した。角足は現在も仲麻呂が支配する紫微中台《しびちゆうだい》（皇后宮職《こうごうぐうしき》）の次官として仕えている。

「皇太后さまのご日常まで奈良麻呂さまに筒抜けの恐れがあるということか」

「御意《ぎよい》」

嶋足は複雑な面持《おもも》ちで頷いて、

「小野さま、多治比さま、佐伯さま、いずれも武門の誉れ高きご一族。大伴さまに同盟いたして不思議ではござりますまい」

付け足した。

「仲麻呂さまの運命は定まったも同然だな。側近と思《おぼ》しき者さえも見限ったとは……まだまだ諸兄《もろえ》さまのご威光が衰えていなかったということか」

「いかがなされます？」

「と言うて祝宴では咎め立てもできまい。その場で不穏な談合が持たれたとの証《あか》しでもあれば別だが、どうなのだ？」

「祝宴の様子までは分かりませぬ」

嶋足も正直に答えた。

「奈良麻呂さまに荷担するお人らの想像がついただけで満足せねばなるまい。大伴の一族についてはどうだ？」

「家持《やかもち》さまを除いて、たいがいのお人が加わってござります」

「家持さまはご病気かなにかか？」

苅田麻呂は首を傾《かし》げた。大伴の家長とも言うべき存在の家持が見えないのはおかしい。

「密かに調べた様子では……家持さまは古麻呂さまの動きに異を唱えているように見受けられます。わざとご欠席なされたものと」

「確認いたせ」

苅田麻呂は膝を乗り出した。

「ただの病い平癒の祝宴なら家持さまが招きを断わるわけがない。家持さまを探って、欠席の理由がご自身の病いでもなく、急な用件が入ったのでもなければ……祝宴の目的が明瞭となる。その怪しげな談合に連なりたくなかったのであろう」

「早速に家持さまのご様子を探ります」

嶋足は頭を下げた。

「面白いものだな」

苅田麻呂は苦笑いした。

「仲麻呂さまは角足さまに見限られ、古麻呂さまは肝腎の家持さまの手助けが受けられぬ。どちらの側も乱れが目立ちはじめておる」

「なれど……このままでは奈良麻呂さまの思う通りに進みましょう。主だった武門のご一族をことごとく引き入れております」

「衛士府が残されていよう」

苅田麻呂は薄笑いを浮かべた。

「武門と申しても今は名ばかり。都を離れての大戦さとなれば分からぬが、市中を制圧しているのは我ら衛士府ぞ。それを方々《かたがた》は忘れておる。郎党《ろうどう》の数だけを指でかぞえて満足なされているに過ぎぬ。言わば紙に描いた戦さも同然。家持さまは賢明なお人。恐らくそこを見越してのことに違いない」

「奈良麻呂さまの雇い入れし武者の数が目立って多くなっておりまする」

嶋足はそれも伝えた。

「館に暮らしおる者は二十ほどに過ぎませぬが、出入りする者も加えれば百近く」

「武者か？」

「いずれも備前の秦《はた》の一族。備前守である小野さまが橋渡しをしているものと思われます。秦の一族は侮れませぬ。腕を鍛えておる者ばかり。このまま見過ごせば必ず大事に」

「武者の纏《まと》めは、前にそなたから耳にした秦多麻呂《はたのおおまろ》という男だな」

苅田麻呂は苦虫を嚙み潰して、

「少し調べた。三年ほど前までは腕を買われて備前国府に出仕していた。いくつかの手柄を立てている。親も備前に勢力を持っている。四百やそこらの兵を動かせる。それで国府を辞めて親の許《もと》へ戻った。やがては秦一族の棟梁となる男。なにやらそなたと似ておる」

「四百となると厄介にござりますな」

嶋足の顔も曇った。備前は四日やそこらで上京できる近さなのだ。陸奥とは異なる。

「鎮圧に長引けば背後を襲われる」

苅田麻呂も即座に頷いて言った。

「なにか手を打たねば、ずるずると水の流れが奈良麻呂さまの方に行く」

「衛士府の督《かみ》であられるお父君さまよりお帝《かみ》へご報告いたすことはかないませぬので？」

嶋足は声を潜めて進言した。

「たかだか二十の武者を雇い入れた程度で騒いだとて無意味だ。きっと言い逃れられる。お帝にご報告するくらいなら、いっそ仲麻呂さまに知らせる方が良策であろう」

「仲麻呂さまの下に従うということでござりまするか？」

「いや。その立場を明らかにすれば都は明日にでも乱れよう。我ら衛士府は無縁の形を貫いて、奈良麻呂さまの動向をそれとなく伝えるのが一番だ。ご自身の命運が懸かっている。必ず歯止めの策を施すであろう。確たる証しがない以上、仲麻呂さまにその役目を果たして貰うしかあるまい。それで我らもだいぶ時を稼ぐことができる。揺れが大きくなれば証しを得るのがたやすくなるというものだ」

「恐れ入りました」

嶋足は舌を巻いた。自分などには思いもよらない策であった。

「衛士府はどちらの味方もせぬ。乱れを未然に防ぐことこそ肝要。それを全《まっと》うするなら道は自ずと開ける」

苅田麻呂は笑いを浮かべた。

「して、仲麻呂さまにはいかように？」

「直《す》ぐに言われても思い付かぬ」

苅田麻呂は腕を組んで、

「なるべく仲麻呂さまご自身が裏を読むようなやり方がよいな。そなたも考えてくれ。明日までにはなにか方法を見付けよう」

嶋足は一礼して引き下がった。

二

「難題だな」

嶋足から話を聞かされた天鈴は持っていた杯を途中で止めて眉間に皺を寄せた。

嶋足の館だ。気楽になんでも言える。

「いっそのこと、仲麻呂を襲うか？」

「なんだと？」

「三、四人で襲わせる。それをおぬしが防ぐという段取りではどうだ？　その場に奈良麻呂の仕業と思わせる証しの品でも残せば簡単であろう」

「いかん。そこまでやれば仲麻呂さまも力に訴える。それでは苅田麻呂さまも承知いたさぬ。もっと穏便なやり方でないと」

嶋足は断固として制した。

「穏便では仲麻呂もなかなか信用すまいに」

「だから悩んでいるのだ」

嶋足はぐいっと酒を喉に流し込んだ。

「苅田麻呂も面倒な男よな」

天鈴は首筋を掻いて溜め息を吐いた。

「奈良麻呂の優位は定まった。それなら仲麻呂に手を貸して形勢を逆転させればよかろう。それで大手柄となる。せっかくの乱れを上手く用いるという欲がないのか？」

「今はあまりにも奈良麻呂さまの勢力が強過ぎる。もし都での鎮圧に失敗いたせば国全体に戦さが広まる恐れとてある。苅田麻呂さまはそれを案じている。己れの手柄など考えている余裕はない。俺もおなじだ。奈良麻呂さまが兵部卿《ひょうぶきょう》の地位におられるうちはなんとしても騒ぎを避けたい。兵部卿の命となると隼人《はやと》らが動く。兵衛府や衛士府にも動揺が生じる。ましてや皇太子であられる道祖王《ふなどおう》さままで奈良麻呂さまのお味方とあっては、とてもただでは済むまい。いずれが権勢を握れば国のためになるか、という問題ではないのだ。とりあえず今の不穏を鎮めねばならぬ」

嶋足は力説した。

「分かった。そう力《りき》むな」

天鈴は苦笑いして酒を呑み干すと側に控えている弓守《ゆもり》に突き出した。弓守もすっかり嶋足の郎党の役割に馴染んでいる。

「それなら最初に道祖王を奈良麻呂から引き離すしかあるまい。引き離すと言うより、道祖王を失脚させる手だな。皇太子が力を失えば奈良麻呂一派の結束も弱まる。違うか？」

「我らになにができると申す」

嶋足は呆れた顔で天鈴を見据えた。

「ここは陸奥と違うぞ。皇太子さまを失脚させるなど、冗談にもほどがある。苅田麻呂さまとて参内《さんだい》のかなわぬ身。指一本でも触れられぬ。相談しただけ無駄であった」

「苅田麻呂は無理でも仲麻呂ならどうだ？　女帝とは従兄妹の間柄。仲麻呂が正当な理由を手にして進言いたせば道祖王も立場が危うくなろう。仲麻呂も皇太子が奈良麻呂とつるんでいると知れば必死で画策する」

「………………」

「道祖王が見聞きした禁裏《きんり》の情報は、奈良麻呂が送り込んだ女を通じて外に洩れる。我らも大伴古麻呂に仕える者を金で縛ってある。それを上手く用いればなんとかなるかも」

「たとえば?」

嶋足も聞く気になった。

「女帝はたびたび仲麻呂の館を訪れる。もちろん内密の行動だ。奈良麻呂らとて、それを知っても手は出さぬ。さすがに女帝を襲うわけにはいかんのだろう。しかし、その動向だけは常に把握している。それが狙い目だ」

「それで?」

「そのうち古麻呂の側近から情報が入る。女帝が仲麻呂の館を訪れる日時がな」

天鈴は薄笑いを浮かべて、

「もしも、だ」

嶋足の杯に自ら酒を注いだ。

「もし、その情報を携《たずさ》えておぬしが仲麻呂の館を訪ねればどうなる?」

「俺がか!」

「仲麻呂はさぞかし仰天するであろう。内裏でも一握りの者しか知らぬはずの女帝の行動を衛士府の下っ端が承知とあれば、由々しきことではないか」

「それは……そうであろうが」

嶋足は青ざめて額の汗を拭うと、

「厳しく詮議を受けようぞ。俺はだれから耳にしたと答えればいいのだ？」

「西か東の市《いち》で小耳に挟んだとでも言え。訪問の日時に間違いなければ仲麻呂はそれを信ずる。まさかとは思うが、聞き捨てならぬ話ゆえ確かめに来ただけだと申せば、おぬしの迷惑にもならぬ。仲麻呂は、あるいは嘘だと笑っておぬしを追い返すかも知れぬ。だが、道祖王より洩れたと知れば穏やかではない。俺が仲麻呂なら、日時を変更して様子を見守る。その情報もまた直ぐに俺の手元に入る。そうなったら本当の仕上げだ」

「…………」

「日時が変更となった場合、おぬしは衛士府の兵を何人か引き連れて仲麻呂の館の警護に回れ。きっと館の者が不審に感じて出て参る。後は言わずとも分かろう」

天鈴は嶋足が首を捻《ひね》ったのを見て、こと細かに策を伝えた。嶋足もようやく頷いた。それなら仲麻呂も間違いなく信用する。

「ただ、苅田麻呂さまがどう思われるかだ」

嶋足の眉はふたたび曇った。

「そこまで蝦夷《えみし》の我らが承知と知れば、逆に不安を抱かれるのではないか？」

「おぬしが一人で調べたと言うしかない」

「信じてはくだされぬ」

嶋足は首を横に振った。

「古麻呂の身辺を探っているのは苅田麻呂とて知っていよう。側近の弱みを握って聞き出したと言えば頷く。ただし側近の名は絶対に口にするな。あの男を失えば、新たな男を得るために大金を費やさねばならなくなる。今後のためにもなる男ゆえ、当分はそのままに泳がせておきたいと言えば苅田麻呂も認める」

「言いたくても俺は名を知らぬ」

嶋足は憮然として応じた。

「女帝は月に二度は必ず仲麻呂の館に……二、三日もせぬうちに日取りが分かる。後はおぬしの働きにすべてがかかっている」

「俺でなければ、どうしてもいかんのか？」

「仲麻呂に顔と名を覚えてもらえ」

天鈴は当然だという顔で続けた。

「それが後で大いに役立つ。おぬしのためを思って考えた策だ。別の男に任せるくらいなら手助けなどするものか」

「茹田麻呂さまが自らおやりになると申されたときは？」

「するわけがない。役職は少尉《しょうじょう》でも、茹田麻呂は左衛士府の督を親父に持つ身。下手に動けば言い訳が利かなくなる。そこは心得ておろう。請け合う。おぬしに任せるさ」

天鈴は肩を揺すらせて笑った。

三

それから十日後の夕刻。

嶋足は直属の部下十五名を率いて藤原仲麻呂の広大な館《たち》の警護に務めていた。と言っても正式な警護ではない。それとなく館の周辺を歩き回っているだけのことだ。館に出入りする者がときどき不審の目を嶋足らに注ぎかける。嶋足らはわざと目を伏せて知らないふりをし続けた。館の者から問われない限り相手をするなと部下たちに言い聞かせてある。

「嶋足さま」

嶋足がのんびり部下の一人と立ち話をしているところに、別の部下が館の者を案内してきた。見覚えがある男だった。四日前に館を訪れた際に奥まで連れて行ってくれた仲麻呂の側近の一人である。

「またそなたか……これはいったいなんの真似ぞ。館の者らが落ち着かぬ」

「どうかお気になさらずに」

「気にするわい。衛士府の者がうろうろしていては目障《めざわ》り。さっさと立ち去りなされ」

「先日お耳に入れました不穏な者どもを昨夜殺害いたしました。市でまた見掛けましたゆえ、詮議をいたさんと衛士府に同行を求めましたところ刀を抜いて抗《あらが》いてござります。それでやむなく二人を殺すはめに」

「それとなんの関わりがある？」

「お声が高うござります」

嶋足は側近を物陰に誘った。

「不穏な者の正体が知れたか？」

「いえ、その前に殺《あや》めてしまいました」

「では、なんじゃ？」

「恐れ多きことながら、まさか今宵……お帝《かみ》がこの館へお召しになられるなどということはございますまいな？」

嶋足の言葉に側近は目を丸くした。

「なんでそれを知っておる」

側近は嶋足に詰め寄った。

「不穏の者らの懐ろより、かようなものが」

嶋足は血に染まった木簡《もつかん》を差し出した。側近は受け取らずに文字だけを眺めた。

「このお館の名と、日取りだけが記されており申す。手前が前に聞き及んだ日時とは異なりまするが、あるいはと察して部下を引き連れて参った所存。とは申せ、まさかお館を訪ねて問い合わせることではなし。それでご迷惑とは存じながら警護をいたしおった次第」

「さようにござったか……」

側近の言葉遣いが急に変わった。

「いや……かたじけない。そうとも知らず失礼を申したの。しばし、門内にて待たれよ。早速に言上《ごんじょう》つかまつる。これを聞けばさぞかし殿も喜ばれるに違いない」

側近は嶋足を館に誘った。

嶋足の胸は騒ぎはじめた。四日前に応対してくれたのはこの男ともう一人の側近ばかりで、仲麻呂とは直接話していない。だが、この様子なら必ずや会ってくれよう。

嶋足は部下たちに警護を続けるように指図して仲麻呂邸の門を潜った。


やがて嶋足は庭に通された。

庭を横切って突き当たりの対屋《たいのや》の濡れ縁に仲麻呂と思しき姿が見られた。嶋足はその場に平伏して控えた。姿が見えた瞬間に礼を尽くすのが定めである。

「よい。側に参れ」

仲麻呂のものらしい声が聞こえた。

「構わぬ。お許しがでた」

側近が嶋足を促した。嶋足は頭を下げながら仲麻呂に近付いた。

「名はなんと申す？」

「ははっ」

「申し上げるがよい」

側近が嶋足の耳元で囁《ささや》いた。

「左衛士府に仕えまする丸子嶋足と申す者にござりまする。大志《だいさかん》を拝命つかまつっておりまする」

「ほう。大志なれば遠慮は要らぬ。面《おもて》を上げて答えるがよかろう」

仲麻呂はのんびりとした口調で言った。嶋足は視線をわずかに上げた。小柄であるが公卿には珍しく精悍な目をした人物であった。

「そちはどこまで知りおる？」

仲麻呂は笑いながら訊ねた。

「なにも。ただの推察にて警護に回りました次第にござります」

「その不穏の者らが道祖王さまの御名を口にしていたとは真実《まこと》か？」

「そのように聞こえましてござります」

「大事であるぞ。嘘ではあるまいな」

「それゆえ手前も追いましてござります。なれど先日は取り逃がしました。まさかとは思いながらも、恐れながらお帝《かみ》に関わりますこと……万一のことがあっては国家の一大事と心得まして先日はご報告に参上つかまつりました。根も葉もない噂話と知って安堵いたしておりましたが……またもやあのような木簡がでて参りましたゆえ、どうにも気になりましてござります」

「殺したと耳にしたが……だれの手の者か分からぬのか？」

「一向に……あの者らの話が偽りと聞かされて、手前にも油断がございました。でなければ必ず捕縛いたしたのでございますが」

嶋足は思い切って顔を上げると、

「お心当たりがございましょうか？」

逆に仲麻呂に質した。

「衛士府では、これがだれまで通じている」

「は？」

「だれとだれが知っているかと問うた」

「その……手前一人にございまするが」

それではまずかったのか、という顔を嶋足はして見せた。

「兵を引き連れておりながら、そち一人というわけがあるまい」

仲麻呂は嶋足を睨み付けた。

「兵らはただの警護と思うております。我ら衛士府の者にとって夜盗への備えは珍しくもなきこと。あくまでも手前一人の考えにて兵を動かしましてござります。先日のこととて、偽りと聞かされましたので上には報告いたしませなんだ。思えば不穏の者らが皇太子さまの御名を口にするなど有り得ぬ、と納得できましたゆえ」

「女が関わっておるとか申したそうじゃな」

仲麻呂はまた話を変えた。嶋足にばかり質問して自分の考えはまるで口にしない。

真意が摑めずに嶋足は冷や汗をかきながら、

「あの者らは確かにそれを……名までは聞き漏らしましたが、皇太子さまのお側に仕えます女官のお一人であるとか」

「今一度訊く。だれの手の者であったか知らぬか？　そちの推測でも構わぬ。申せ」

仲麻呂は声を強めた。

嶋足は平伏して応じなかった。

「二人の夜盗まがいの者たちが口にしたごときで衛士府が滅多に動くまい。それに気付かぬ儂《わし》とでも思うか」

「なにとぞ、その儀ばかりはお許しを」

嶋足は頑として返答を拒んだ。

「木簡にあったのは日取りだけに過ぎませぬ。すべては手前の勝手な推測。もし口にしてご迷惑が及んではただでは済まなくなり申す」

「いかにも今宵はお帝が我が館へおいでになることになっておった」

「ははっ」

嶋足は首を縮めた。

「なれどお断わりの使者を遣わした。お帝のお楽しみをそちが奪ったことになる。日取りを変えたのはこれで二度目じゃ」

「恐れ入りましてござります」

「儂もお帝へ言い訳をせねばならぬ。たいがいの察しはついておるが、いままでのそちの話では埒《らち》が明かぬ。奈良麻呂どのが後ろにあるのじゃな？」

嶋足はぎょっとした顔を作って見上げた。

「それでよい。そちはなにも言わぬ。儂もなに一つ聞いておらぬ。このこと、一切他言いたすな。衛士府においてもじゃ。木簡は儂が預かる。殺した二人については、ことを荒立てずに処分するがよい」

「申し上げます」

嶋足は必死で言いつのった。

「橘卿につきましては、あくまでも手前のみの推察にござります。その御名をちらりと小耳に挟んだだけのこと。なれど、不穏に関わった話にはござりませぬ。なにとぞお忘れになってくださりませ」

「奈良麻呂どののなにを耳にいたした？」

「橘卿は武者をたくさん抱えてございます。その者らも、いずれはお世話に与《あずか》る約束だと言うていたまでのこと。それ以外にはなにも……」

「分かった。忘れよう。安堵するがいい」

仲麻呂は満足そうに嶋足へ言って、

「丸子嶋足と申したの。聞かぬ名じゃが、いずこの国の者か？」

「陸奥の牡鹿《おしか》にございます」

「はて……牡鹿と言うと？」

「黄金を産する小田郡《おだぐん》と隣り合っております」

「なるほど。すると……蝦夷か？」

仲麻呂は確かめるように質した。嶋足の頷きに側近たちは顔を見合わせた。

「思い出した。佐伯どのの館に侵入せし夜盗を退治した蝦夷があったと耳にしたが、それはそちのことであろう」

「光栄に存じます」

本心から嶋足は平伏した。まさか自分ごときの存在を仲麻呂が知っているとは想像もできなかったことである。

「あれがそちとはの……いかにも強そうな体をしている。これもなにかの縁であろう。遠慮せずに館へ遊びに参れ。そちのような者が出入りしておれば夜盗らも恐れて近寄らぬ。蝦夷は顔付きで知れると思うていたが、言われるまで気付かなんだ。いや、面白い」

仲麻呂はからからと笑った。

嶋足は震えていた。

天鈴が想像した以上の展開であった。

嶋足は間もなく辞去した。

館の警護を部下に任せて嶋足はその足で苅田麻呂の館を訪ねた。今宵の首尾を報告することにしていたのだ。苅田麻呂は待ち兼ねていた様子で嶋足を中に招いた。

「そこまで上手く運んだか」

詳しい報告を得て苅田麻呂は膝を叩いた。

「今頃は仲麻呂さまも打つ手をお考えであろう。道祖王さまのお口から奈良麻呂さまに大事が洩れているのは明白。変えた日取りまでが直ぐに伝わったとなると落ち着かぬ。何日もせぬうちに策を施す。よくやってくれた」

「大きな騒ぎにはならぬでしょうか」

「奈良麻呂さまに対してはなに一つ証しがない。迂闊に手を出せばかえって苦境に追い込まれる。いま真正面から争うのは不利であると仲麻呂さまもご存じであろう。木簡を示したところで日取りと館の名しか記されておらぬ。だれが書いたか分からぬと突き放されればお終《しま》いだ。仲麻呂さまにできることは限られてくる。そなたが申したように、道祖王さまをお帝から引き離すのが大事と考えよう。お帝とてご日常が外に洩れたと知ればご不快になられる。しかも道祖王さまと分かれば……当分はご謹慎をお言い付け召されるに相違ない。奈良麻呂さまの勢力がそれで弱まる。ひょっとして兵部卿の任を解かれれば他の方々に動揺が生じる。大戦さの心配が薄れるというものだ」

「罪もなしに兵部卿を辞めさせるわけには参りますまい」

「そこは政《まつりごと》だ。いくらでも方法がある。わざと昇進させて兵部卿の地位より遠ざけるやり方もあれば、奈良麻呂さまよりも階位が上のお人を兵部卿に据える道もある。それでは奈良麻呂さまとて従うしかない。問題は、その心がお帝にあるかなきかのこと。だが、今度ばかりは分からぬぞ。お帝には証しが不要だ。奈良麻呂さまをご不快とお感じになれば、証しがなくともそれを行なおう。むろん、罪を咎めることはできぬゆえ、形の上ではただの異動となろうがの」

「なるほど。それが政と申すものですか」

嶋足は大きく頷いた。

「ここ数日が肝腎だ。そなたは兵を引き連れて市中の警戒に当たってくれ。特に備前の者が都に入らぬよう街道を固めろ。それと奈良麻呂さまの館には目を配れ。出入りを厳しく監視すれば互いの繋ぎが厄介となる。さすれば奈良麻呂さまも滅多な動きが取れまい。ここを凌《しの》げば一息つける」

「歴然たる仲麻呂さまへの荷担と取られぬでしょうか？」

「夜盗の噂を流せ。その警戒と申せばだれも不審を抱かぬ。主だった方々の館をすべて警護いたせば文句はあるまい。仲麻呂さまは策に長《た》けたお人。我らの思惑を知らずとも、きっとこの機会を用いてことを運ぶ」

「衛士府の兵すべてを動員してかまわぬのでござりまするか？」

「許す。それだけの兵が市中の警戒に当たれば夜盗も恐れよう。民の安堵にも繋がる。そうだな……半月はその態勢を続けるがよい。兵の鍛練にも繋がろう」

「承知しました。都での不穏な動きをことごとく封じてみせまする。お任せあれ」

嶋足は張り切った。衛士府の目が行き届いては奈良麻呂も様子を見守るしかなくなる。

「もし、これで一段落したれば……そなたには多賀城にでかけてもらう」

苅田麻呂は笑みを浮かべて言った。

「先日の古麻呂さまの病い平癒の祝宴に佐伯古比奈さまがお顔を連ねたのが気に懸かる。古比奈さまは陸奥守の佐伯全成《またなり》さまのお血筋。一方、古麻呂さまは陸奥の鎮守府将軍。やはり前に睨んだごとく、お二人は呼応しておるのかも知れぬ。その間を古比奈さまが取り持っていると見てもおかしくはない」

「確かに」

「都での画策が面倒になれば、備前や陸奥の兵を動かさぬとも限らぬ。先手を打つのが大事だ。それとなく全成さまに近付き、心底を探ってくれ。全成さまは我が父とことに親しきお人。できるなら無縁でいて貰いたい。察しの早いお方。衛士府が奈良麻呂さまのご身辺から目を離さずにいると知れば自ら身を引かれよう。私が行きたいところだが、少尉の身では命を得ずして都を離れられぬ。そなたなら陸奥へ戻ったとて怪しまれぬ。衛士府への異動を親に報告しに帰ったと申せばよい」

「衛士府とは忙しきところにござりますな」

嶋足は頷きながらも苦笑した。

「傍目《はため》には気楽な勤めと見えましたに」

「忙しさを運んできたはそなただぞ。道祖王《ふなどおう》さまのことを知らせたのはだれだ」

茢田麻呂はにやにやとした。

四

道祖王が先帝の服喪中にも拘わらず女官と通じて禁裏の大事を外に洩らしていたという理由から皇太子の地位を廃されたのは、それからわずか三日後のことであった。詳しい経緯をもちろん嶋足は知る由もないが、左衛士府《さえじふ》の督坂上犬養《かみさかのうえのいぬかい》が息子の茢田麻呂に伝え、それを又聞きした限りでは、だれにも有無を言わせぬ一方的な帝《みかど》の処置であったらしい。

女帝は道祖王の、ことに女性関係の不行跡についてはたびたび注意をし続けたと前置きして、先帝の遺言状を公卿たちに示した。それには明らかなる不行跡が認められた場合、皇太子から退けてもかまわぬという一条が記されていた。禁裏の大事が本当に外へ洩れたかどうかはともかくとして、皇太子の度を越した女漁りの噂はだれもが承知していた。帝は女帝であるだけに厳しい。その怒りにだれも反論を唱えることはできなかった。その場で廃太子と定まり、道祖王は即日に春宮《とうぐう》から追われた。まさに激変であった。

「ああまで狙い通りになるとは思わなかった」

馬の背に揺られながら天鈴は何度目かの思い出し笑いをした。天鈴と嶋足は陸奥へ向かう途中だった。道祖王の処置が定まって、まだ四日が過ぎていない。案じていた奈良麻呂に特別な動きがないと見た苅田麻呂の命により嶋足は都を後にしたのである。天鈴がそれに同行を申し入れたのは気紛《きまぐ》れに近かった。伊治鮮麻呂《これはるのあざまろ》と嶋足がどんな対面を果たすのか見届けたいのだと言う。嶋足は笑って承諾した。陸奥までの道は長い。今や天鈴は嶋足にとって離れがたい仲間であった。

「道祖王を失った痛手は大きい。奈良麻呂は立て直しに必死だ。三月《みつき》やそこらは静かにしておる。のんびりと陸奥で遊んで帰るんだな。大歓迎を受けるぞ。正式な階位を授かった官人だ。蝦夷の誇りではないか」

「心にもないことを」

嶋足が睨むと、二人の後に従っていた弓守《ゆもり》がくすくす笑った。

「用を果たしたら直ぐに都へ戻る。いかにも奈良麻呂さまは警戒しておろうが、兵部卿であることに変わりがない。苦し紛れに思い切った策をだして来ぬとも限らぬ。そろそろ新しき皇太子さまが定められる。それによって内裏がどう変わるか……目が離せぬぞ」

「おぬしがそういうことを気にするようになるとは……一月《ひとつき》のうちに成長した」

天鈴は面白がった。反論しようとした嶋足だったが、やめた。その通りに違いない。わずか一月前はなにも考えずに市の警護に携わっていた身である。

〈たった一月だ……〉

信じられぬ思いで嶋足は慌ただしかったこの一月を反芻《はんすう》した。毎日なにがあったか、よく覚えていない。

「皇太子にだれがなるか定まったも同然だ」

天鈴の言葉に嶋足は不審の目を注いだ。

「さしたる証しもないのに女帝があれほどきつい処分をしたということは、仲麻呂を信頼してのこと。でなければきっと朝議にかける。となれば次の皇太子の人選についても仲麻呂の力が及ぶ。賭けてもいいぞ。いずれ都より大炊王《おおいおう》が皇太子に決まったと知らせが届く」

「大炊王さま……」

「俄《にわ》か仕込みで、そこまでは知らぬか」

天鈴は嬉しそうに笑って、

「一月では無理もない。皇太子になれそうな王はいくらでもおるからな」

「仲麻呂さまはそのお方を？」

「おなじ館に住まわせておる」

「なんと！」

「父親は違っても、道祖王とおなじく天武帝の孫に当たる。なったとておかしくない」

「なぜ、そのお方が仲麻呂さまのお館に」

苛々として嶋足は促した。

「ちょいと込み入っている。仲麻呂には早くして死んだ長男がいる。承知か？」

「いや、はじめて聞いた」

「その息子が娶《めと》った女房というのが金持ちでな。仲麻呂は息子が亡くなっても親元へ帰さず、自分の娘として扱っていた」

「…………」

「その息子の女房を大炊王に与えて一緒にさせた。血の繋がりこそないが、形の上では仲麻呂は大炊王の義理の親父となる」

「死んだ息子の女房を与えただと！」

嶋足は愕然となった。

「前にも言ったはずだ。手柄だけでは出世ができぬ。政を学べと申したはこのことよ。先々を読んでのことだ。いつか役立つに違いないと踏んで仲麻呂は大炊王を身内に引き入れたのだ。それがここに来て大事な玉となる」

「それが真実《まこと》なら……汚い」

嶋足は地面に唾を吐いた。

「利口というものさ。公卿なら多かれ少なかれ似たような策を施している。たいていが王となんらかの関わりを持っている。さすがに仲麻呂のような強引な関わりは珍しいだろうが、大炊王とて楽な暮らしができて喜んでいよう。我らが責める筋合いではない」

「本当にそうなるのか？」

「なる。仲麻呂の館で女帝も何度か大炊王と顔を合わせておろう。それに若い。二十五だ。女帝にとって扱いやすい相手。間違いなく次の皇太子に選ばれる」

「奈良麻呂さまはさらに追い詰められるということか」

嶋足は深い溜め息を吐いた。手を結んでいた皇太子を失ったばかりか、今度は敵である仲麻呂の息のかかった皇太子の登場となる。

「それでもまだまだ奈良麻呂に従う者は多い。ようやく仲麻呂が対等の位置に立ったと言えるだけだ。これからが楽しみだな。衛士府の力が勝敗を左右する」

「おぬしはきっと嫌な大人になるぞ」

嶋足は気圧《けお》されつつ言った。

「十七なら、もっとそれらしいことを言え」

「人は大人になどならん。そのままで歳が増えるだけだ。偉いやつは俺の歳から偉い。鮮麻呂を見るがいい。あやつ、五つの時から人を圧していた」

嶋足はそれに頷いた。

「まだ十三だぞ。あやつの前では俺も頭が上がらぬ。あやつには欲も得もない。ただ風となって陸奥を駆け抜けている」

「会うのが楽しみだ」

嶋足は鮮麻呂の幼い顔を思い浮かべた。どのような男となったか想像もつかない。

「おまえは鮮麻呂が申したように見事な男だ。いかにも出世をしよう。しかし、帝にはなれまい」

「当たり前のことを言うな」

「鮮麻呂は……なるかも知れぬ」

天鈴は真面目な顔で、

「つまりはその違いだな」

薄笑いを浮かべた。

「そなたの言う帝とはなんだ？」

嶋足は気にして訊ねた。

「おまえは上の者のために働く。鮮麻呂は下の者のために生きている」

「………」

「上があるからこそおまえは力を発揮できる。もしおまえが一番上に立てば、もはやすることがなくなろう。だが鮮麻呂には限界がない。もともと上がないのだ。それを鮮麻呂は自身で気付いておらぬだろうが、俺には分かる。必ず鮮麻呂のために喜んで死ぬ者が周りに集うはずだ。おまえにもそれに劣らぬ部下ができる。しかし、その多くはおまえのためではなく、おまえの上に居る帝のために死ぬ」

嶋足は鮮麻呂に対して激しい嫉妬を抱いた。他の者の言葉ならさほど気にならない。天鈴ゆえに重く響いたのである。天鈴こそ真の自分を知ってくれている男と見ていたのだ。

「多くは、と言ったはずだ」

天鈴は笑いを上げて、

「俺はおまえのために死んでやってもいい。今のおまえであるならな。下っ端の兵らにおまえの心など分かるまい。それを言ったのだ」

「当たっているやも知れぬ」

嶋足はわずかの間に自分を取り戻していた。

「俺は苅田麻呂さまの下で働くことが嬉しい。それは偽りではない」

誇りを持って嶋足は口にした。

「鮮麻呂が風なら、おぬしは水か」

「水？」

「風のごとく気儘《きまま》に動けぬが、上手く道がつけば大河となって海に注ぐ」

「なれるか？　俺が」

「川には泥も汚物も流される。それを乗り越えていけるなら」

天鈴は言って笑顔を見せた。

半月を馬で駆け続けて、嶋足が懐かしい陸奥の山々を間近に眺めたのは四月の中旬だった。陸奥にも美しい草花が咲き乱れている。

嶋足たちは多賀城に半日の距離に当たる名取《なとり》の柵《き》へ辿り着いた。多賀城に向かっても夜更けではどうにもならない。この柵から佐伯全成に面会の手続きを取った上、衣服を整えて訪ねるのが礼儀であると嶋足は判断した。尋問とは異なる。無礼があっては取り返しがつかない。

「だったら、牡鹿の館《たち》で返事を待てばよかろう。どうせ三日は待たされる」

天鈴は嶋足の融通の利かなさに呆れた。

「遊びで参ったのとは違う。家に戻るのは役目を果たしてからと決めている」

「それじゃ多賀城の城下はどうだ？　この名取より賑やかだ。返事も早くなる」

「陸奥守さまには名取への用件のついでに多賀城へ挨拶に伺うのだと思わせたい。それゆえ日時はすべてお任せした。なのに多賀城の城下に居たと知れれば疑われる」

「すっかり官人が身についたな。陸奥に戻っても役目が一番か」

天鈴はそれでも陽気に笑って、

「俺は明朝に伊治《これはる》へ向かうぞ」

「好きにしてくれ。多賀城での役目を終えたら牡鹿に参る。そこに連絡をくれればいい」

「勘違いするな。伊治にでかけて鮮麻呂をここへ連れて来るのさ。牡鹿では鮮麻呂も気が進むまい。おまえの親父と鮮麻呂の親父は仲が悪い。ここに三日も居ると申すなら好都合。明後日には鮮麻呂と戻る」

「伊治には都への帰りに立ち寄ろうかと考えていた」

「鮮麻呂はともかく、他の者らがおまえを喜んでは迎えまい。鮮麻呂とてそれでは心穏やかではない。ここで会うのが互いにとって気楽というものだ」

「そんなに酷《ひど》い状況なのか？」

嶋足には信じられなかった。

「おまえに言うのは辛いがな……親父は蝦夷のだれからも憎まれている。八年前とは違う。覚悟してかかれよ」

天鈴の言葉に嶋足は心が重くなった。

風と水

一

嶋足《しまたり》は名取の柵《き》に居る二日の間を憂鬱な気持ちで過ごした。自分が蝦夷《えみし》であるのを、この二日ほど突き付けられたことはない。天鈴《てんれい》の言った通りであった。八年も陸奥から離れているうちに、自分には蝦夷と朝廷が緊張関係にあるという認識が薄れてしまっていたのだ。現に自分は国一番の武人と謳《うた》われる坂上苅田麻呂《かりたまろ》の信頼を受け、大納言藤原仲麻呂の館《たち》にすら自由な出入りを約束された身である。力さえあれば蝦夷も都の民とおなじ道が開かれる。そう確信していたのだが……この名取は違っていた。都より訪れた衛士府の大志《だいさかん》が蝦夷であると知れると、皆の視線が途端に冷たいものに変わった。正八位下という歴《れっき》とした階位を授かっているからには、もちろん無下《むげ》に扱われはしない。名取の柵は陸奥守の支配下にあって、長官も陸奥守の兼任となっているのだが、実際に柵を預かっているのは権少掾《ごんのしょうじょう》の役職に就いている男である。階位は従七位下。上と言っても嶋足よりわずか二階位に過ぎない。その男を除けば名取に嶋足を超える地位にある者は一人もいないのだ。それなりの居室を与えられ、頼めばなにごとでも用件を果たしてくれる。しかし、兵のだれもが遠巻きにし、嶋足との関わりを避けていた。行き交う際に挑むような目付きを注ぐ者たちさえもいる。牡鹿《おしか》の丸子宮足《まるこのみやたり》が父親だと伝わってからは、それが特に顕著になった。黄金で手にした階位と信じているのであろう。でなければ蝦夷などが重く用いられるはずがないと思い込んでいる。名取の兵たちにとって蝦夷は対等の人間ではなかった。

それが兵たちばかりであれば嶋足にも耐えられる。問題は蝦夷にもあった。名取の柵の周辺には蝦夷が大勢暮らしている。柵の外に出ると、別の意味での侮蔑の視線が嶋足に襲いかかった。蝦夷でありながら朝廷に尻尾を振っている裏切り者と見做されているのである。声をかけても、まともな返答が戻らない。胸を張って陸奥へ戻った嶋足にすれば、思いもよらない対応であった。

「親父はだいぶ嫌われているらしい」

運ばれてきた夕餉《ゆうげ》の膳に向かった嶋足は酒を持つ弓守《ゆもり》に杯を突き出して苦笑した。

「牡鹿に戻りたくなった。蝦夷の者らが怒るのも分かる。柵の兵らは蝦夷を人と思うておらぬ。この扱いを受けては朝廷を憎むのも致し方ない。ましてや朝廷に荷担する親父を恨んで当たり前であろう。やれやれ……どうしたものか」

注がれた酒をじっと見詰めて嶋足は嘆息した。父親と会えば喧嘩しそうな気がする。と言って己れも朝廷の官人の一人である。

「もっとご昇進なされて、だれからも有無を言わせぬお人になるしかござりますまい」

弓守はあっさりと言った。

「陸奥守にでもなれば、理不尽な兵らを罰することができます。蝦夷の者たちもご主人さまのお心を分かってくれましょう」

「天鈴とおなじで夢のような話をする」

嶋足は眉をしかめて杯をあおると、

「どうすれば五位まで上がれる？」

まさに気の遠くなるほどにかけ離れた階位である。公卿の血筋でもなければ断じて授かることができない。簡単に言うなら、この国で帝から数えて百五十人の中に入ることだ。

「買い被ってくれるのは嬉しいが、天と地がひっくり返っても陸奥守にはなれまい。天鈴が盛んに言うので頷いているだけのこと」

「ご主人さまなら必ず果たせます」

弓守は力説した。

「この柵で滅多なことを言うな。どこにだれの目が光っているか知れぬ。それよりも俺は苅田麻呂さまにこそ陸奥守になっていただきたいと思っている。あのお人は自らの出世よりも国の安泰を願っておられる。ああいうお人が陸奥守となれば蝦夷との戦さが避けられる。天鈴にも言うつもりだ。俺に無駄な手助けをするくらいなら苅田麻呂さまを頼るのが早道である、とな。八年を費やして俺はようやく信じられる上司を得た。今の地位に俺は満足している」

嶋足は本心から口にした。名取の現実に直面して心が萎えたことも関係していた。蝦夷が上に立つことのむずかしさをしみじみと実感させられたのだ。しかし、坂上苅田麻呂であれば兵のだれもが喜んで従うであろう。その苅田麻呂の気持ちを自分の側に引き込むことができれば、己れが陸奥守になるのと一緒だ。目的は果たされる。

「それには頷きますまい」

弓守は即座に首を横に振って、

「ご主人さまが蝦夷であるがゆえに天鈴さまは肩入れなさっておるのです。どれほど優れたお方であろうと苅田麻呂さまでは……」

「信用せぬと言うのか？」

「内裏《だいり》を捨てるお方ではありますまい？」

弓守は嶋足をしっかりと見詰めて、

「結局は朝廷の側から抜けられぬお人」

断言した。

「それは……そうかも知れぬが」

だが嶋足は詰まった。

「蝦夷であるのと、ないのとでは大違いにござります。頭では蝦夷の苦境を察しても、体が動きませぬ。政が先に浮かびまする」

「そちも天鈴とおなじ物言いをする」

もうよい、と嶋足は笑って遮った。

だが、その通りかも知れないとも思っていた。苅田麻呂ならこの名取にあっても今の自分のような苦悶を感じないはずだ。反対に辺境へ追いやられている兵たちに深い同情すら寄せるかも知れない。説明を受ければ蝦夷にも辛さがあると悟るに違いないが、兵の方にこそ原因があるとまでは考えないであろう。

〈俺がやるしかないのか……〉

嶋足は深い溜め息を吐いた。

酒に飽きて、肘を枕にしてまどろんでいると弓守がそっと揺り動かして耳元で囁いた。

「戻ったか」

嶋足は笑顔を見せて半身を起こした。天鈴が戻ったと言う知らせであった。

「この時刻では飯を食っておるまい。支度を言いつけて参れ」

「柵の外にてお待ちしておりまする」

弓守は小声で返した。

「鮮麻呂《あざまろ》さまは歳若きゆえ目立ちます。できればご主人さまに足をお運び願いたいと」

「なるほど、それもそうだ」

嶋足は頷いた。柵に年少の者がいないわけではないが、都よりやってきた衛士府の大志のところへ夜になって十三の子供が訪れるのは、いかにも奇妙に映る。しかも蝦夷となれば後で騒ぎにならぬとも限らない。

「天鈴も、よくよく気が回る男だな」

嶋足は感心した。先々を見ている。

「外とは？」

「柵や城のある場所に物部《もののべ》の者が必ず住みついて商いの店を開いておりますので。知らせに参ったのはその店の者でござります」

「つまり……様子見のための店か？」

それに弓守は小さく頷いた。

「さもあろう」

嶋足は直ぐに納得した。都にさえ多くの者を潜り込ませて監視を怠らない物部の一族である。最前線の多賀城や名取の様子を窺っていないわけがなかろう。

「なにを商っている？　馬や毛皮か」

「都の品々でござります。言人《ことんど》さまが都で馬や毛皮を売った銭で櫛《くし》や着物、それに墨などを仕入れて陸奥へ送り届けます。手前も言人さまの下でずっと働いておりました」

「都で儲けて陸奥でも稼ぐというわけだ」

したたかさに嶋足は舌を巻いた。

「商人はどこを動いても怪しまれませぬ。柵や城への出入りも叶《かな》います。都では貴族の館にまで……儲けを考えてのことでは決して」

弓守は言い添えた。

「ちょうどいい。故郷《くに》への土産が足りぬ。そう言って柵をでよう。明日には恐らく多賀城から面会の許しが届こう。土産など買い求めている暇がなくなる」

嶋足は刀を手にして立ち上がった。

二

店を訪ねると天鈴は留守にしていた。鮮麻呂を伴って高館《たかだて》の熊野神社に向かったと言う。そこには蝦夷が二十人ほど集まっているらしい。店の主人は二人のための馬を用意していた。馬なら四半刻《しはんとき》（三十分）とかからない。嶋足は弓守の先導で熊野神社を目指した。

高館と言うのは古い館跡を意味していた。

今は痕跡ばかりで小高い森となっている。

その中心に物部一族が、およそ三十年ほど前の養老《ようろう》年間に熊野神社を据えたのである。る。表向きは神社だが、いざという場合の拠点にするつもりなのだ、と弓守は得意そうに嶋足へ説明した。多賀城と桃生城《ものうじょう》の近隣にも物部の関わる神社が建立されている。

物部一族の周到さに嶋足は、ただただ呆れるしかなかった。修験で名の知られている熊野の行者であれば、商人と同様に国々の出入りが怪しまれない。いくらでも都との行き来が可能であろう。物部が遠い陸奥の果てに暮らしながら都の情勢に精通しているのには、こういう秘密が隠されていたのである。

「今宵はただの集まりか？」

嶋足は案じ顔で弓守に質した。

「きっと鮮麻呂さまが見えられたので、それを喜んでの酒宴と思われます」

「であればよいが……どうも落ち着かぬ。名取の柵の間近で蝦夷が集うておると知れれば厄介なことになろう」

「名取に暮らす蝦夷など国府《こくふ》の者らは一人も案じておりますまい。どこが背いても名取と多賀城の近隣の蝦夷については安心しきっております。千以上の兵が固めている柵や城。それも当たり前にござりましょう。高館の辺りまで見回りの兵をだすなどいたしませぬ」

弓守は請け合った。都では従順に嶋足の用を果たすだけの弓守が、この陸奥に戻ると水を得た魚のごとく生き生きとしている。反対に嶋足の方は心が騒ぎ続けていた。生まれ故郷に戻ったという実感が日毎に薄れて行くのだ。名取の兵と蝦夷のどちらからも疎まれて気持ちが揺れ動く。むしろ都で坂上苅田麻呂の下知《げち》通りに働いている方が気楽に思える。八年という長い年月が、いつしか嶋足を変えていた。


二人は熊野神社に辿り着いた。石段の前に馬を繋ぐ。その音を聞き付けて上から二人の男たちが下りてきた。

「物部天鈴さまに招かれて丸子嶋足さまをご案内して参った者」

弓守は声を張り上げた。男たちから緊張が解ける。男たちは上へと知らせに戻った。

「きたか」

嶋足が石段を上がっていると天鈴がにやにやしながら姿を見せた。その隣りには、やはり笑いで迎える凜々《りり》しい顔がある。

「鮮麻呂か！」

嶋足は見上げて口元を緩めた。面影はわずかに残されているものの、居ると知っていなければ咄嗟《とつさ》には分からなかったはずだ。それほどに鮮麻呂は成長していた。背丈も十七の天鈴とほとんど変わらない。

「嶋足！　偉《えろ》うなった」

鮮麻呂は発すると石段を駆け下りてきて嶋足に抱きついた。二人は笑い合った。嶋足は嬉しかった。この鮮麻呂だけは昔と同様に自分を温かく受け入れてくれている。故郷に戻ったのだ、と本心から感じた。

「俺は鼻が高い。嶋足は夢を忘れぬ。この口うるさい天鈴が褒《ほ》めている」

鮮麻呂はぼろぼろと涙を溢れさせた。

「泣くな。相変わらずではないか」

嶋足は鮮麻呂の額を小突いた。負けん気が強くて、涙を一杯に溜めながら喧嘩を仕掛けてきた鮮麻呂の顔がありありと思い出される。

「こいつのどこが偉い？　ただの泣き虫だ」

嶋足は脇で笑っている天鈴に訊ねた。

「おぬしは泣けまい。俺も泣けぬ」

天鈴は真面目な顔で応じて、

「とにかく上がれ。今宵は祝宴だ」

嶋足を社殿へと促した。石段の上には五、六人の男たちが現われて嶋足を眺めていた。

「そうとは知らずご無礼いたしました」

一人が嶋足に詫びを言った。嶋足に見覚えはなかったが、名取に暮らす蝦夷である。

「だいぶ嫌われていたらしいの」

天鈴はくすくすと笑った。

「まぁ、無理はない。おぬしのような男は蝦夷ではじめてのようなもの。どう扱っていいのかだれにも分からぬ。許してやれ」

「気にしてはおらぬ」

嶋足は鷹揚に構えて蝦夷たちに言った。

鮮麻呂に押される形で社殿に足を踏み入れた嶋足は、正面にきちんと正座している少女を真っ先に認めてたじろいだ。男ばかりと思っていたせいもあったが、脇で揺らめいている灯明の炎が照らし出す美しい輪郭に気後れを感じたのである。きりりとしたまなざしに柔和な笑いが浮かぶ。少女は嶋足に細い手を揃えて挨拶した。

「俺の妹だ。名は水鈴《すいれい》と言う」

天鈴はまんざらでもない顔をして紹介した。自慢の妹に違いない。

「たまたま伊治《これはる》の館に遊びにきていた。それで連れてきたのだ」

「馬でか？」

でなければ伊治から名取まで一日ではこられない。嶋足は不審な顔で質した。

「馬を扱えぬでは陸奥で暮らしていけぬ。男も女もない」

天鈴は笑った。水鈴も微笑んだ。

「伊治の館とは鮮麻呂の暮らす館か？」

「ああ。俺は一年ほど前までそこに預けられていた。それで水鈴もしばしばくる」

天鈴は水鈴の隣りに腰を下ろすよう嶋足に勧めた。天鈴と鮮麻呂は嶋足の前に膳を運んできて胡座《あぐら》をかいた。

「水鈴と鮮麻呂はおなじ歳だ」

「するとまだ十三か」

嶋足は水鈴を見やって唸った。女の成長は男よりも早い。十六、七に見える。

〈こんなにも美しい女が世の中にいたのか〉

嶋足は圧倒されていた。都でも見たことがない。都の女は美しく着飾っているだけだ。
横から眺める水鈴の鼻筋は綺麗に通っていた。顎の細さに少女らしさが感じられるものの、まるで全体が霞に包まれているように輝いている。雪のごとく白い肌である。長く垂らして後ろで一つに束ねた髪の黒さが肌の白さをさらに引き立てている。見られていると知って水鈴はくすくす笑った。小さな歯が桃色の唇の間から覗いた。

〈いかにも天鈴の妹ならそうだろう〉

嶋足は納得した。天鈴は色こそ浅黒いが、女と見紛《みまご》うほどの美貌である。

「酌をしてやれ。どうやら丸子嶋足さまはそなたが気に入ったらしい。めでたいの」

天鈴のからかいに嶋足は冷や汗をかいた。ぼうっとして水鈴にしか心が向かなかったのを皆に見抜かれている。二十三にもなって十三の娘に迷うなど情けない。

水鈴は瓶を持つと嶋足の杯に酒を注いだ。

「柵で呑んできたばかりだ」

それでも嶋足は一息にあおった。冷たい酒がいくらか正気に戻す。

「今宵は珍しく殊勝に振る舞っているが、手のつけられぬ暴れ馬だ。こいつの轡《くつわ》を取れる者は陸奥に鮮麻呂しかおらぬ。我が親父とて諦《あきら》めておる始末よ」

笑って天鈴も水鈴に杯を突き出した。

「ほう……」

嶋足は鮮麻呂と水鈴を交互に見やった。

水鈴は頰をぽっと赤く染めた。

「多賀城からの招きはまだのようだな」

天鈴は話を変えた。嶋足もなぜかほっとして天鈴に頷いた。鮮麻呂は二人の言葉に笑顔のまま耳を傾けている。

「名取になんの用事もないことが、すでに伝わっておろう。それゆえ牡鹿に戻れと言ったのだ。融通の利かぬ男よな。こたびの政変については多賀城にも届いている。それと関わることだと陸奥守も察しているはずだ。それで返事を遅らせているに相違ない。もはや何食わぬ顔して質すことなどできぬぞ」

「それならそれでも構わぬ」

嶋足は憮然とした顔で応じた。

「返事を遅らせるは佐伯全成《さえきのまたなり》さまに後ろ暗いことのある証し。無縁であるなら、なにをさて置いても俺に会おうとする。違うか？」

「都に戻って、そう報告いたすと？」

天鈴は呆れ果てて、

「それだからおぬしは政が分からぬと申すのだ。いやはや、とんだ者を苅田麻呂は陸奥へ派遣したものだ」

大袈裟な嘆息をした。

「罪ある者を見逃せと言うのか？」

「なにがあっても、おぬしは間抜けを通して見せなければならぬ。苅田麻呂とて陸奥守の反逆をあからさまにしたいわけではない。肝腎の橘奈良麻呂を罰することがかなわぬと言うのに、陸奥守だけの処分ができると思うか」

「しかし、奈良麻呂さまに荷担する陸奥守があっては大いなる乱れの原因《もと》。首をすげ替えるは国のためにも蝦夷のためにもなる」

嶋足は力説した。

「今の陸奥守は蝦夷にとって悪い相手ではない。少なくとも蝦夷を歴然たる敵と見做してはおらぬ。他の者が新たにくるよりは佐伯全成の方が扱いやすい」

それに同席している蝦夷たちも頷いた。

「だからと言って見過ごすわけにはいかぬ。蝦夷だけの問題ではなかろう」

「いや、蝦夷の問題だ」

天鈴は厳しい目をして断じた。

「おぬしの働きは他になにがある？」

「国の安堵はすべてに繋がる」

「馬鹿な。苅田麻呂に誑《たぶら》かされたか」

天鈴は哄笑《こうしょう》した。

「国の乱れが続いてこそ蝦夷は救われる。国が安泰となれば公卿どもは己れの欲に走って陸奥の簒奪《さんだつ》がはじまる。苅田麻呂は知らぬが、公卿とはそういう連中だ」

「それと今の話は別であろう」

さすがに嶋足は声を荒らげた。

「蝦夷のためなら悪事を見逃せと言うか！」

「なにをもって悪となす？」

天鈴は動ぜずに重ねた。

「それを言うなら藤原仲麻呂とて同罪だ。私欲のために帝《みかど》を操っておろうに」

「苅田麻呂さまはどちらにも荷担しておらぬ。ひとえに国の乱れを正さんとしておられる」

「苅田麻呂という人は戦さがしたいのか？」

いきなり鮮麻呂が嶋足に訊ねた。

「それを避けるために苦慮している」

嶋足は心を落ち着かせて言った。

「きっと戦さになる」

鮮麻呂は嶋足を見据えて言った。

「多賀城と桃生と名取を合わせただけで五千を超す兵がいる。嶋足は知らぬだろうが、あの兵どもは国のことなど少しも考えておるまい。銭と力で動く。陸奥守を追い込めばどうなるか……」

「おまえも目を瞑《つむ》って帰れと言うのか」

じろりと嶋足は鮮麻呂を睨んだ。

「喧嘩の仲裁ができるのは嶋足だけじゃ。嶋足が喧嘩の種子《たね》となってはいかぬ」

鮮麻呂は言い切った。

「俺に喧嘩の仲裁ができるものか」

嶋足は苦笑した。鮮麻呂はやはりまだ幼い。

「戦さがしたくないなら、なぜそれを陸奥守に言わぬ？　黙って帰って処罰するは男として卑怯な仕打ちであろう。俺は陰でこそこそ動き回るやつを好かぬ。招かれぬなら嶋足から参ればよい。陸奥守も喧嘩をしたくないという相手を殴りはしまい」

嶋足と天鈴は思わず顔を見合わせた。

「その手があるか」

嶋足は大きく頷いた。

「鮮麻呂の言う通りだ。参れば、まさか追い返しはすまい。下手な隠しごとも無用。陸奥まで足を運んで肚《はら》の探り合いをしたとて無意味だ。苅田麻呂さまの父君と陸奥守さまは親しき間柄。乱れをなんとしても防ぎたいという苅田麻呂さまのお心を率直に申し上げる。その後のことはまた天鈴と相談しよう」

嶋足の言葉を鮮麻呂は喜んだ。

「それなら陸奥守も衛士府の尋問とは取らぬ。反対に身を案じて都から人を寄越したと取るであろう。案外上手く運ぶぞ」

天鈴の顔にも安堵が広がっていた。

三

「おまえはこの陸奥をどうするつもりだ？」

嶋足は社殿の濡れ縁に並んで腰掛けている鮮麻呂に質した。二人は祝宴を抜け出て蒼い星空をずうっと眺めていたのである。

「俺が陸奥をどうすると？」

鮮麻呂はきょとんとした目で聞き返した。

「約束を忘れたか」

嶋足は濡れ縁から地面に飛び下りて笑った。

「俺はやがて陸奥守になって戻る。それまでおまえにはこの陸奥を預けたはず」

「なれるか？　陸奥守に」

鮮麻呂は目を輝かせて嶋足に言った。

「おまえよりはむずかしい。おまえの祖父《おじい》は、もともと蝦夷の要《かなめ》。やがておまえの代となろうが……都にあるは俺一人。しかし、夢は捨てぬつもりだ。蝦夷のだれかが陸奥守にならぬ限り、陸奥に本当の静けさはこぬ」

不可能と知りつつも嶋足は口にした。まだ夢を捨てる歳ではなかろう。どこまでも夢に食らいついていれば桃生《ものう》の城を預かるくらいには昇進できそうな気がする。

「千年後の先はどうじゃ？」

鮮麻呂は真面目な顔で質した。

「千年後も嶋足の子孫が陸奥守でいるのか」

「そんなことは……知らぬ」

「なら、また朝廷の者が陸奥守となって参るかも知れぬ」

「…………」

「嶋足が陸奥守となるのは嬉しい。嬉しいが、陸奥守がいなくなればもっと嬉しい」

「無理なことを言うな」

「無理か？　なんでじゃ」

「放って蝦夷に任せておくわけがなかろう」

「陸奥が朝廷のものだとだれが定めた？」

鮮麻呂も濡れ縁から下りて叫んだ。

「それをだれも俺に教えてくれぬ」

「他の国もそうして朝廷に従っている」

「他の国にもこれほどの兵が置かれているのか？　だれもがそれに耐えているのか？」

鮮麻呂の問いは熾烈《しれつ》だった。嶋足は詰まった。大宰府《だざいふ》を除けば他に五千近くもの兵団の駐留している地域はない。せいぜい五百もいれば多い方である。

「陸奥は広い。仕方ないのだ」

「帝がなぜ偉い？　嶋足は都で会《お》うたか」

「まさか……雲の上のお方だぞ」

「会いもせずに、どうして偉さが分かる」

「おまえ……まったく変わっておらぬ」

「俺は我が目で見ぬ限り信じぬ。俺が知っているのは桃生や多賀城の兵たちだ。蝦夷を犬や兎とおなじに見ている。そんな兵ばかりを抱えている帝が偉いとは思えぬ」

「帝に多賀城の瑣末《さまつ》なことなど伝わらぬ。帝に責めがあるわけではない」

「嘘だ。自分の兵を気にせぬ棟梁は、もはや棟梁とは申すまいに」

「それは理屈だ。この国はとてつもなく広い。おまえが帝だとしてもおなじになるさ」

辟易《へきえき》としながら嶋足は制した。

「嶋足が帝でもそうするか？　都より離れた国なら兵がなにをしたとて構わぬのか」

もちろん、と頷きかけた嶋足だったが、そうだろうか、という思いが浮かんだ。自分の国である。そこに暮らす民は自分の子のようなものだ。兵ばかりが子ではない。

「どうなのじゃ？」

鮮麻呂は詰め寄った。

「俺はどう転んでも帝にはなれぬ。それゆえ帝のお考えなど分かるはずがない」

しかし、それは嶋足の胸をぐさりと貫き通していた。

〈なにゆえ当たり前のことを、当たり前と言えなくなったのか……〉

それが歳を取るということなのだろうか。嶋足は忸怩《じくじ》たる思いに襲われた。正義の心は失っていないつもりである。だからこそ許せないものがいくつもある。それを天鈴は政を知らぬと揶揄《やゆ》する。その考えで言うなら鮮麻呂を笑うのは簡単だった。幼いゆえに大人の世の中を知らぬのである。会ってみなければ帝の偉さが分からぬ、と言うのは世の仕組みを解さぬ者の愚かな言葉であろう。だが、本当にそうだろうか、という思いも嶋足に生まれていた。逆にその仕組みとやらに自分ははじめから圧倒されている。兵衛府の下っ端で過ごした五年の間に上下の差を厭と言うほど実感させられたのだ。顔さえ見たことがない帝への畏敬が強まった。帝がなぜ偉いかなど一度として考えたことがない。それより、もっと奇妙なのは先帝が今の女帝に譲位されたときに、なんの感慨も持たなかったことである。そのまま自分の畏敬は新たな女帝に移った。それは、人よりも帝という地位に対して畏敬があったということにならないか？

〈だれに仕えるために都へ上ったのか……〉

嶋足は重い気持ちになった。

「どうした。座が白けているぞ」

天鈴が濡れ縁に立って声をかけた。

「まこと鮮麻呂は風だ」

嶋足は階段を上がりながら苦笑した。

「なにも考えず、人の目の前を通り過ぎて行く。相手がだれであろうとお構いなしだ」

「なんのことだ？」

「会ってみぬうちは帝の偉さを認めぬとさ」

天鈴は、あはははと喜んで、

「皆の頼みがある。ぜひとも受けてくれ」

神妙な顔付きに戻した。

「頼みにもよる」

「おぬしの技をこの神社に奉納して貰いたいと皆が願っている」

「なにをすればいい？」

「拝殿の長弓《ながゆみ》を引いてほしい」

「あの弓をか！」

嶋足は唸った。奉納された飾り弓で普通の倍近くも大きくて重い。腕で支えるのがやっとであろう。矢も弓に合わせて扱いにくそうだ。つがえて飛ばすことはできても的《まと》に当てるなど不可能である。

「空に向けて放ってくれればいいのだ。神に願いが届くようにな。名取の柵の方角へだ」

「冗談を言うな」

嶋足の顔色が変わった。

「いつもやっている。それがここの仕来《しきた》りだ。おぬしを試しているのではない」

「…………」

「あの、ひときわ高い木があろう」

天鈴は指で示した。神社を囲む森の中に一本頭抜《ずぬ》けた杉が見えた。

「あの頭を越して射った者はまだ一人もおらぬそうだ。たまたまその先に名取の柵が位置しているだけのこと。万が一おぬしが射ったと聞こえても問題とはならぬ。杉越えの神事については名取の柵の者も承知している。まさか願いがなにに あるか気付かずにな」

天鈴は面白そうに笑った。

「あの剛弓《ごうきゅう》であればたやすく越えように」

嶋足は首を傾げた。

「重過ぎて狙いを定めるまで持ってはおれぬそうな。たいてい境内の土を射るらしい」

そう聞かされて嶋足の心は動いた。弓の鍛練は欠かしたことがない。天鈴の隣りに現われた水鈴の存在がさらにそれを強める。

「やれるかどうか知れぬが」

嶋足は承知した。

男たちは懸けていた弓を三人がかりで下ろして嶋足の元へと運んできた。間近にすればいかにも大きい。握節《にぎりぶし》も太い。握った親指と中指の先が辛うじて触れ合う程度だ。これでは力が入らない。指が開き過ぎているのだ。嶋足はそれでも片手で持ち上げた。意外に簡単に上がったのは、もっと重いと考えていたせいだった。が、たちまち重みが腕に伝わってくる。いったん濡れ縁に弓を戻した嶋足は次に矢を手にして曲りを点検した。矢は五本ある。的を射るのではないから曲りを気にする必要がないと思うのは弓を知らない者である。少しの曲りでも風に左右される。矢柄《やがら》には薄く銅板が巻かれていた。実戦に用いるものではないので飾り付けたのだろう。それが何倍も矢を重くしている。よほど弦《つる》を引き絞って放たぬ限り直ぐに落下する。

〈腰を据えてかからねばならぬな〉

嶋足は男から渡された新しい弦を弓にかけて、びんと張らした。弾くと音がする。

すべての用意を整えた嶋足は跪《ひざまず》いて大きく息を吸った。

一本の矢を選び心を一つにする。

鮮麻呂は濡れ縁の下で見上げていた。

「嶋足ならきっと飛ばす」

鮮麻呂の言葉に嶋足は頷くと弓を持ち上げて濡れ縁に立った。素早く弦に矢をつがえ、ぎりぎりと渾身の力で引き絞った。指が千切《ちぎ》れそうにきつい弦である。そこまで張らねば遠くへは飛ばせない。矢を持つ指と弓を握る腕にぶるぶる震えがきた。息を吐けば力が抜ける。嶋足は必死で耐えた。ぐう、と弓が撓《しな》った。嶋足の腕力に負けたのだ。こうなると嶋足のものだ。弦が楽々と伸びる。鮮麻呂から歓声が上がった。男たちも目を丸くした。

〈まだまだ……〉

嶋足は次に弓を高く掲げて矢を空に向けた。どの角度で射れば一番遠くまで飛ぶか承知している。その一点に達した瞬間を狙って嶋足は放った。ばるるん、と弦が戻る。弓がその勢いでぐるりと回る。弦が嶋足の左腕を襲って弾いた。激しい痛みが伝わった。が、嶋足の目はそのまま夜空に向けられていた。

放たれた矢は矢羽の音を発しながら空に吸い込まれていく。どよめきが上がった。杉の頭どころではなかった。嶋足の矢はその遥か高みを飛翔している。星を目指す鳥のようであった。どこまでも落ちない。矢はそして星空に溶け込んだ。

「凄い……」

うっとりとした声を上げたのは水鈴だった。

嶋足はゆっくりと弓を濡れ縁に置いた。

「見たか」

天鈴は自分のことのように男たちへ叫んだ。

「丸子嶋足、都随一の男よ」

男たちも大きく首を振った。

「嶋足を必ず陸奥守にしてみせる。それで陸奥は変わるぞ。この男なればそれを果たす」

天鈴の言葉に男たちは涙を流した。

「俺もいつかやる。名取の柵まで飛ばす」

鮮麻呂は濡れ縁に上がって言った。

その目はきらきらと輝いていた。

四

翌早朝、嶋足は名取を発《た》って多賀城へと馬を進めた。天鈴と鮮麻呂、そして水鈴も同行していた。三人は嶋足が陸奥守との会見の間、多賀城下の店で待つことにしている。むろん物部の一族が営んでいる店だ。

「私もそのうち都を見に行きたい」

軽快に馬を扱いながら水鈴が嶋足に言った。

「そのときは案内してくれるか？」

「都には物部の者がいくらでもおろう」

「兄者《あにじゃ》は私のことなど構ってくれぬ」

水鈴はじろりと天鈴を睨んだ。

「あの弓を見て嶋足に惚《ほ》れたらしい」

天鈴はくすくす笑った。それに水鈴は平然とした顔をしている。嶋足の胸が鳴った。

「俺も行く。十五になれば許される」

鮮麻呂は眩《まぶ》しそうに嶋足を見ていた。

「ああ、こい。俺の館に泊まれ」

「館と自慢するほどのものか」

天鈴はからかった。

「鮮麻呂の館にある馬小屋の半分もない。寝転んで手足を伸ばせば壁に届く」

「本当か？」

鮮麻呂と水鈴は顔を見合わせた。

「それで出世したと喜んでいる。あの弓と刀の腕を持ちながら勿体《もったい》ない」

「女とは暮らしておらぬのか？」

水鈴に訊《き》かれて嶋足は噎《む》せ返った。

「都の女は好かぬのか？」

「なんとかしてくれ」

嶋足は天鈴に助けを求めた。

「それは俺も訊きたい。いつ訪ねても女の姿を見掛けぬ。嫌いではなさそうだがな」

天鈴は笑いながら質した。

「勝手にしろ。暇がないだけだ」

嶋足は馬の腹を蹴って先に進んだ。

水鈴も続いて馬を走らせた。たちまち嶋足に追い付く。水鈴はぺろっと舌をだして、

「好きになった。鮮麻呂の次じゃ」

笑うと嶋足を追い越した。

長い髪が風に揺れている。

〈あんな小娘になぜ俺が……〉

振り回されるのか、と嶋足は思った。しかし、断じて都にはいない。

〈都にくると言った〉

嶋足は見る見る小さくなる水鈴の背中をいつまでも目で追っていた。

嶋足が多賀城を訪れたのは昼過ぎだった。

巨大な正門が目の前に聳《そび》えている。

嶋足はしばし門を眺めた。胸の詰まる思いに襲われた。前にここを訪ねたのは十五のときである。蝦夷の一人として黄金産出を祝う宴の末席に連なっただけだ。そのときの自分にとって多賀城は恐れの対象に近かった。陸奥に打たれた楔《くさび》と言うには、あまりにも壮大な城であった。城内に建ち並ぶ官衙《かんが》の柱に塗られた鮮やかな朱に目を奪われ、武装した兵の姿に怯《おび》えたものである。

なのに今はまるで違って見える。確かに巨大ではあるが、多賀城に勝る門は都に掃いて捨てるほどある。兵衛府に八年近くも出仕した嶋足にとって武装兵は見慣れたものだ。遠くに見える政庁も、内裏はもちろんのこと先日訪ねた藤原仲麻呂の館に較べても小さく感じられる。土塁で囲んだ敷地ばかりが広大というだけに過ぎなかった。多賀城で圧せられるのは兵の数だけであろう。ここに三千近い兵が駐留している。都の近衛府、兵衛府、それに衛士府のすべてを加えても三千には満たない。鮮麻呂が口にしたごとく、いかにも異様な体制と言えよう。

「行くぞ」

嶋足は弓守を従えて正門への坂道を上がった。門衛が嶋足を誰何《すいか》した。

「都の衛士府から参った。大志《だいさかん》を拝命している。陸奥守さまにお会いしたい」

衛士府と聞いて門衛たちは緊張した。しかも大志となると階級が遥かに上である。多賀城の役職で言うなら大目《だいさかん》以上に匹敵する。この三千の兵を擁する多賀城でも大目以上の地位の者は十人といない。

「お、お待ちくださりませ」

門衛の一人が慌てて政庁へと駆け出した。

「名を言わずともよいのか」

その背中に嶋足は笑って声をかけた。門衛は立ち止まると深々と頭を下げた。

「坂上苅田麻呂さまの使いだ。丸子嶋足と言う。必ず苅田麻呂さまの名を伝えよ」

ははっ、と門衛は頷いてまた駆け出す。

「詰所にてご休息くださりませ」

門衛が丁重に嶋足を案内した。

やがて嶋足は陸奥守の役宅へ通された。苅田麻呂の名が効《き》いたのである。

広い板間で嶋足は待った。

合議の最中とかで佐伯全成はなかなか現われなかった。それが反対に嶋足の心を鎮めた。やはり高ぶっていたのだ。

佐伯全成のものらしい足音が聞こえた頃には、いつもの平静さを取り戻していた。

「都からわざわざご苦労であった」

全成は一人でやってきた。嶋足は平伏のまま名を伝えた。

「丸子宮足の倅《せがれ》であろう。覚えている」

は、と思わず嶋足は顔を上げた。

「黄金が小田《おだ》より採れたとき、儂《わし》は百済敬福《くだらのけいふく》どのの下にいて陸奥介《むつのすけ》の任に就いておった。祝宴の際に、都に上って腕を試したいと申したそなたのことは忘れておらぬ。宮足からもたびたび噂を耳にしておった。衛士府の大志にまでなったことは知らなんだがの」

「ありがたき幸せに存じます」

嶋足は感激した。まさか陸奥守に名まで覚えられていたとは。

「歳だの。日増しに寒さがこたえるようになった。この春で陸奥の暮らしが十一年にもなるぞ。都が懐かしいと思うようになっては終いじゃ。そなたの若さが羨ましい」

「ご壮健に見受けられます」

嘘や追従《ついしょう》ではなかった。六十をだいぶ超しているというのに精悍さを失っていない。

「こたびのことは先日耳にしたばかりだ」

全成は自分の方から切り出した。

「なにが聞きたくて参った？」

「お聞きしたいのではござりませぬ」

嶋足は身を乗り出した。

「苅田麻呂さまのお心の裡《うち》をお伝えに参りました。陸奥守さまと苅田麻呂さまのお父君犬養《いぬかい》さまはことに親しき間柄。それでひたすらご案じ申し上げております」

「案ずるとはなんのことじゃ」

全成は驚いたような目で嶋足を見詰めた。

「どなたかとは申されませぬが、都に不穏の生じた際に陸奥の兵力を頼りにしているという噂を耳にしてござります」

思い切って嶋足は口にした。

全成は複雑な顔をして腕を組んだ。やはり無縁ではなかったらしい。

「どなたにご運が向かれるにせよ、衛士府の務めは都の平穏にござります。都の中だけのことなら衛士府の兵力で鎮圧できましょうが、都の外の乱れとなりますれば手が回り兼ねます。苅田麻呂さまは噂など信じておりませぬ。ただ、それが広がればどうなるか……鎮守府《ちんじゅふ》将軍を拝命なされた大伴古麻呂さまがご病気で陸奥への赴任の遅れているのが、さらなる噂の種子《たね》となっております」

「どんな噂じゃ？」

「恐れながら……陸奥守さまと呼応しての策ではないかと」

「それなら、むしろ陸奥に古麻呂どのが参ろう。都にいては連絡も滞る」

「いかようにも取れまする。陸奥に下ってしまっては咄嗟の動きがままなりませぬ。形の上では陸奥守さまは鎮守府将軍であらせられる大伴古麻呂さまの命に従わねばならぬ務め。それを口にするだけで陸奥の兵を頼りに、どなたかの側に加わるお人が増えまする」

「まこと古麻呂どのはそう口になされておいでなのか？」

全成は不安気に嶋足を問い詰めた。

「ですから噂に過ぎませぬ」

「病いと聞いたが……それはどうじゃ？」

「衛士府の調べた限りでは……すこぶるご健勝のように感じられます」

全成は見る見る青ざめた。

嶋足はじっと全成を仰ぎ見ていた。

〈どうなるか……〉

言い過ぎてしまったような気がする。

内心では嶋足も震えていた。

破風

一

大任を無事に果たした安堵と喜びを顔面に表わしながら嶋足は意気揚々と多賀城の門を潜って城外へ出た。訪れる前に覚えていた不安が今は嘘のようであった。

「ことの外、上機嫌でおられまする」

轡《くつわ》を手にしている弓守《ゆもり》は微笑んだ。

「真っ先に鮮麻呂へ礼を言わねばなるまいぞ。真心で接すればどんな道も開ける。今日のご報告を得れば苅田麻呂《かりたまろ》さまもきっとお喜びなされるに違いない。このまま都に戻りたい気分だ。都でまたなにが起きているか知れぬ。牡鹿に戻ったところで、それが気になってのんびりとはできぬであろう。顔だけ見せて明日の夜には出立いたそうか」

「私は構いませぬが……それではご身内の方々が嘆かれましょう。陸奥と都は滅多に行き来がかないませぬ。せめて二日くらいは……」

弓守は進言した。

「一刻も早く陸奥守さまのお言葉を伝えたいのだ。これで陸奥を案じることはない。都の中だけに気を配っていればいい」

「では……大伴古麻呂《おおとものこまろ》さまと陸奥守さまが手を携えているという噂は？」

「古麻呂さまが流した噂に過ぎぬ。まったくの無縁であった。やはり来た甲斐があった」

嶋足は満足そうに応じた。

陸奥守佐伯全成はすべてを正直に打ち明けてくれたのであった。坂上苅田麻呂が佐伯全成の身を案じているということを信じてくれたからに他ならない。だが、それは同時に嶋足を信頼しての告白であった。ことは命にも関わる大事である。慎重に運ぶつもりであるなら書状をしたためて直接苅田麻呂に心底を伝えるのが普通であろう。なのに全成は親しく胸襟《きょうきん》を開いて真摯《しんし》に真実を明かしてくれたのだ。それがなにより嶋足を感激させていた。いかに苅田麻呂の命令を受けて陸奥へ下った衛士府の大志と言っても、六十を超えている全成にとって嶋足は二十三の若輩に過ぎない。その上、蝦夷《えみし》の出なのである。ややもすれば疑われかねない危うい話を迂闊には口にできないはずである。もし自分が全成であったとしたら、必ず躊躇する。もちろん、あっさりとではなかったが、全成はそれを承知で橘《たちばなの》　奈良麻呂《ならまろ》との繋がりを嶋足に詳しく話してくれたのだ。嶋足の朝廷に対する赤心《せきしん》を信じてくれたとしか考えられない。それがなによりも嬉しいのである。そしてそれは全成の忠誠心も明確に示している。

　嶋足はしっかりと記憶にとどめるべく、全成とのやり取りを頭に思い浮かべた。

「亡くなられた橘《たちばなの》　諸兄《もろえ》さまにはずいぶんとお世話になった。儂《わし》の今あるは諸兄さまのお陰と申してもよかろう。多賀城に参ってからはお会いする機会も少なくなったが、所用で都に上がった折りには必ず館《たち》へご挨拶に伺い、お礼を申し上げていた。まこと諸兄さまこそ儂の鑑《かがみ》。決して私欲のために権勢を求めたのではない。常に国の先行きを第一となされていた。ご自身でなければというお気持ちがあのお方を長く権勢の座に就かせていたのじゃ」

　全成は思い切った顔で嶋足に口を開いた。

「ご子息の奈良麻呂どのも、そういう繋がりで若い頃から存じておる。奈良麻呂どのの方も、父親を慕って館に顔を見せる儂を頼もしいと思っていたらしい。そのお気持ちは嬉しいのじゃが、残念ながら諸兄さまと奈良麻呂どのではご器量が天と地ほどに異なる。と申して避けるわけにもいくまい。その儂の曖昧《あいまい》さが今の噂に繫がっておる。諸兄さまの酒宴に招かれては親しく奈良麻呂どのと酒を酌《く》み交《か》わしておった」

当然のことだろう、と嶋足も頷いた。

「十二、三年も前のことであろうか」

全成は記憶を辿《たど》るように、

「先帝が難波《なにわ》の宮にて長く病いの床に臥《ふ》されたことがあった。諸兄さまはまだまだお元気であられたが、高齢には違いない。諸兄さまの権勢は先帝の篤いご信任によるもの。万が一先帝にお大事があれば高齢の諸兄さまの先行きが危ういと奈良麻呂どのは案じたのであろう。その前になにか手を打っておかなければならぬと焦られた。と言うのは、皇太子が定められていなかったからじゃ。今の帝はまだ幼くていらっしゃり、それにお男子でもない。もしものことあれば帝の座を巡って乱れが生じるのは明らかであった。そこで諸兄さまの権勢が続いているうちに奈良麻呂どのはご自分が親しく接しておられる黄文王《きぶみおう》さまを皇太子に立てようと画策した。しかし、諸兄さまは頷かれぬ。我が子ながら、そういう策を用いる奈良麻呂どのを嫌われた。権勢とは自《おの》ずと巡ってくるもので、代々引き継ぐものではないと諸兄さまは考えておられたのじや」

　全成は自分に言い聞かせるよう口にして、

「賛同を得られなかった奈良麻呂どのは力に訴えることにした。小野や大伴の主だった者を酒宴に招き、それとなく黄文王さまと引き合わせ、朝議の総意として奏上する肚《はら》であった。当然のように儂にもその誘いがあった。儂はきっぱりと断わった。下の者が次の帝を決めるなど、それこそ乱れの最たるものであろう。いかに帝が病床にござろうと、それればかりは許されぬこと」

　嶋足は大きく頷いた。

「奈良麻呂どのは儂の返答に青ざめながら、せめて他言は無用と懇願された。むろん口にするつもりはない。それをやれば大恩ある諸兄さまを悲しませる結果となる」

「…………」

「幸いにも先帝さまのお熱が引かれた。ばかりか以前よりますますお元気になられた。奈良麻呂どのもそこは賢いお人。先帝さまのご様子を見て諸兄さまの権勢が当分は安泰と安堵したのであろう。大伴や小野との繋がりを保ちながらも立太子の件については白紙に戻してしもうた。儂もそれで心を安んじていたが、今の帝が践祚《せんそ》されると、またまた奈良麻呂どのが不安に駆られたと見えて大伴や小野の者らと繋く集まりを持ちはじめるようになった。帝はお一人の身ゆえ皇子がおられぬ。いずれ皇太子をお定めになるのであろうが、どなたに決まるかによって内裏《だいり》の風が大きく揺れ動く。ことに女帝は藤原仲麻呂どのを信頼なされている。奈良麻呂どのの不安な気持ちは分からぬでもなかったが……このときも儂は断わった。前と違って儂は陸奥の多賀城に出仕する身。どうせなんの力にもならぬ。いや、都にあったとておなじ返答をしたはずじゃ。藤原仲麻呂どのは正直に言うて苦手のお人。奈良麻呂どのより遥かに狡《こう》智《ち》に長《た》けておられる。できるなら儂とて諸兄さまのお血筋にお味方したい。なれど以前に臣下が立太子を左右してはならぬと言って加勢をお断わりした以上、それを貫くのが正しき道であろう。立太子に関してはあくまでも先帝と今上帝《きんじょうてい》のお考えに従うしかない。仲麻呂どのの支配する世となれば、諸兄さまをお慕いしている儂の先行きも知れる。それは言われずとも承知じゃが、儂は己れの節を重んじた」

「ははっ」

嶋足は思わず両手を揃えて平伏した。

「奈良麻呂どのらがどなたを推すか考えあぐねているうちに当分は皇太子を定めぬとのお言葉が帝から発せられた。となると仲麻呂どのの力が増大するわけでもない。下手に動けば奈良麻呂どのの方が危うくなる。結果として奈良麻呂どのは争わずして身の安泰を得たというわけじゃが、やれやれと安堵したのは儂ばかりではあるまい。大伴や小野の者らも胸を撫でおろしたであろう。力では奈良麻呂どのに分があったやも知れぬが、内裏を二分するような争いはだれも好まぬ」

全成はじっと嶋足を見詰めて言った。

「ところが……仲麻呂どのに大伴や小野の動きが伝わった。仲麻呂どのは失脚を恐れて諸兄さまの退陣を謀りはじめた。そなたは知らぬであろうが、諸兄さまが自ら大臣職を退かれたのは、すべて仲麻呂どのの画策によるもの。諸兄さまは決して酒席などで内裏の政《まつりごと》を誹謗《ひぼう》するようなお人ではない。帝は仲麻呂どのの言葉をお信じになり諸兄さまを罰しようとなされたようじゃが、先帝と皇太后さまは固く制された。帝はそれでもお疑いを捨てきれずに、酒席に同席していた儂を取り調べて真偽を質せと仲麻呂どのに命じたそうな」

「陸奥守さまがその酒席に！」

嶋足は言葉を詰まらせた。

「これも先帝と皇太后さまが不要と拒まれたと耳にしておる。それほど諸兄さまはご信頼を勝ち得ていたのじゃ。同時にそれは儂への深きご慈悲であろう。内裏に仕える者が反逆の詮議を受けては面目が立たぬ。いかに無実とは申せ、人としての恥となる。解き放たれても、おめおめと生き長らえる儂ではない。そこまでご配慮下されてのご厚情と儂は感謝いたしておる。儂はありがたき帝に仕えた」

　全成はぐっと唇を嚙み締めて嗚咽《おえつ》を堪《こら》えた。

「陸奥守さまのお人柄なればこそのお沙汰《さた》」

　嶋足は本心から言った。

「なれど諸兄さまは退陣を余儀なくされた。もともとご高齢ゆえ先帝も致し方なしと思われたに違いない。運良く、諸兄さまが失脚なされても奈良麻呂どのの身にさしたる揺らぎもなかった。しかし、いずれは先細りとなる。奈良麻呂どのの不安と怒りは勢い仲麻呂どのに向けられた」

「………………」

「大伴古麻呂どのに引き合わせられたのは去年の春のことであった」

　全成は核心に触れた。

「奈良麻呂どのは先帝の病気がまた重くなりつつあることを儂に告げた。皇太子はまだどなたと定められておらぬ。もし定まらぬうちに先帝に万が一のことが生じ、皇太子に藤原仲麻呂の息のかかったお方が立たれればもはやすべての望みが断たれたも同然であろう。諸兄さまに連なる者たちはことごとく内裏から追いやられてしまう。今度こそ黄文王さまを立てて次の帝にしたい、と奈良麻呂どのは申した。三度も信頼して声をかけてくれたはありがたいことに違いないが、懲《こ》りぬお方よな」

冷や汗を拭いながら嶋足は頷いた。あまりにも重大な告白である。自分などが迂闊に返答できる話ではなかった。

「兵部卿《ひょうぶきょう》という高い地位を授かっているとは申せ、父君の諸兄さまが退陣なされては奈良麻呂どのの力は目に見えて衰えている。一方、仲麻呂どのは右大臣藤原豊成《うだいじんふじわらのとよなり》どのの弟御《おとうとご》。ましてや帝まで仲麻呂どのに傾いておられるのだ。武力で争うと言うなら勝敗は知れぬが、内裏での話し合いとなればとうていかなう相手ではない。儂はそう見ていたが、驚いたことに大伴古麻呂どのもおなじ考えであった。儂がそれを口にいたす前に古麻呂どのは奈良麻呂どのを諌《いさ》めはじめた。それまで顔ばかりを存じているお人であったが、まさに同志を得た思いがいたした。儂も古麻呂どのに同調して奈良麻呂どのによる立太子の推挙は思い止まるよう説得した」

「大伴古麻呂さまは……そういうお人にござりましたか」

意外な面持ちで嶋足は唸りを発した。

「そこじゃよ……問題は」

全成は眉をしかめて、

「ことあれば古麻呂どのと歩みをおなじくすると申して儂は奈良麻呂どのの館を辞去した。じゃが……それは儂の勘違いだったやも知れぬ。迂闊と言えば迂闊であった」

「と申されますと？」

「確かに古麻呂どのは諫めた。しかし、武力で勝敗を決めるならばともかく、と前置きしてのことであった」

あ、と嶋足は絶句した。

「古麻呂どのは回りくどい策など採らずに仲麻呂どのを殺《あや》めてしまえと暗に申していたのかも知れぬ。儂は兵を用いての策など一度として考えたことがない。それで気が付かなかったのじゃ。そうとは知らず古麻呂どのこそ同志と信じ、たびたび書状のやり取りを続けていた。もしあの書状が目に触れれば、だれもが儂を古麻呂どのの味方と思うに違いない」

全成は肩を落として深い溜め息を吐いた。

「もし……皇太子が道祖王《ふなどおう》さまと定められなければ、奈良麻呂どのと古麻呂どのは昨年のうちに兵を繰り出して仲麻呂どのと一戦交えていたかも知れぬ。どちらにも縁の薄い道祖王さまであったゆえに奈良麻呂どのは挙兵を見合わせただけなのであろう。それも知らずに儂は古麻呂どののお手柄と喜んでいた。まさか陰でお二人が戦さの準備を整えているなど少しも思わなんだ。奈良麻呂どのが近頃道祖王さまと親しくお付き合いしていることは古麻呂どのの書状で知っていた。そこにこたびの知らせである。またよからぬことを画策せねばいいがと案じていたところに、そなたが現われたということじゃ。面談したいという申し入れを延ばしていたのはそなたの本意が摑めなかっただけのこと。なのに……儂が古麻呂どのとつるんで多賀城の兵を動かすなどという噂が都に飛び交っていたとは、呆れて物も言えぬ。これだけ離れていれば、なにを言われるか知れたものではない」

全成は苦笑いするしかないらしかった。

「よくぞお打ち明けくださりました」

嶋足は高鳴る鼓動を抑えて頭を下げた。

「奈良麻呂どのの怪しき動きはまことなのじゃな？」

全成は心配そうに質した。

「備前の武者どもを多く抱えております」

「荷担しているお人らは？」

「大伴古麻呂さま、小野東人《おののあずまんど》さま、多治比礼麻呂《たじひのいやまろ》さま、多治比鷹主《たかぬし》さま、賀茂角足《かものつのたり》さま、そして……佐伯古比奈《こひな》さま」

最後の古比奈については低く告げた。

「古比奈まで……」

全成は嘆息した。

「あの者は気が弱き男。それだけ慎重とも言える。となれば奈良麻呂どのがよほど足固めをし終えたということになろう。急がねばまことの戦さになるやも知れぬ」

「今は道祖王さまが春宮《とうぐう》からおでになられたことで、いかに奈良麻呂さまといえども身を慎まれておいでのはずと思われます。茹田麻呂さまもそう見ておられまするが」

「皇太子が大炊王《おおいおう》さまに定まれば身を慎んでもおられまい」

全成は暗い顔で言った。嶋足も苦渋の顔で頷いた。仲麻呂の館に起居している大炊王が皇太子となると、もはや奈良麻呂の望みはことごとく断たれたも一緒である。

「さすがに衛士府だの」

「は?」

「大炊王さまと仲麻呂どのの関わりまでとくと承知と見える」

嶋足は恐縮した。それは陸奥へ下る途中で天鈴から教えられたことである。

「決して陸奥の兵は動かぬ。たとえ懇願されたとて動かさぬ。それを犬養《いぬかい》さまにお伝えしてくれ。いかに諸兄さまのお血筋であろうと、国の乱れとなるようなことには断じて加わらぬ。先帝に一度救われた命じゃ。内裏の平穏こそが第一と肝に銘じておる」

「承知つかまつりました」

嶋足は床に額を擦りつけた。

「仲麻呂どのがどういうお人であろうと……帝がよしとされるのなれば我らとて頷くしかない。それを忘れては国が成り立たぬ。武骨者と笑われようが、儂にはそういう生き方しかできぬ。これも申し上げてくれ」

「かしこまってござります」

泣きたい思いを必死で堪えて嶋足は請け合った。もし、会わずに都へ戻っていれば全成を見誤るところだった。それが恥ずかしい。

〈こんな武人が居たのだ〉

嶋足は嬉しかった。

思い出して本当に嶋足は涙を拭った。

見事なお人である。

〈だが……〉

あれほどの人であっても蝦夷を救うことができない。桃生城《ものうじょう》における兵の狼藉《ろうぜき》を見過ごしている。向いている顔が異なるのだ。

嶋足は複雑な思いに襲われた。私欲がないだけありがたい、という天鈴の冷ややかな評がすべてを物語っている。他のだれかが赴任してくるよりはましという存在でしかないのは、あの全成にすら同様に蝦夷への蔑み《さげす》が見られるということなのだろう。

〈この溝を埋めるのは……〉

不可能なのではないか、と思った。嶋足の知る限り全成ほど公平で大義を重んじる都人《みやこびと》は珍しい。その全成でさえ蝦夷に垣根を作っているとなると他の公卿ならますますひどいことになる。

〈俺は……果たしたい〉

今ほど切実に陸奥守になりたいと感じたことはなかった。

二

「よく引き止められなかったな」

嶋足の話に耳を傾けていた天鈴は瓶子《へいじ》をぐっと差し出して言った。

「そこまで打ち明けたからには遠慮もない。多賀城に泊まれと言われなんだか？」

「牡鹿に立ち寄ると申して辞去いたした。いくらなんでも陸奥守さまをお相手に酒を吞むわけにはいくまい。おぬしらにも一刻も早く首尾を知らせたかった」

嶋足は寛《くつろ》いでいた。小さな部屋であるが気心の知れた仲間ばかりが居る。ことに水《すい》鈴《れい》の目の輝きが嶋足を心地好くさせていた。外には大人のように映ってもまだ十三の少女である。水鈴には陸奥守と二人きりで話を交わすことができる嶋足が眩《まぶ》しく見えているのだろう。それが嶋足にもはっきりと伝わってくる。

「これで陸奥守も安泰ということか」

「ああ。このことを報告いたせば苅田麻呂さまも反対に頼もしく思われるはずだ。古麻呂どのは陸奥守さまを味方に引き入れたと思わせて勢力の増大をはかっているに過ぎぬ」

「うまく誑《たぶら》かされたわけではあるまいの」

「俺にも人を見る目はある」

憮然として嶋足は天鈴を睨んだ。

「筋は通っている。が、少し喋り過ぎではないのか？　ずいぶんと買っているようだが、話半分に聞いておく方がよさそうだ」

「嘘であるなら奈良麻呂どのにも反逆の気持ちはないと訴えるであろう。あのお顔を見ておらぬから妙な疑いが芽生えるのだ。死を覚悟なされたお顔であった」

「確かに……」

仕方なく天鈴も認めた。

「なにが気に食わぬ？」

嶋足は眉根を寄せて質した。

「我が身がどうなろうと大義を貫くと言い切るほどの男であれば、もちっと多賀城や桃生城をきちんと仕切れるのではないかと思ったのさ。陸奥に赴任して半年や一年ならともかく、佐伯全成は十一年もこっちに暮らしておるのだ。兵と蝦夷の諍《いさか》いでどちらに非があるか分かりそうなもの。悪党とは思わぬが、さほどの武人とも思えぬな。本物の男なら、いかに世話になった諸兄の倅《せがれ》だとしても、きっぱり付き合いを断とう。荷担を断わったのは真実《まこと》であろうが、奈良麻呂が三度も声をかけてきたのは、どこか曖昧な返答をし続けていたからではないのか？　奈良麻呂とて間抜けではないぞ。危ない男に話を持ち掛けて衛士府にでも密告されれば終いだ。脈があると睨んだからこそ再三にわたって誘いの手を伸ばしたのであろう」

「…………」

嶋足は冷や汗を背中に感じた。

「まあよい。俺の方は今の陸奥守で充分だ。まだまだ佐伯全成に居座っていて貰いたい。普通なら来年で任期切れとなろうが、我らの働きによっては延ばせる」

天鈴は冷笑して打ち切った。しかし嶋足の気持ちはそれで済まなかった。

「都人ばかりを責めるが、それこそ蝦夷にも問題があるのではないか？」

嶋足は不愉快そうに天鈴を見据えた。

「都人のだれもが悪いと決め付けておる。だから陸奥守さまのこともねじ曲げて忖度《そんたく》する。大恩あるお人のご子息なれば逡巡があって当たり前であろう。無下《むげ》にできるのはむしろ人の情けを知らぬ者だ。気に入らぬなら親でも殺すが大義か？　大義と知りつつ迷うのが人というもの。俺は全成さまのお苦しみが分かる。人の心を失った者は武人と言わぬ。人を殺すが武人の務めゆえ、人であるのを忘れてはならぬのだ」

「ならば桃生の兵に捕らわれてなぶり殺された娘たちの命を返せと全成に言え！」

天鈴は珍しく声を荒らげた。

「全成は蝦夷の扱いを心得ておる。おぬしを丸め込むことなどたやすいことよ」

「なに！」

嶋足の頭に血が昇った。水鈴の前で恥をかかされたのも大きい。

「都のやつらの心底が分かっているような口を利くな。おぬしが阿呆ゆえ見誤っているに過ぎぬ。餌を貰ってそんなに嬉しいか？　つい先頃まで兵衛府の下っ端役人のくせして陸奥守の胸の裡《うち》が分かるなどお笑い種《ぐさ》だ。陸奥守の親身な打ち明け話を耳にしてのぼせたと見えるの。桃生では月に二、三人の娘が乱暴されて殺されておる。それを見過ごしながら大義をふりかざすなど知れた男よ」

「聞き捨てならぬ」

嶋足は額に青筋を浮かべて立ち上がった。腕には刀が握られていた。

「やる気か」

酔いに任せて天鈴も腰を浮かせた。水鈴と弓守は動転していた。ただ一人鮮麻呂だけはにこにことして二人を見上げた。

「竹を使ってやればいい」

鮮麻呂はのんびりした顔で言った。

「嶋足は桃生のことをよく知らぬ。天鈴は陸奥守とじっくり対面したことがない。なればどっちもどっちじゃ。喧嘩するしかない」

「よし。外へでろ」

嶋足は叫ぶと飛び出した。天鈴も続く。

二人は軒先にあった竹の棒を手にして向かい合った。鮮麻呂は見物に回った。

「恨みっこなしだぞ。俺は二人のどっちにも腹を立てた。互いに謝る必要はない」

鮮麻呂の言葉に嶋足は怪訝《けげん》な顔をした。

「どうも乗せられているようだな」

天鈴もじろりと鮮麻呂を睨んだ。

「蝦夷は都人をことさらにねじ曲げて思うてはおらぬ。奪われた者が奪った相手を恨むのは当たり前のことじゃ。それでも、下っ端役人はひどい。俺や天鈴と違って嶋足は自分一人の力でやり遂げてきた。そうではないのか」

鮮麻呂は嶋足と天鈴を交互に見やった。

「だからどちらにも相手を打ち据える理由がある。気兼ねせずにやるがいい」

「馬鹿馬鹿しい」

がらりと嶋足は竹の棒を投げ捨てた。

「楽しむのは鮮麻呂で、怪我をするのが俺では割りが合わぬ」

天鈴も藪の中に竹の棒を投じて苦笑いした。

水鈴と弓守はほっと安堵の息を吐いた。

「なんじゃ、臆《おく》しおって」

鮮麻呂はがっかりしたように肩をすぼめた。

「桃生はそれほどに荒れておるのか……」

嶋足は冷たい土にどんと胡座《あぐら》をかいた。

「だからこそおぬしに陸奥守になって貰いたいのさ。それで陸奥が変わる」

天鈴も胡座をかいて腕を差し延べた。それを嶋足はがっしりと握った。

「どっちが強いか見たかったのに」

鮮麻呂も腰を落として笑顔を見せた。

「この天鈴も凄く強いぞ」

承知か、という顔で鮮麻呂は嶋足に訊ねた。

嶋足は直ぐに頷いた。竹の棒なら恐らく勝てるだろうが、刀の勝負となると分からない。剣は気迫によって左右される。それに重い蝦夷刀の扱いは天鈴の方が馴れている。

「惜しかった。仲裁などせねばよかった」

「今のが仲裁か？」

嶋足は呆れた。が、確かに喧嘩をする気力が急速に萎えたのは間違いない。

「おまえ……本当に妙な男だ」

嶋足は鮮麻呂の首筋を腕で抱えて地面に転がした。鮮麻呂は笑い転げた。

三

嶋足が天鈴ともども平城《なら》の都へ戻ったのは五月の十日であった。半月を駆け通しであったのだから陸奥には名取の三日も合わせて六日も滞在しなかったことになる。故郷である牡鹿には申し訳程度に顔を見せたに過ぎなかった。むろん家族からは歓待を受けたが、なにかしっくりしないものを感じた。蝦夷であるのに家族のだれもの顔が多賀城に向けられているのだ。見苦しい、とさえ嶋足は思った。それで早々に出立を決めたのである。

昼前に都へ入った嶋足はそのまま衛士府の府庁を目指した。一月半《ひとつきはん》も留守にしているる。その間になにが起きているか不安であった。見たところ都は平穏を保っているが、内裏の中のこととなると表面だけでは分からない。

「ようやっと戻ったか」

苅田麻呂は待ち兼ねていた顔をして嶋足を自室へと招き入れた。

「なにか大事でも起きましたので？」

「皇太子が大炊王さまに定められたのは聞き及んでおろう？」

嶋足は頷いた。途中、下野国府《しもつけこくふ》に立ち寄った際に聞かされている。

「奈良麻呂さまの凋落《ちょうらく》ぶりは気の毒なほどだ。仲麻呂さまの勢いに振り回されておる。そこに今度の一件が重なった」

「一件と申しまする と？」

「内裏の修復工事がこの四日からはじめられておる。工事は二月《ふたつき》もかかるらしい」

「はあ」

嶋足は戸惑いを隠さずに頷いた。

「お帝《かみ》は修復が成る間、大炊王さまとおなじく仲麻呂さまのお館にご滞在召されて執務をなされることとなった」

嶋足は呆然として苅田麻呂を見詰めた。

「すでに仲麻呂どののお館に移られておられる。お館はその間、宮として扱われる」

「あの……仲麻呂さまのお館が宮に？」

信じられない話である。

「そればかりか……我が父から小耳に挟んだ噂によれば、新しい律令《りつりょう》の施行が近々になされるらしい」

「それも、仲麻呂さまのお考えですか？」

「むろんだ。新たな律令が簡単に纏《まと》められるはずはなかろう。おぬしは四十年も前に藤原不比等《ふじわらのふひと》さまが制定に着手なされた養老律令のことを存じておるか？」

「いえ。初耳にござります」

「その原本がそっくりそのまま藤原家に残されているそうな。養老律令は発布《はっぷ》されずに終わったが、こたび子細にそれを検討してみたところ、今のご時世にことごとく好都合とお帝が判断なされたそうだ。いつになるか知れぬが、もはや発布は動かぬであろう」

「四十年も前に不都合と退けられた律令を今になって採用なされると申すので？」

嶋足から思わず溜め息が洩れた。

「親父どのから聞いたところでは、今のものとほとんど違わぬ。それゆえ発布によって内裏の混乱はさほどでもあるまいと申すのだが……それなら持ち出すまでもなかろうに」

苅田麻呂は苦虫を噛み潰した。

「なにか策あってのことでしょうか？」

「藤原不比等さまは仲麻呂さまのご祖父。その律令が採用されれば藤原家の名がさらに高まる。ただそれだけのことであるなら安心できるのだがの」

「まだその他に？」

「律令の取り替えとなれば官職の大幅な見直しもなされよう。役目はおなじでも役職の名や該当の階位が変えられぬとも限らぬ」

「…………」

「そのすべてを仲麻呂さまが仕切ることとなるのだぞ。たとえば兵部卿よりも高い階位でありながら、役職としては遥かに力の及ばぬものを新たに設けることもできよう。そこに奈良麻呂さまを任ずればどうなる？　昇進であるからには拒まれぬ」

嶋足は唸りを上げた。

「発布されるまではなんとも言えぬが、仲麻呂さまのお考えになりそうなことじゃ。もう少し落ち着いていてくれると思うていたが、この様子では明日にもなにが起きるか知れぬ。奈良麻呂さまとてむざむざと指をくわえてはおるまい。それでおぬしの帰りを待ち侘びていた。仲麻呂さまにも困ったものよな。なぜにそれほど急がねばならぬのか……」

「陸奥守さまは断じて動きませぬ」

嶋足はようやくそれを報告した。

「間違いないか！」

苅田麻呂の顔がはじめて輝いた。

「兵を興《おこ》すはお帝への反逆と申されました。古麻呂さまと奈良麻呂さまがお味方を得んとして流した噂に過ぎなかったと思われます」

嶋足は詳しく伝えた。が、鑑《かがみ》とすべき武人であるとまでは言わなかった。天鈴の見方が正しいのではないかと思いはじめていたのだ。

「それで背後は気にせずともよくなった」

苅田麻呂は安堵の息を吐いた。

「とは申せ、もはや猶予がなるまい。監視ばかりでは手遅れとなる恐れもある。佐伯全成どのがまこと奈良麻呂さまと無縁であると言うなら、我らの動きも伝わらぬはず。衛士府は今のところなにも知らぬこととなっている」

「なにをすればよろしいのです？」

「おぬしは大伴古麻呂さまの館に仕える者と繋がりを持っていると申したな」

「はぁ」

困った、と嶋足は思った。それは自分ではない。天鈴のことである。

「その者を用いて古麻呂さまに接近するのはむずかしいか？」

「衛士府が力になると申して近付くので？」

「いや、衛士府全体はまずい。あくまでもおぬしだけにせねば」

「手前ごときでは相手にされませぬ」

「おぬしは衛士府の大志であるぞ。その気になれば二百や三百の兵を動かせる身分だ。古麻呂さまとてそれを知れば必ず会おうとする」

「それは……いかがなものでありましょうか」

さすがに嶋足は躊躇した。仲麻呂の館に出入りしているのも自分なのである。もし発覚すればどちらからも疑いの目を向けられる。

「頼りになるのはおぬししかおらぬ」

苅田麻呂は頭を下げた。

「儂ではとうてい信用されまい」

それはその通りであろう。苅田麻呂の父親犬養は左衛士府の督《かみ》を務めている。よほどのことでもなければ、まず警戒が先に立つ。

「まさかとは思うが……仲麻呂さまのお館を襲撃されれば取り返しのつかぬこととなる」

「お帝のお命まで危ういと申されますか！」

「それほどに奈良麻呂さまが追い詰められているということだ。なにが起きても不思議ではなかろう。市中の治安どころの騒ぎではない。国がひっくり返る」

「分かりましてござります」

嶋足は覚悟を定めて苅田麻呂に頷いた。

同時に、身震いが嶋足を襲った。

自分がすべての中心に立つことになる。自分の働き次第で世の中が大きく変わるのだ。

蝦夷も都人もいまは関係がない。

鮮麻呂とおなじように自分もなにかを打ち破る風となることができる。

〈きっと役目を果たしてみせよう〉

嶋足は己れに誓いを立てた。

四

「それは身勝手というものだろう」

案じたごとく天鈴は渋い顔をした。

嶋足はその足で西の市の近くにある言人《ことんど》の店を訪れて天鈴に助力を頼んでみたのだ。

「あの男を我らの側に引き入れるについては莫大な貢ぎ物を用いた。いくらおぬしの頼みだとて簡単には頷けぬな。言人の苦労が無駄となる。俺一人のことなれば聞いてやらぬでもないが、言人らに申し訳が立たぬではないか。何年もかけてやっと得た手《て》蔓《づる》だぞ」

「なんとか言人を説得してくれ」

嶋足も必死だった。

「まったく、人が好いのにもほどがある。苅田麻呂はおぬしを好きに操っているのだ。陸奥から戻ったばかりのおぬしに休む間もなく難題を押し付けるとは……なぜきっぱりと拒まぬ。俺を当てにしたのだろうが、あいにくと俺はおぬしのように間抜けではない。苅田麻呂にも恩義はない。監視さえ怠らぬなら不穏は必ず察することができよう。苅田麻呂はその面倒を厭《いと》うておるだけのことだ」

「これを果たせば昇進ができる。それで陸奥守への道がさらに開ける」

不本意な言い方だが天鈴にはそう言うのが一番である。天鈴は苦笑して腕を組んだ。

「もし奈良麻呂さまが苅田麻呂さまの睨み通り、帝のお命まで狙っているとしたら、それを未然に防いだ俺の手柄はとてつもないものになろう。三つやそこらの階位は簡単に飛び越えることができよう。またとない機会ではないか。俺のために頼んでいるのではない。俺は蝦夷のために陸奥守になりたいのだ」

「死ねば終いだ」

天鈴は鼻で嘲笑《あざわら》った。

「古麻呂の館には秦多麻呂《はたのおおまろ》がしばしば出入りしておる。あやつはおぬしと顔馴染み。おぬしの気性もよく知っている。どう考えても上手くことが運ぶとは思えぬな。市中ならまだしも、館の中で備前の者らに取り囲まれれば逃げ場がなかろう」

「そのときはそのときだ」

「おぬしにも莫大な銭がかかっているのを忘れて貰っては困る。おぬしが敵と知れれば手蔓の男も殺される。我らばかり損をする」

嶋足にはそれが天鈴の温情であると分かっていた。身を案じてくれているのだ。

「手蔓など……どうせ直ぐに不必要となろう。古麻呂さまの先行きは定まった。じきに探りを入れることもなくなる。それに多麻呂とはいかにも因縁があるとしても、俺がなんのお役目を果たしているかは知らぬはず。衛士府の者でさえほとんど俺の仕事を知らぬのだぞ」

「…………」

「俺は蝦夷だ。帝をないがしろにしても不思議とは思われぬ。裏切ってもおかしくない」

「佐伯全成……本当に信用しておるのか？」

天鈴は思い切ったように質した。

「もし、おぬしに言ったが偽りで、奈良麻呂と手を結んでいれば早馬で先般のことが伝わっておろう。それを見極めぬうちに近付くは危ない。顔を見せた途端に捕らわれる」

「信じるしかない」

「言人はおるか」

天鈴は店の方に声をかけた。間もなく言人が部屋に姿を見せた。

「佐伯美濃麻呂《みのまろ》の調べはついたか？」

天鈴は思いがけない名を口にした。嶋足が夜盗から守った館の主である。

「今は佐伯古比奈とつるんでおるようで」

「やはりな。大方《おおかた》の佐伯が奈良麻呂に従っているということだ」

天鈴の言葉に嶋足の眉が曇った。

「佐伯全成一人が大義を貫く武人ということになりそうだの。それなら偉いものよ」

皮肉っぽく天鈴は口にして笑った。

「信じる。でなければなにごとも成らぬ」

嶋足は繰り返した。

「言人はどう思う？」

天鈴は困惑を浮かべて質した。言人が奥の話に耳を傾けていたぐらいは見抜いている。

「手蔓のことなれば嶋足さまの申した通りにござりましょうな。そろそろ役立たずとなりまする。今のうちにどこぞの館に鞍替《くらが》えさせねばと思うておりました」

「そうか。無用の手蔓となるか」

天鈴はがっかりしたように頷いた。

「嶋足さまを館に手引きさせたあと、病いとでも偽らせて館を辞させれば面倒はありますまい。鄙《ひな》にでも潜ませて、頃合《ころあい》を見計らえば新たな役に立ちまする」

「余計な知恵を働かさずともいい」

天鈴はそれでも決心を固めたらしく、

「死んだとて俺を逆恨みしてくれるなよ」

「では、手伝って貰えるのか！」

嶋足は身を乗り出した。

「しかし、苅田麻呂という男、少々買い被っていたのとは違うか？」

天鈴は厳しい目を言人に向けた。

「立場は分からぬでもないが、いつも嶋足を盾に用いてばかりだ。まさかのときの逃げの手を打っているのではないのか？」

「そういうお人ではない」

嶋足が代わりに言いつのった。

「それに衛士府には奈良麻呂さまに心を寄せる上司もいる。身動きが取れぬのだ」

「その上司の口からおぬしのことが奈良麻呂に伝わる恐れはないのか？」

「小者としか思うておらぬ。俺がなにをしているか気にも懸けてはおるまい」

「あの仲麻呂でさえおぬしの名を覚えていたと言うではないか。小者と見ているのはうわべばかり。間違いなく気にしていよう。おぬしのいかんところはそれだ。また鮮麻呂に叱られそうだが、苦労が長過ぎた。それで些細なことに心を動かされる。雲上《うんじよう》人《びと》がおぬしの名を知っているという程度のことでふらつく。佐伯全成のときもそうだ。おぬしは全成が八年も前のことを覚えていてくれたとしきりに言っていたぞ。これで奈良麻呂がおぬしを承知であればどうする？　心が乱れように」

「承知であるはずがない」

「賭けるか？」

天鈴は自信たっぷりに笑うと、

「奈良麻呂は当てにできる兵の数を日毎夜毎《ひごとよごと》かぞえていよう。衛士府をなんとか味方にできぬかと願っているに相違ない。今の衛士府でおぬしの働きに勝る者はおらぬ。当然、奈良麻呂もおぬしの名を頭に刻んでいるはずだ。役職はたかだかの大志でも、戦さとなれば名目ばかりの公卿より頼りになる。兵こそ命綱だぞ。俺が佐伯全成を疑うておるのもそこにある。おぬしには悪いが、八年前のことをそこまで明瞭に覚えていたとは信じられぬ。ひょっとしておぬしが多賀城を訪ねる前にだれかから知らせを受けていたのではないのか。衛士府の大志に蝦夷の倅が任命されたとな。そうと分かればいくらでも調べられる」

「そのだれかが奈良麻呂さまだと？」

「有り得ぬ話ではなかろう。おぬしはそこまで階段を上がっているのだ。今後は名を知られていて当たり前と思え。その程度で嬉しがっていては判断の妨げとなる」

天鈴は釘を刺した。

「陸奥守となることは苅田麻呂さえ凌《しの》ぐということだぞ。苅田麻呂ごときのために軽々しく命を捨てて貰っては困る。今度は致し方ないにしても次からはおぬしの勝手でなにもかも引き受けるな。蝦夷のためと言うなら死なぬ工夫をしろ」

天鈴の言葉は重く響いた。嶋足はあらためて緊張を覚えた。

青《せい》嵐《らん》

一

大伴古麻呂《おおとものこまろ》に仕える郎党の手引きによって嶋足が古麻呂の館《たち》をようやく訪れることができたのは五月の下旬であった。天鈴《てんれい》が嶋足の身を案じて大事を取ったのである。万が一、陸奥守佐伯全成《むつのかみさえきのまたなり》が古麻呂と通じていれば、嶋足がなんの狙いで古麻呂に接近したかが直ぐに知れる。顔を見せた途端に捕らえられ、殺されぬとも限らない。それでしばらく古麻呂の様子を見守っていたのだ。どうやら陸奥からの連絡がないと見極めて天鈴はことを運んだ。嶋足にすれば無駄な十日と感じたが、幸いにもその間、奈《な》良麻呂《らまろ》側に目立った動きは見られなかった。やはり奈良麻呂と古麻呂は慎重に時機を見定めているのであろう。

「こちらに」

一度だけ会ったことのある郎党は神妙な顔付きで嶋足を酒宴が開かれているらしい賑やかな広間に案内した。

「儂《わし》は四日後にこの館を去ることになった」

郎党は濡れ縁にでると嶋足に耳打ちした。

「くれぐれもその日までは騒ぎを起こさんで貰いたい。儂の身が危うくなる」

嶋足は笑って請け合った。

「こないな面倒はもうごめんじゃ。早う都を離れてのんびり骨休めをしたい」

郎党は深い嘆息をした。

「手前のことはなんと？」

「特になにも言うてはおらぬ。衛士府の大志《だいさかん》が目通りを願うておると申し上げただけのこと。翌日になってお許しがでた。そなたのことを調べたのであろう。お喜びのようであったゆえ心配はない。じゃが儂とそなたとは言人《ことんど》の店でたまたま出会うた関わりに過ぎぬ。そう申してある。それも忘れてくれるなよ」

「承知してござります」

嶋足は頷いた。

目の前の郎党は馬や毛皮を購《もと》めにしばしば言人の店に足を運んでいる。言人は蝦夷《えみし》なので、そこに陸奥出身の嶋足が出入りするのは不思議でもない。結局、そう伝えるのが一番自然であろうと天鈴が判断したのであった。

嶋足は広間の濡れ縁に控えて平伏した。広間には七、八人が集まって酒を酌み交わしていた。その目が嶋足に注がれている。

「牡鹿嶋足《おしかのしまたり》じゃな」

中の一人が上機嫌な声をかけてきた。

「ははっ」

「なぜ牡鹿の姓を授かりながら丸子《まるこ》を名乗っている。丸子では出自が知れる。都ではなにかと不自由であろうに」

言われて嶋足は冷や汗をかいた。牡鹿の姓は黄金を献上した功績によって朝廷より一族に許されたものであった。が、嶋足は正式な書面以外にその姓を用いたことがない。黄金献上の功績は父親の宮足《みやたり》一人のものであって自分には無縁だという気持ちが働いている。それに……嶋足は丸子の姓に誇りを抱いていた。牡鹿は単に支配する土地の名に過ぎない。

「そちも今の世が面白うないと思っているようじゃの。帝より賜った姓を用いぬとは、近頃珍しく骨のある男よな」

男は勝手に解釈して一人頷くと、

「佐伯美濃麻呂《みのまろ》じゃ」

甲高《かんだか》い笑いを発した。

嶋足は思わず顔を上げて美濃麻呂を見詰めた。嶋足が夜盗を追い払った館の主である。

「あのときはよく働いて貰った。礼を言わねばと思うていたが……ここで会うとは」

「恐れ入りましてござります」

「鬼神《きしん》の働きとはそちのこと。あれで衛士府の大志とは褒美《ほうび》が足りぬ。この都でそちの右にでる武人は滅多におるまい。儂がお帝《かみ》なら中衛府の将曹《しょうそう》に引き上げる。目の見えぬお人ばかりがおる。今の都でまこと頼りになるはそちのような者」

それに居並ぶ男たちが大きく首を振った。

「杯を取らせる。遠慮なしに近う寄れ」

酒宴の中心となっている男が顎で嶋足を促した。大伴古麻呂に違いない。さすがに威圧を覚える相手であった。正四位下《しょうしいのげ》の階位は橘奈良麻呂とおなじである。武門を誇る大伴一族の家長的な存在は温厚で歌人としても名高い大伴家持《やかもち》と目されているが、階位ではこの古麻呂が最も高い位置にある。

郎党にも促されて嶋足は床に額を擦りつけながら広間に進んだ。酒宴に連なっている者の中には佐伯古比奈《こひな》と小野東人《おののあずまんど》の顔も見える。いずれも嶋足などには親しく近付くことのできない大物ばかりであった。

「百済敬福《くだらのけいふく》どのより、いつか耳にしたことがある。陸奥の牡鹿を纏《まと》めておる丸子の係累は、敬福どのと同様に、かつて百済より渡ってきた一族とか」

古麻呂は嶋足の持つ杯に酒を注《つ》がせながら微笑みを浮かべた。

嶋足は杯を押し戴いてかしこまった。

「それでそなたの父親が敬福どのに助力を惜しまなかったと聞いておる。敬福どのは運のよいお人よな。そのお陰で従五位上《じゅごいのじょう》から従三位《じゅさんみ》へと一気に昇進を果たした。あれほどに出世なされたお人はおらぬ。まぁ、呑め」

古麻呂は鷹揚に勧めた。嶋足は緊張を隠しつつ杯を呑み干した。古麻呂の言う通りだった。今でこそ蝦夷と混じり合っているが、何代か前の祖先は百済の民なのである。それゆえに嶋足は丸子の姓を大事にしている。陸奥の黄金を朝廷に献上したことで嶋足の父親は他の蝦夷より裏切り者扱いされているのだが、本当は違う。もともとの蝦夷ではないし、陸奥守が同族に連なる百済敬福でなければ父親とて黄金を献上しなかったであろう。それなりの事情が背後にはあったのである。だからこそ嶋足は父親や百済敬福のつてを頼らずに一人で頑張ってきた。自分がそれに甘んじてしまえば、父親がただの欲のために黄金を利用したと世間から見做されてしまう。百済敬福は嶋足の先行きを案じて何度か自分の館への出仕を促してくれたが、それも断わり続けてきたのにはそうした理由があった。自分一人の力による出世こそが父親の汚名をそそぐ唯一の手段なのだと嶋足は信じていた。

「こたびはその運を儂にくれ」

古麻呂は真面目な顔に戻して言った。

「陸奥の丸子の手助けあれば運が授かる。儂は心底よりそう思っておるのじゃ」

「ありがたきお言葉に存じまする」

嶋足は半ば本心から頭を下げた。それが通じたらしく古麻呂は満足そうに何度も頷いて、

「いよいよ儂も陸奥へ参らねばならぬ。今宵はその別れの酒宴であった。首途《かどで》間近にそちが現われるとは、なにかの縁じゃな。陸奥ではきっとそちの父とも対面いたそう。倅を知っていると申せば親身に仕えてくれよう」

嶋足は何度目かの平伏をした。

「して……なんの願いがあって古麻呂さまに目通りをお頼みした？」

美濃麻呂が嶋足に質した。

「どうしてもお訊ねいたしたきことがありましてござります。お叱りを承知の上でまかりこしました」

嶋足は思い切った顔で古麻呂を見詰めた。

「申してみよ」

古麻呂は眉をしかめつつ促した。

「衛士府の片隅にて、このたびの古麻呂さまの陸奥下向《げこう》について穏やかならざる噂が囁かれております。手前も蝦夷なれば、どうにも気になりました。それが真実《まこと》であるなら都を去らねばなるまいと覚悟しておりまする」

「なんの噂じゃ？」

古麻呂たちは顔を見合わせた。

「蝦夷を討伐するという噂にござります」

嶋足の言葉に古麻呂はあんぐりと口を開けて、やがて苦笑いした。

「ただの噂に過ぎませぬので？」

嶋足は膝を進めて確かめた。

「有り得ぬ。そんな暇があるものか」

古麻呂の返答に爆笑が起きた。

「なれど……鎮守府《ちんじゅふ》将軍の務めは陸奥の平定にありまする。陸奥守さまが多賀城《たがじょう》にあられまするのに、わざわざ古麻呂さまを陸奥へ派遣なされるには、必ず我らには分からぬ理由があるはずだと皆が申しておりまする」

「いかにも」

古麻呂も大きく頷いて笑いを見せた。

「この平穏の世に鎮守府将軍とは奇妙。蝦夷は内裏《だいり》に恭順を示しておる。佐伯全成どのからも不穏の報告は一切届いておらぬ。任命された儂自身が戸惑うておるほどじゃ。衛士府の者らが不思議に思うのも無理はないの」

「では……なにゆえ陸奥に？」

「儂が都におっては目障りと思うお人がおるとしか答えられぬの。それで形ばかりの鎮守府将軍を儂に押し付け、追い払おうとしているのじゃよ。蝦夷との戦さを案じることはない。儂が確かに約束いたす」

古麻呂は嶋足の訪問の理由がその程度のことと知って安堵の色を浮かべた。

「もし、蝦夷との戦さがあると知れば陸奥に戻るつもりであったのか？」

美濃麻呂が詰め寄った。

「蝦夷になんの罪もござりませぬ。それを討伐するとあれば内裏こそ敵と心得ました」

嶋足はぐっと美濃麻呂を睨みつけた。

「内裏ではない。儂を陸奥へ追いやろうとする者はただ一人。その者こそ蝦夷の敵ぞ」

古麻呂は嶋足の心を試すように言った。

「兵を率いて鎮守府将軍が陸奥へ入れば、蝦夷とて必ず動転いたそう。儂はなにをするつもりもないが、蝦夷はあれこれと頭を巡らす。やがてはそれが火種にならぬとも限らぬ。政《まつりごと》を為す者であれば、そこまで考えるのが当たり前であろう。それを知りつつ陸奥に鎮守府将軍を派遣するなど愚かの極みぞ。儂が邪魔であるなら他にいくらでも策があろうに……これであの者の底が知れた。あやつは国の先行きなど少しも憂いてはおらぬ。己れが立ちさえすればいいのだ。ただ儂を都から遠ざければ安泰とし か思うておらぬ。それもあって儂はわざと陸奥への下向をぐずぐずと延ばしておった。じゃが……もはやこれ以上延ばすわけにはいくまい。一昨日の新律令《しんりつりよう》の発布と、それに伴なう新たな授位《じゅい》によって内裏の顔ぶれががらりと変わった。我らのごとく国を憂える者らへの締め付けがさらに厳しくなるであろう。そちには気の毒じゃが、どうしても陸奥に行かねばならぬこととなった。でなければ下知《げち》に従わぬことを幸いに、どんな策を用いてくるか分からぬ」

一気に言い立てると古麻呂は溜め息を吐《つ》いた。嶋足はいちいちそれに頷いていた。奈良麻呂側の言い分を耳にするのは今夜がはじめてである。しかも、その言い分には一理があるように嶋足には感じられた。苅田麻呂から与えられた役目でなければ心が揺れ動いていたに違いない。

「名を言わずとも、そちには見当がついておろうが……あの者は国を滅ぼすぞ。儂らはこの歳ゆえ、先行きなどどうでも構わぬが、そちのような若い者らが哀れでならぬ。お帝ともあろうお人が、なぜあのような者に誑《たぶら》かされておるのか……今こそ体を張って国を守らねばならぬ。たとえ逆賊と謗《そし》られようと、それが我らの務めと心得ておる」

「古麻呂さま——ちと」

小野東人が目配せで制した。

「心配は要らぬ。この嶋足、見所がある。きっと我らの思いが通じるはずじゃ」

古麻呂は東人に笑顔で言った。

「手前など……なんの力もございませぬ」

嶋足は身を縮めて応じた。

「大志と申せば、いくらの兵を預かっておる」

美濃麻呂が訊ねた。

「手前が預かっているわけでは……上の命令に従って兵を動かすだけに過ぎませぬ」

「そちの下には何人がおるのだ？」

「およそ六百の兵を二人の大志が受け持っておりますゆえ、三百にございます」

ほほう、と皆は頼もしそうに頷いた。

「そちは衛士府に滅多に顔をださぬとか？」

美濃麻呂がさらに質した。

「なにか含むところでもあるのか？」

「いえ。衛士府は他と違いまして、市中の警護が主たる役目にございますれば、府庁での仕事はさほどありませぬ。それを幸いに気儘《きまま》を許していただいております。人付き合いが少し苦手にございますので」

嶋足は汗を拭いながら説明した。さっきから美濃麻呂ばかりがあれこれ質してくる。

「丸子は蝦夷にあらずと申したとて、通じぬ間抜けが揃うているじゃろうからな」

古麻呂の言葉に皆は、なるほどと頷いた。

「別の間にて酒を馳走してやるがいい。気に入った。暇あればいつでも訪ねて参れ」

古麻呂は郎党に酒の用意を命じた。

二

「どうにも分からなくなった」

言人の店で天鈴に首尾を伝えながら嶋足は困惑を素直に口にした。

「いまさら言ってどうなる」

天鈴は、またかという顔をした。

「奈良麻呂らを今の窮地に追い込んだのはおぬしであろうに。なのに今度は仲麻呂が悪いと言う」

「俺が窮地に追い込んだ?」

「道祖王《ふなどおう》を失脚させたのはおぬしの手柄ではないか。それで奈良麻呂らが慌てておる」

「もっと確かなことを調べるべきであった。あのときは臣下が皇太子を操るなど断じて許せぬ大罪と思ったが……仲麻呂さまとて今はおなじことをなされている。いや、大炊《おおい》王《おう》さまばかりかお帝まで思いのままだ。もはや俺にはなにがなんだか分からぬ」

「分かる必要などあるまい」

天鈴はあっさりと退けた。

「どっちも下らぬやつらよ。それに頷くおぬしは、それに輪をかけた阿呆だ。仲麻呂がおぬしの名を知っていたと喜び、陸奥守が親しく打ち明けてくれたと感激し、今度は古麻呂にも理があると頷く。まったく始末におえぬ」

「しかし……古麻呂さまが陸奥へ下向せぬお陰で蝦夷が安心していられるのも確かであろう。少なくとも仲麻呂さまより古麻呂さまは蝦夷のことを考えてくれている」

「おぬしが蝦夷と承知の上で会っていたからだ。仲間に引き込もうとしている相手に腹を立てさせるような話はすまい。いい加減に大人になってくれ。おぬしはもう引き返せぬ道を歩んでいる。奈良麻呂らに荷担はできぬのだ。それをやれば仲麻呂が手を打ってくる」

「俺ごときのためにか？」

「おぬしごときのためにさ」

やれやれ、という目で天鈴は苦笑いして、

「仲麻呂にとって衛士府の三百という兵力は侮《あなど》れぬ。危なくなる前に潰しにかかる。道祖王の一件を密告したのはおぬしだと奈良麻呂に伝えるであろう。どちらに非があるかなど、おぬしにとってはもう関係がないのだ。おぬしは仲麻呂と組むしかない。その程度のことも考えずに今日までやってきたのか？」

「俺は……俺の信ずる道を……」

嶋足の掌《てのひら》はじっとりと濡れていた。

「甘えもたいがいにいたせ！」

天鈴はどんと床を叩いた。

「苅田麻呂に唆《そそのか》されて、さらなる手柄が欲しいと言うたはだれだ！　それで我らとて大事な手蔓を手放したのだぞ。なのに今度は奈良麻呂にこそ大義があるなどとほざきおる。もちっと覚悟を定めてくれ。人のことなどはどうでもいい。おぬしは蝦夷の先行きだけを考えろ。内裏がどうなろうと知ったことではなかろう。それとも……先祖は蝦夷ではないと古麻呂に言われて迷うたか」

「………」

「としたら情けない男よな。我ら物部とて蝦夷とは違う。だが、おなじ陸奥に暮らす者。都の者が言うならまだしも、陸奥に生きながら先祖が蝦夷ではないと胸を張るは、もっとも恥ずべきことと思わんのか！」

天鈴の怒りは激しさを増した。

「丸子嶋足、その程度の男だったのか」

「しかし、内裏には通用する」

気持ちを抑えて嶋足は反駁《はんばく》した。

「俺は蝦夷以外の何者でもない。なれどその蝦夷が俺の昇進を阻《はば》んでいる。今後どれほどの手柄を積み重ねようと陸奥守にまでなるのはむずかしい。それは天鈴も承知のはず」

天鈴は睨みながらも小さく頷いた。

「だが、先祖が蝦夷でないと伝われば道が開ける。俺が言うのはそこだ。古麻呂さまは俺を蝦夷と見做しておらぬ。もし奈良麻呂さまと古麻呂さまが権勢を握れば遥かにたやすい昇進があるのではないかと思ったまでのこと。俺はなんとしても陸奥守となって蝦夷のために尽くしたい。そのためには己れも捨てる」

嶋足は本心から言った。

「なるほど……それは当たっておる」

天鈴の目に輝きが生まれた。

「おぬしの先祖が百済の民であると知れ渡れば、自ずと扱いが変わるかもしれん。迂闊だったな。陸奥ではさほど役に立たぬが、都では違う。おなじ手柄が倍に扱われよう」

天鈴は薄笑いを浮かべて、

「と申して奈良麻呂と手を組めと言うのではない。仲麻呂にそれが知れるよう工夫いたせばおなじだ。そちらは我らが引き受ける。おぬしが蝦夷ではないと教えてやろう」

嶋足に請け合った。

嶋足も仕方なく頷いた。ここにきて奈良麻呂に味方すれば苅田麻呂とも訣別しなければならなくなる。天鈴が言うように、善いも悪いもない。任務を貫くしかなかった。

「若……ようござりますか」

言人が眉を曇らせながら部屋に現われた。

「どうした？」

「佐伯美濃麻呂の使いの者が参りました」

天鈴と嶋足はぎょっと顔を見合わせた。

「なんの用件だ？」

「申しませぬ。ただ、嶋足どのに館へご足労願いたいと言うばかりにござる」

「ここに居ると承知で来たのか！」

天鈴は唸りを発した。

「尾《つ》けられていたと見えるな」

天鈴は嶋足に目を動かして苦笑した。

「もっとも、古麻呂の郎党とはこの店で知り合ったことになっている。帰りに立ち寄っても特に不思議とは思われまいが……」

厄介なことになった、と天鈴は腕を組んだ。

「美濃麻呂さまは俺を疑っていたようだ。なにかと俺に質してきた。にしても……」

「館へ参れとは言うまい」

天鈴も先を察して口にした。嶋足も頷いた。

「嶋足が居ると返答したのか？」

天鈴の言葉に言人は暗い顔で応じた。あまりにも当然のごとく言われたので嶋足が居場所を伝えてきたものと考えたらしかった。

「行くしかなかろう」

嶋足は諦めた。同行を拒めば疑念を強めるだけのことになる。

「佐伯美濃麻呂……さほど鋭い者とは思わなんだが、侮っていたようだ」

天鈴はぎりぎりと歯噛みした。

「案じるほどの用件ではないかもしれぬ」

逆に嶋足が天鈴を鎮めた。

「先夜の礼をしたいと申していた」

「古麻呂にばかり目を注いでいた。安心と思ったが、ひょっとして佐伯全成からの知らせが美濃麻呂に届いたのではあるまいな？」

天鈴の不安がどんどん膨らんだ。

「有り得ぬ。それなら古麻呂さまにも伝わったはず。断言してもよい。古麻呂さまはなに一つ俺を疑ってはおらなんだ」

嶋足は自信を持って言い切った。

「どうすればいい？」

天鈴は言人に相談した。

「ここで四の五の言ってはいられぬ」

嶋足は立ち上がった。

「敵に囲まれればそれも俺の運命《さだめ》であろう。これを乗り切らぬ限り先行きはないぞ」

「それは……そうだが」

天鈴は珍しく嶋足に押されていた。

「なぜ美濃麻呂なのか……さっぱり読めぬ」

天鈴は額の冷や汗を乱暴に拭った。

「直ぐに行くと伝えてくれ」

嶋足は言人を急《せ》かした。

「おぬしも妙な男よな」

やっと落ち着きを取り戻して天鈴は言った。

「ぐずぐず悩むくせして、こういうことになると早い。あっさりと覚悟を決める」

「それしか取り柄がなかろう。いつも年下のおぬしに叱られてばかりではないか」

「我らは庭に潜んでいる。なにかあったら庭に飛び出せ。ここで死なすわけにはいかん」

天鈴も刀を手にして腰を浮かせた。

三

嶋足は待たされていた。

美濃麻呂が古麻呂の館から戻らないのである。となると嶋足をこの館に招くについては、早いうちから決められていたことのように思えてきた。まさかあの酒宴の中で郎党に嶋足の尾行を命じたとは考えにくい。酒宴の前に命じたと見るのが妥当であろう。嶋足が今夜古麻呂の館を訪れることは美濃麻呂も承知だった。酒宴の席に顔を見せたとき、美濃麻呂はごく当たり前の様子で嶋足を迎えている。あらかじめ郎党に尾行を命ずるのは簡単なことだ。が、その理由となると見当がつかない。

嶋足はただぼんやりと部屋を眺めるしかなかった。館の中に殺気が少しも感じられないのが唯一の救いだった。女たちはのんびりとした顔で膳を運んで来た。なにか仕組んでいるのなら緊張が見られるはずである。

「ただいまお戻りになられた。こちらに」

郎党が嶋足の待つ部屋に顔を見せた。嶋足は襟《えり》を正して郎党に従った。館の中は主人が戻ったせいで少し賑やかになっている。

嶋足の案内されたのは庭に渡り廊下を突き出した離れだった。月見や花見に用いる部屋である。嶋足は廊下を渡りながら暗い庭にそれとなく目を動かした。天鈴たちがどこかに潜んで様子を見守っているはずだ。それがなんとも心強く感じられる。離れの部屋からは直ぐに庭へと逃れられる。

「通せ。あとは呼ぶまで下がっておれ」

美濃麻呂は嶋足一人を部屋に上げた。

「さぞかし不審であろうの」

かしこまったまま言葉を待っている嶋足を見詰めて美濃麻呂は寛ぐようにと重ねた。

「遠慮は要らぬ。そちは儂が願って招いた客ではないか。こないな時刻に呼び立てて詫びを言わねばならぬのは儂の方じゃ」

美濃麻呂は気さくな口調で言った。

「そちが戻ったあと、古麻呂さまはいたくご満悦であった。衛士府に手助けする者あればなによりの安心となる。儂が調べ上げた通りの男じゃと、儂まで褒められたぞ」

思いがけぬ言葉に嶋足は軽い動揺を覚えた。

「そちが目通りを願っていると聞いて、儂が身辺を探る役目を引き受けたのじゃよ。

他の者に任せられては危ないと案じての」

嶋足の背筋に冷たいものが走った。迂闊な返答はできない。

「心配するでない。儂はそちの味方だ」

美濃麻呂は嶋足の不安を見抜いて笑った。

「それゆえ古麻呂さまがそちを信用なさるように口添えしたのだ。古麻呂さまはそちが今の政に嫌気がさしていると信じておる」

罠《わな》に違いない、と嶋足は察した。美濃麻呂は味方のふりをして嶋足の正体を突き止めようとしているのであろう。

「まだ儂を疑うておると見えるの」

美濃麻呂は陽気な声で笑った。

「儂がそちの敵なら、無事に古麻呂さまの館から戻れたと思うか？　そちが多くの配下を使って奈良麻呂さまや古麻呂さまの様子を探っていることも知っておる。それを一言でも洩らせば、たちまち捕らえられていたであろう。疑うのも無理はないが、ここは儂を信ずるがいい。今宵、わざわざ出向いて貰ったのはそれをそちに伝えるためじゃ」

嶋足は唖然として美濃麻呂を見やった。嘘はなさそうに思える。

「全成どのから書状が届いての」

嶋足は、ははっと平伏した。もはやなにもかもが筒抜けになっている。

「古比奈《こひな》どのの行く末を案じていた。抜き差しならなくならぬうちに奈良麻呂さまと縁切りするように儂から口説いてくれとの訴えであった。衛士府は奈良麻呂さまに思いを寄せる者のことごとくを調べ上げているらしい。それに儂の名が挙げられておらぬので全成どのは安堵してすべてを打ち明けてこられた」

「…………」

「おなじ佐伯の一族。全成どのが古比奈どのの身を守ろうとするのも当たり前。と申して古比奈どのに直接書状を送れば、ことが大きくなる恐れがある。古比奈どのは気の弱いところがある。動転してその書状を奈良麻呂どのにお見せするやもしれぬ。そこで、儂が適任と思うたに違いない」

身を固くして嶋足は聞き入っていた。

「ありていに申して……目の前が暗くなったわ。全成どのは陸奥に居て知らぬようだが、この儂とて近頃は古比奈どのに誘われて古麻呂さまや奈良麻呂さまの館にしばしば出入りしておる。そちが多賀城にて儂の名を挙げなかったは、たまたまに過ぎぬ。さて、どうすればよいものかと頭を悩ませた」

美濃麻呂は小さく嘆息して、

「衛士府が密かに探りを入れていると奈良麻呂さまに伝えれば、ただでは済まなくなる。必ず兵を集めて決起を急ごう。それは儂の望むものではない。仲麻呂さまのやり方を善しとするものではないが、お命を縮めてまでとなると好かぬ。性に合わぬのじゃよ」

「衛士府とて戦さを避けるためにのみ働いております」

嶋足もそれだけは言った。

「頃合を見て古比奈どのを口説き落とし、身を遠ざけるしかあるまいと思うていた。そこに……こたびのことじゃ」

美濃麻呂は迷惑そうな顔で嶋足を睨んで、

「まさか知らぬ顔もできまいに。もし、そちの狙いが皆に知られれば戦さにもなり兼ねぬ。そちの身を守ることが今はなによりの大事と心得た。探るはそちの役目ゆえ恨みごとを言う気はないが、まったく厄介なことになったものよな。綺麗に身を退《ひ》くつもりが、こうなっては致し方ない。これからは衛士府と手を結ぶしかなかろう。苅田麻呂にも、しかとそれを伝えて貰いたい」

「願ってもないお力添えにござります」

頭を床に擦りつけながら嶋足はなにか釈然としない思いに満たされていた。政に疎《うと》い嶋足にも歴然と分かる美濃麻呂の離反であった。全成から衛士府の動きを知らされて身の危険を覚えたに相違ない。そこに嶋足が近付いてきたので、ここぞとばかりに寝返ったのだ。

（しかし……）

嶋足にとっては幸運であった。こういう男でなければ嶋足は無事で済まなかったはずである。その上、美濃麻呂の手引きがあれば奈良麻呂の動きがすべて明らかになる。美濃麻呂の寝返りを蔑《さげす》むよりも、むしろ喜んで迎えるべきだと嶋足は判断した。

（政とはこういうことか……）

胸に痛みを感じつつ嶋足は美濃麻呂に精一杯の笑顔を見せて礼を口にした。

（あの全成さまとて……）

相当な狸である。やはり天鈴の見方が当たっていたと言うしかない。

（嫌な者たちばかりが巣食っておる）

嶋足は内心の腹立ちを必死で押し隠した。

「律令の発布によって新たな授位があったからには、官職にもきっと異動があろう。それによって奈良麻呂さまは心を定めるおつもりであるらしい」

美濃麻呂は安堵を浮かべて言った。

「だいたい察しはついているが、奈良麻呂さまはあれで意外と人の好いところがある。ひょっとしてお帝《かみ》が心を変じられるのではないかと望みを捨てておらぬのじゃ。戦さはぎりぎりの手段と決めている。古麻呂さまはじわじわと輪を狭められぬうちにことを起こすべきだと主張なされているが、さすがにお帝が仲麻呂さまの館にある間は、他のだれもが頷かぬ。それで世の中が無事で済んでおる」

「それは……つまり、仲麻呂さまの館を襲うということにござりますな」

嶋足は念押しした。

「危ない話ゆえ、だれもはっきりとは口にださぬ。が、そういうことじゃ」

美濃麻呂は頷いた。

「美濃麻呂さまさえ衛士府にそれをお訴え下されば正式な調べができまする」

「馬鹿なことを言うでない」

美濃麻呂は青ざめた。

「これには多くの親王さま方も加わっておられる。疑いだけではとても糾弾ができまい。儂《わし》一人が責めを負うことにもなり兼ねぬ」

「衛士府とてだいぶ探っておりまする。ことが大きくならぬうちに手を打つのが大事とは思われませぬか？」

「いかん。絶対にいかん。そちが己れの目で見極めるがよい。儂はそちの手引きをするだけじゃ。儂はこれ以上関わる気はないでな」

美濃麻呂は怯《おび》えた目をして口を噤《つぐ》んだ。

四

嶋足は美濃麻呂の館をでるとゆっくり歩いて天鈴の現われるのを待った。

やがて天鈴一人がひっそりと嶋足に並んだ。

「よく無事だったたな」

天鈴は耳元で囁いて笑った。

「無事で当たり前。あのお方、とんだ食わせ者ぞ。俺を助けた気でいる。恩を売り付けて一人だけ逃れようとしているのだ」

嶋足は歩きながら詳しく伝えた。

「なるほど、そういうことか」

天鈴は聞き終えるとにやにや笑って、

「おぬしに見抜かれるほど分かりやすい男ということだ。扱いやすい。ありがたく申し出を受けるがよかろう。美濃麻呂が訴えぬのも逆に好都合。全部がおぬしの功績となる。なにも正直に苅田麻呂へ伝えることはないぞ。どうせ美濃麻呂がそれを確かめる術《すべ》もない。当分はおぬし一人で調べたことだと苅田麻呂に思わせておくのだな。万が一を思っておぬしの胸に収めたと言えば、どちらも頷く」

「奈良麻呂さまはまだ一縷《いちる》の望みを捨ててはおられぬようだ。それで決心がつかぬとか」

「阿呆なのさ」

天鈴は一蹴《いっしゅう》した。

「今あるは親父の力でしかないくせに、己れの力と見誤っておる。もはや望みはない。帝はとうに見限っておろう。これが仲麻呂なら必ず決起している。内裏なら無理だが、ただの館であれば二百の兵を繰り出すだけで足りる。古麻呂の焦りも分かるな」

「官職の異動は本当にあろうか?」

「むろんだ。律令を発布した仲麻呂の狙いはそれにある。こたびの授位で昇進した者が多く居る。昇進すれば当然に職が変わる。それらに役職を振り当てねばなるまい。

特にこれまで奈良麻呂より位が低かった者たち三人が、一気におなじ正四位下を授かって並んだ。阿部沙弥麻呂《あべのさみまろ》、文室大市《ふんやのおおち》、高麗福信《こまのふくしん》。いずれも仲麻呂の息のかかった者たち。同等の位であるなら、その中のだれが兵部卿となってもおかしくはあるまい。奈良麻呂も文句はつけられぬ。本来は官職の異動を授位と同時に行なっても構わぬはずなのに、時期をずらしたのは奈良麻呂の反発を恐れてのことだろう。おぬしは内裏に疎くてこたびの授位を眺めてもぴんときておらぬらしいが、昇進を果たした者はことごとく仲麻呂に思いを寄せる者ばかりだ。あれを見ると仲麻呂がどこまで奈良麻呂の一派を突き止めているかが知れる」

「たとえば？」

「親王で位が引き上げられたのは塩焼王《しおやきおう》、池田王《いけだおう》、白壁王《しらかべおう》、船王《ふねおう》、山背王《やましろおう》、久勢王《くぜおう》、厚見王《あつみおう》、山村王《やまむらおう》……それに船井王《ふないおう》、掃守王《かにもりおう》、尾張王《おわりおう》、奈賀王《なかおう》か」

天鈴は指で数えながら言った。

「これほど多くの親王が新たな位を授けられたのに、黄文王《きぶみおう》と安宿王《あすかべおう》は外されている。また奈良麻呂の館に出入りしている古麻呂を筆頭に多治比犢養《たじひのうしかい》、多治比礼麻呂《いやまろ》、多治比鷹主《たかぬし》、大伴池主《おおとものいけぬし》、大伴兄人《えひと》、佐伯全成、佐伯古比奈、佐伯美濃麻呂は元のままだ。美濃麻呂が恐れをなして寝返りを決めたはそこにあろう。どこまで調べがついているものか底が知れぬ。あれはただの授位のごとく見せ掛けて、その実、仲麻呂の勢力を示したものだぞ」

「しかし……確か小野東人さまと賀茂角足《かものつのたり》さまは昇進なされた」

「賀茂角足については分からぬ。本当に知らぬのか、あるいは奈良麻呂を油断させるために、わざと騙《だま》されているふりをしているとも考えられる。が、小野東人に関しては明白だ。位を引き上げて備前守から別の任務に就けようとしているのだ。備前の兵力が一番危ないのは仲麻呂も承知。と言って理由もなしに小野東人を解任することはできぬ。賭けてもいい。次の異動で小野東人は備前守から解かれて内裏の中の閑な職に回される」

うーむ、と嶋足は絶句した。

「着々と仲麻呂は足元を固めている。なのに奈良麻呂は相変わらず仲間の顔を眺めて安堵している。勝負は決したも同然であろう」

「………」

「楽しみは近いぞ。奈良麻呂がその態度であるなら、半月も待たずに異動が示される。間違いなく奈良麻呂は兵部卿の地位から追われる。兵部省、刑部省《ぎょうぶしょう》、兵庫寮《ひょうごりょう》、弾正台《だんじょうだい》といったところは、ことごとく仲麻呂が抑えにかかる。奈良麻呂の道は定まった。そのときに立たねば二度と浮かび上がれなくなる」

「そこまで封じられて立つと思うか？」

「おぬしが立たせなくてはなるまい」

「なにを言う！」

嶋足は思わず声を荒立てた。

「奈良麻呂が立たぬでは手柄となるまい。戦さとなってこそおぬしの功績が光る。古麻呂に近付くのを俺は危ないと見ていたが、美濃麻呂の寝返りがあるなら安心だ。さらに懐ろに潜り込み、衛士府が奈良麻呂の側に従うと思い込ませれば戦さになる」

「馬鹿な！」

嶋足はさすがに顔色を変えた。

「俺の役目はその戦さを防ぐことにある」

「ぎりぎりに封じるのだ。なにも本物の戦さをさせる必要はない。このまま奈良麻呂が諦めて矛先《ほこさき》を収めれば今までの苦労が無駄となる。仲麻呂とてそれを願っていよう。歴然たる謀反《むほん》でなければ処罰も曖昧となる」

「もし……防げねばどうなるのだ」

嶋足は首を何度も横に振った。

「都が火の海になるぞ」

「それも面白いではないか」

天鈴はからからと笑った。

「阿呆同士の戦さだ。どっちが勝ってもおぬしは安泰だぞ。損をすることは一つもない」

「それがおぬしの狙いと違うのか？」

嶋足は不安を抱いて天鈴を見やった。

「おぬしの腕次第だ。迷わずにやれば必ず戦さとなる前に防げよう。明日は仲麻呂の館を訪ねるがいい。古麻呂に接近したと伝えれば大喜びする。仲麻呂もきっと言うぞ。決起の日取りを摑むまで役目に励め、とな」

「苅田麻呂さまにはなんと言う？」

「だから、余計なことを申すなと言った。苅田麻呂は奈良麻呂がそこまで悩んでいるのを知らぬ。戦さがあると信じておる。苅田麻呂は危険と知りながらおぬしを古麻呂の館に送り込んだ男だ。そう義理立てすることもない」

そう言われても嶋足の迷いは晴れない。苅田麻呂だけは偽りたくない。それを口にしようとした嶋足に緊張が走った。

「おぬしも気付いたか」

天鈴は足取りを変えずに囁いた。

「美濃麻呂の館近くから尾《つ》けられている。美濃麻呂のことだ。まだ心配と見える」

「違うな。三人は居る。美濃麻呂さまの配下なら一人で充分のはず」

「それもそうだ」

天鈴は急ぎ足になると通りから外れた。嶋足も続いた。藪の茂る寂れた道に出る。

「今宵はやたらと忙《せわ》しないの」

天鈴は嶋足に笑って耳打ちした。

「美濃麻呂の郎党でなければ古麻呂に仕える者どもであろう。美濃麻呂の様子を探らせていたのかもしれぬ。そこにおぬしが出現したので慌てて追って来たのではないか？」

「まずいことになった」

「前に夜盗を追い払った礼に招かれたと言って押し通すしかあるまい。俺は姿をくらませたいところだが、すでに見られている。ここで消えればさらに不審が増す。俺はおぬしに仕える郎党ということにしよう。主人の帰り道を案じて館の側で待っていたと言えばごまかせる。年格好も似合いだしな」

手短に決めると天鈴は立ち止まった。

嶋足を守る形を取って暗がりに叫んだ。

「承知している！　ここにあるは衛士府の大志丸子嶋足さまじゃぞ。夜盗なら怪我をせぬうちに立ち去れ。今宵は見逃してやる」

天鈴の声と同時に黒い影が駆け寄って来た。

「やはりおぬしであったか」

嶋足たちを囲んだのは四人だった。中の一人が低い声で言った。嶋足は男を見詰めた。

「忘れたか。以前に市で出会ったはず」

男は月明りに顔を向けて見せた。

「秦多麻呂《はたのおおまろ》……と言うたな」

嶋足は思わず身構えた。奈良麻呂の館に出入りする男である。備前の生まれで腕が立つ。

「何者でござりまするか？」

承知のくせに天鈴は嶋足の郎党を見事に演じ切っていた。多麻呂は天鈴を小者《こもの》と見て侮りの目を向けながら、

「痛い目に遭いたくなければ引っ込んでいろ」

一喝した。天鈴はおどおどと退いた。

「驚いたぞ。なんでおまえが美濃麻呂さまの館に居る。はっきりと答えて貰おう」

「それは美濃麻呂さまに訊くがいい。俺は招かれただけだ。夜盗を追い払った礼であろう」

「今頃になってか？」

「それは美濃麻呂さまの勝手と言うもの。俺とは関わりがない。第一、それがなにゆえおぬしと関係がある？　不審なのはおぬしの方だ。場合によっては衛士府に引き連れる」

嶋足は反対に多麻呂に詰め寄った。

「それより、このまま美濃麻呂さまの館に戻ろうか？　おぬしらが館を見張っていたと伝える。俺については、その場でおぬしが美濃麻呂さまに質すがよかろう」

うっ、と多麻呂は詰まった。

「美濃麻呂さまは俺が古麻呂さまの館へ顔を見せたついでに誘って下されただけだ。でなければ俺などに出入りの叶《かな》う館ではない」

「美濃麻呂さまはなにを話した？」

多麻呂は疑いの目を隠さずに叫んだ。

「俺ごときを頼りになされて、今後は好きに遊びに来いと申して下されただけのこと。それ以外についてはなにも伺っておらぬ」

「それに嘘はなかろうな」

多麻呂は嶋足を睨んで刀に手をかけた。

颶《ぐ》風《ふう》

一

「望みとあらば相手になってやろう」

引かずに嶋足は多麻呂に一歩踏み出た。

「俺の言葉が嘘か真実《まこと》か、それは美濃麻呂《みのまろ》さまに質して貰うしかない。なにを言ったところでおぬしは聞く耳を持たぬようだ。それならそれで構わぬ。やるか？」

嶋足は威圧した。

「俺の方はなんとでも言い訳が立つ。衛士府の大志《だいさかん》を襲う者は殺して当たり前。だが、おぬしは違う。それを覚悟してくるのだな。大志を少しでも傷付ければきつい詮議がある」

嶋足の言葉に多麻呂は顔色を変えた。同行していた三人が慌てて多麻呂を制した。

「どうも気に食わん」

刀から指を離して多麻呂は地を蹴散らした。

「蝦夷と聞いたが、衛士府の大志にまで出世して、まだ不服と言うか？　俺なら喜んで働く。裏切るような真似はせぬ」

試すがごとく多麻呂は嶋足を見詰めた。

「古麻呂さまの館を訪ねることが、なぜ裏切りとなる？」

嶋足は慎重に言葉を選びながら言った。

「俺はこたびの古麻呂さまの陸奥鎮守府将軍就任が蝦夷討伐に繋がるかどうかをお訊ねしに伺ったまでのこと。俺一人の一存であってだれをも裏切っておらぬ」

「…………」

「美濃麻呂さまからのお誘いも同様だ。お誘いを俺ごときがお断わりできまい。美濃麻呂さまは俺にとって雲の上のお人」

「今夜は……見逃してやる」

多麻呂は憎々し気に見据えて言った。

「だが、心しておれよ。俺の目がいつでも貴様の側にあるを忘れるな。どんな言い訳をしようと俺には分かる」

「だから今夜でけりをつけたらどうなのだ」

嶋足は余裕を取り戻していた。

「いつもおぬしの目があっては俺も目障りだ。抜け。それで互いにすっきりとする」

「あとの楽しみに取っておく」

多麻呂は仲間を促して立ち去った。

「喧嘩となれば力を発揮する男だな」

天鈴はそれを見届けて苦笑した。

「おぬしの勝ちだ。多麻呂はさぞかし困惑しておろう。鮮やかに追いやった」

天鈴は感心していた。

「奈良麻呂さまも疑心暗鬼と見える。多麻呂に命じて古麻呂さまの館の出入りを見張らせていたに相違ない。これでは先が知れたな」

嶋足が言うと天鈴も頷きながら、

「しかし、あの多麻呂、油断ができぬ。しつこくおぬしを追い回すぞ。仲麻呂の館はむろんのこと、衛士府にもあまり顔を出さぬのが利口というものだろう。確たる日取りを摑むまで少しでも怪しい行動は慎め」

「それでは苅田麻呂《かりたまろ》さまが案ずるであろう」

「繋ぎの者を見付ければいい。俺に心当たりがある」

「だれだ？」

「名前くらいは知っておろう。答本忠節《とうほちゆうせつ》という医者だ。腕がいいという評判で公卿らの館にもしばしば出入りしている」

ああ、と嶋足は首を振った。

「あの者の言なら信用されよう」

「あのお方まで抱き込んでいるのか？」

嶋足は目を丸くした。都で隠れもなき名士なのである。

「医者は薬を欲しがる。我ら物部の船は唐に行き来をしておる。言人《ことんど》の店で扱っているのを承知のはずであろう。忠節も十日に一度は顔を見せる。その折りにうまく話を持ち出せばやれる。あの男くらいになると抱き込むわけには参らぬ。しかし、親しくしている者の身が危ういと知れば必ず伝える」

「つまり……仲麻呂さまと親しいのか？」

「もっと上だ。仲麻呂の兄の豊成《とよなり》」

「右大臣さまだと！」

嶋足は絶句した。

「豊成の弟の命が狙われていると聞けば間違いなくそれを報告しよう。奈良麻呂や古麻呂らとて、まさか忠節の口から伝わるなど夢にも思うまい。おぬしとも決して結びつけぬ。おぬし程度が付き合える相手でないことを皆が知っている」

「だが、あのお人から言人の店の名が出れば蔓《つる》を辿られる恐れがあろう」

「言うものか」

天鈴は笑った。

「言人がそれで詮議でも受ければ二度と言人の店から薬を得ることができなくなる。釘を刺しておけば心配ない。言人もまた人から聞いた話だと言えば決して店の名を口にすまい」

「それで信用するか？　右大臣ではなく忠節さまが、だ。噂話を簡単に持ち込むとは……」

「信ずるさ。忠節とて今の情勢を知らぬはずがない。言人の店には馬を求めて古麻呂や奈良麻呂の館の者も出入りする。任せろ。俺と言人で上手く運ぶ」

「仲麻呂さまにはそれで報告がかなうにしても、衛士府にまったく出入りせぬわけには」

「それなら逆に市中の見回りに精を出せ。苅田麻呂と二人で部屋に籠もれば多麻呂に疑われる。兵を引き連れて外を歩いている分には多麻呂も安心しよう」

嶋足は安堵の顔で頷いた。

二

六月の九日。

女帝は臣下に対して五条の禁令を申し渡した。いくつかは以前より定められていた禁令の再度通達に近いものであったが、それが一般令ではなく特定の者たちに的を絞っているのはだれの目にも明らかだった。

一つ、諸氏族の上の者たちは公用を捨ておき私邸において勝手な会合を繰り返している。今後はこれを許さない。

一つ、王族や臣下の飼育する馬は位によって数が定められている。これを越えて馬の数を増やしてはならない。

一つ、令の定めにある以上の武器を私邸に蓄えてはならない。

一つ、武官を除いては市中で武器を携帯してはならない。特にこれを堅く取り締まる。

一つ、市中を二十騎以上の集団で行動してはならない。

いずれに違反しても訴えがあれば即座に事実確認を行なって厳罰に処すという、言わば奈良麻呂一派への宣戦布告にも等しい内容だった。それで牽制をしておいて、わずか七日後に帝は大規模な人事異動を行なった。

「表向きは前回の授位にともなっての任官と見せ掛けているがの」

嶋足の家を訪れた天鈴は薄笑いを浮かべながら続けた。

「忠節の訴えが功を奏したのさ。小野東人と古麻呂がつるんで仲麻呂を殺そうと画策していると聞いて豊成は仰天したと言う。が、噂では迂闊に動けぬ。そこで豊成は弟の仲麻呂に用心するよう注意した。例の禁令が出されたのはその二日後だ。それでもまだ不安と見えて一気に奈良麻呂勢力の一掃を図った。俺の見込みが的中したであろう。奈良麻呂は兵部卿から外され右大弁《うだいべん》へと代えられた」

「よく我慢なされたものだな」

嶋足は杯を口に運びながら言った。兵部卿は位で言うなら参議《さんぎ》と同格である。右大弁はその参議の下で働く者なので、明らかなる降格人事であった。あまり前例がない。これでは報復の戦さをけしかけているようなものだ。

「そこが仲麻呂の巧妙なところだ。帝は奈良麻呂を参議に迎えて政の中枢に加わって欲しいと言ったそうな。間抜けの奈良麻呂はこの段になってもその言葉を信じたのであろう。兵部卿の地位を明け渡し、いそいそと右大弁の任官を受けた」

「なれば、どうして参議を命じられぬ？」

嶋足は首を捻《ひね》った。

「おぬし、まったくなにも知らんのだな」

天鈴は呆れた。

「参議は大臣、納言《なごん》に次いでの重職だぞ。階位は正四位下《しょうしいのげ》以上となっていても、任官されるには厳しい条件がある。左右大弁《さゆうだいべん》、中衛中将《ちゅうえのちゅうじょう》、左中弁《さちゅうべん》、式部大輔《しきぶのたいふ》の五官のうち、どれか一つを無事に務めた者。五ヵ国以上の国司《こくし》を歴任した者。そして現在の階位が三位《さんみ》に達した者。そのいずれかの資格が満たされておらねば、どんな人物であろうと参議にはなれぬ。奈良麻呂の長く務めている兵部卿は参議の道に直結せぬのだ。国司の歴任数も足りぬ。位とて正四位下では無理だ。たとえ降格であっても右大弁を務めなければ参議になれぬ理屈なのさ。それで引き受けた」

「なるほど」

「なるほどではない。それが帝の本心であるなら奈良麻呂の位を三位に引き上げてやればよかろう。たった二つの昇進に過ぎぬ。参議の座をちらつかせて兵部卿から追いやる策に決まっておろう。右大弁は参議の決定に従わねばならぬ役目。これで奈良麻呂の内裏における権勢は無に等しくなった。参議の大半は仲麻呂の息のかかった連中だ。逆らえばあっさりと解任されて無官の身となる。つくづく奈良麻呂というやつは駄目な男だな。慎重というよりも腰抜けよ。仲麻呂の策と分かっていながら、無理に帝の言葉を自分に信じさせているのだろう。血の繋がりがあるからには、いつか返り咲けると思っているのだ」

「…………」

「新たに兵部卿を命じられた石川年足《いしかわのとしたり》は仲麻呂の同調者。兵部大輔《ひょうぶのたいふ》に抜擢されたのはおなじ大伴一族でありながら古麻呂と反目する大伴家持。仲麻呂の子飼いとも言える文室大市を弾正台《だんじょうだい》の尹《かみ》に据えた。他に刑部卿となったは池田王。この顔ぶれなら仲麻呂の思いのままになる。疑い程度で奈良麻呂を捕らえ、死罪を申し付けることとてたやすい」

「かも知れぬ」

嶋足は溜め息を吐いた。

「小野東人も備前守を解任されて無官となった。賀茂角足も紫微中台《しびちゅうだい》から外されて遠江守《とおとうみのかみ》に任じられた。ただの解任にしなかったのは仲麻呂もさすがに外聞を憚ったのであろう。直属の部下に裏切られていたとなると今後に影響を及ぼす。ある程度予測していたとは言え、見事の一言に尽きる。これではもはや奈良麻呂一派は手足をもがれたも同然だ。古麻呂にも陸奥への出立を迫っているとか。軍事の中心にある古麻呂を失ってしまえば奈良麻呂に打つ手はなくなる。なにかをしようにも、今度はあの禁令がものを言う。些細なことで奈良麻呂側が封じ込められる。完敗だな」

「政で解決したとは、いかにも仲麻呂さまらしい。おぬしは不満かも知れぬが、俺はこれでよかったと思う。もはや戦さにはなるまい」

反旗を翻《ひるがえ》しても無駄な情況となっている。嶋足の役目は終了したも一緒だ。

「ところが……そうはいかぬ」

天鈴はにやにやと笑って、

「面白い噂が耳に入っている」

「と言うと？」

「忠節より聞き出した。忠節は当然のこととして豊成が帝に注進するものと考えていた。なのに豊成は弟の仲麻呂に用心しろと伝えただけで、表立った動きをなに一つ取らぬ。実際に帝へ謀反の噂を訴えたのは仲麻呂と手を握っている巨勢堺麻呂《こせのせきまろ》と申す男だ。結果はおなじことになったが、どうも不思議だと忠節が言人に洩らした。それで調べたら……」

「なにか不審でも見付かったか？」

「豊成の三番目の倅の乙縄《おとただ》が、どうやら奈良麻呂とつるんでいるらしい」

「まさか！」

嶋足は啞然となった。

「大した繫がりではあるまい。これまでの調べで突き止められなかったのだ。美しい女でもあてがわれて豊成や仲麻呂の動きをそれとなく聞き出されている程度であろう。女好きとの噂がある」

「なにがなにやら分からぬな」

嶋足はほとほと呆れ果てた。

「豊成は倅の行状を薄々感じ取っていたに違いない。それゆえ帝に注進できなかったのだ。そこで弟の仲麻呂にだけ用心を促した」

「確かに」

「豊成は仲麻呂にこれを公にせぬよう懇願したのではないか？　だから仲麻呂は別の人間を使って帝に噂を伝え、奈良麻呂らが罪にならぬよう手緩《てぬる》い処置を施した、と俺は見る。豊成の倅さえこれにからんでいなければ仲麻呂はきっと奈良麻呂一派を捕らえていたはずだ。一族の名を汚《けが》したくなかったのだ」

「…………」

「これで無事にことを収めたものの、仲麻呂ははらわたが煮えくり返る思いであろう。せっかく網に追い込んだ魚を目の前でむざむざ逃したようなものだからな。奈良麻呂が今の苦境に甘んじて新たな動きを取らねば、もはや仲麻呂といえども手が出せぬ。第一、豊成が許すまい。下手をすると奈良麻呂の口から倅の名が飛び出す。あるいは奈良麻呂もそれを承知でやすやすと右大弁への異動を受け入れたのかも知れん」

「するとどうなる?」

嶋足は身を乗り出した。

「なんとか奈良麻呂を封じたものの、仲麻呂の気が済むまい。ただの反目なら許しもしようが、奈良麻呂は自分を殺そうと画策していた男だ。それに甥がからんでいたのだぞ。絶対に許すはずがなかろう。その怒りは兄の豊成にも当然向けられる。だが、兄は右大臣。奈良麻呂などより遥かに強大だ。帝も豊成となると慎重にならざるを得まい。噂ぐらいで右大臣を解任すれば国が傾く恐れとてある。俺が仲麻呂なら今こそ奈良麻呂の決起を望むな。現実に兵が動けば豊成とてどうにもできぬ。あとは仲麻呂の思い通りになる。謀反を起こした奈良麻呂に倅が荷担していた罪で豊成すら追いやることができよう。それが真実《まこと》と分かればだれ一人として豊成に同情せぬ」

「実の兄まで葬り去ると言うのか！」

「悪いのはどっちだ？　暗殺の企てに加わっている倅を庇《かば》う兄の方ではないか」

「いったい、なにが言いたい？」

額の汗を拭きながら嶋足は質した。

「日取りを探りだすどころの手柄ではない。奈良麻呂をその気にさせれば、とてつもない昇進に与《あずか》る。仲麻呂にとっておぬしは救いの主と映るであろう」

「馬鹿を言うな！」

嶋足は激しく拒んだ。

「懐ろに潜り込んで様子を窺っていることさえ心苦しい。ましてや戦さを唆《そそのか》すなど……苅田麻呂さまとて望んではおらぬ。そもそも、今の情況では奈良麻呂さまも動きはすまい」

「臆したか？」

「違う！　武者の道に外れると言うのだ」

「蝦夷の道はどうだ？」

「これと蝦夷がどう関わっている?」

嶋足はぎろりと睨み付けた。

「おぬしはまだ分かっておらぬらしい」

天鈴は大仰《おおぎょう》な溜め息を吐いて、

「あの大伴古麻呂が鎮守府将軍として陸奥へ下向《げこう》するのだぞ」

「古麻呂さまはなにもせぬと約束された」

「それはこれまでの話に過ぎぬ。仲麻呂を葬ることを第一としていたからだ。だが、情勢は変わった。奈良麻呂が身を退《ひ》き、東人も無官の身となっては古麻呂一人でなにもできぬ。その上、自分に逆らっていた家持が兵部省の中枢にある。古麻呂が生き延びる道は内裏への忠誠しかあるまい。鎮守府将軍にとって内裏への忠誠を示す道は蝦夷の鎮圧だぞ。それ以外になにがある? 陸奥守は平穏を保てばよいだけだが、鎮守府将軍は違う。力で威圧するのが役目なのだ。古麻呂と身近に接して、あの男の性質を多少は知ったであろう。人を傷付けぬ優しい男なら、仲麻呂の館を襲うような企てをせぬ。それは陸奥守の佐伯全成も一緒だぞ。断言してもいい。古麻呂と全成が組めば陸奥がずたずたにされる。手柄を立てて都に戻ろうとする」

言われて嶋足は唸った。

「奈良麻呂一派で一番残忍な男は古麻呂。それはおぬしが俺に言うた言葉ぞ。そんな男を陸奥に送り込んで平気か？」

「いや……それは」

嶋足は大きく肩で息を吐いた。

「都でなにがあろうと知ったことではない。だが、陸奥に古麻呂はやれぬ。帝の命すら奪おうとした男だ。蝦夷の命など虫けらより軽いと見ている。都を追われた鬱憤《うっぷん》晴らしになにをされるかと思えば寒気がする」

「いかにも……頷ける」

嶋足も認めた。

「防ぐ方法は一つしかない。古麻呂が陸奥へ下る前に決起させることだ。それでおぬしも大手柄を立てられる。躊躇しているときではなかろう。蝦夷のためと思って働け」

「本当に蝦夷のためになるか？」

「なる。おぬしがここで身を退いたとしても、どうせ何年か後には仲麻呂と豊成の間で兄弟同士の戦さが起きよう。早いか遅いかの問題だ。しかし、そのときには古麻呂の手によって多くの蝦夷の命が奪われている。それを考えてみてくれ」

「もう充分だ」

嶋足は天鈴を遮《さえぎ》って頷いた。

「断じて大伴古麻呂を陸奥へはやらぬ」

嶋足は命を捨てる覚悟をつけていた。

三

古麻呂の館《たち》からは遠くより眺めても慌ただしさが伝わってきた。陸奥へ下向すれば最低でも三年は戻って来られない。その荷造りのついでに館の掃除をしているらしかった。庭には塵芥《じんかい》を燃やしていると思われる煙が上がっている。多くの者たちが門を出入りしていた。いよいよ古麻呂も決心を固めたと見える。

門を潜ると荷造りの指図をしていた郎党が気付いて駆け寄って来た。

「古麻呂さまはおいでになられまするか」

嶋足は古麻呂の陸奥下向の別れに参った、と伝えた。郎党は頷いて奥へ案内した。

小さい部屋に通されて待っていると、乱暴に床を踏む足音が近付いた。

「ほほう。よくもぬけぬけと顔を見せた」

それは多麻呂だった。奈良麻呂に命じられて手伝いに来ていたのだろう。多麻呂はどっかりと嶋足の側に腰を落とした。

「それとも、まこと陸奥に出立する気があるかどうか見届けに来たか」

「なんの話をしている」

嶋足は多麻呂を見据えた。

「こたびのことはうぬの密奏ではないかと睨んでいるのだ」

「言うに事欠いて、まだそれを」

嶋足は不愉快そうに言い放った。

「俺の様子をずうっと見張っていたのはだれだ？　おぬしの部下をたびたび見たぞ」

「…………」

「衛士府に入った噂を教えてやる。奈良麻呂さまと古麻呂さま、それに東人さま方がしばしば寄り集まって不穏な談合を重ねているらしいと訴えたのは医者だ。それも豊成さまにな。豊成さまはお信じにならなかったとか。それでも気になされて仲麻呂さまに耳打ちなされた。そこから火がついた。おぬしとてそれくらいの調べは済ませているだろう」

嶋足の言葉に多麻呂は無言だった。

「俺はその医者の名すら知らぬ。その医者は俺と関わりのあるお人なのか？　むしろ教えてくれ。衛士府で自慢できる」

うーむ、と多麻呂は嶋足を睨んだ。

「俺が言ったとしたなら、この程度では済まぬぞ。衛士府の調べだ。もはや噂ではなくなる。必ず皆様方が厳しい詮議を受けていたであろう。おぬしなど今頃ここにおられぬさ」

多麻呂はぎょっとした。嶋足の言葉に一理あると悟ったようだった。

「俺も馬鹿ではない。俺が密告したものなら二度とこの辺りに近付かぬ。目的は果たしたのだ。なんでこれ以上危ない橋を渡る？」

「それもそうだな。うぬとて俺の腕を知らぬわけがない。どうやら俺の考え過ぎか」

多麻呂の肩から力が抜けた。

「参れ。古麻呂さまがお待ちだ」

多麻呂は溜め息を一つ吐いて立ち上がった。

古麻呂は昼から酒を呑んでいたようで荒れていた。それでも嶋足の顔を見ると笑いを浮かべて側へ手招いた。

「情けないことになりおった。奈良麻呂があれほどだらしなき男とは思わなんだ。お陰で陸奥に出立せねばならぬ。この多麻呂も連れて行く。どうじゃ、おぬしも一緒に来ぬか。おぬしのように陸奥に詳しき者を配下に加えれば楽になる。悪いようにはせぬぞ」

古麻呂は杯を嶋足に差し出した。

「ありがたきお言葉ながら、陸奥にお供いたしましても先行きがござりませぬ」

嶋足は古麻呂をしっかり見詰めて言った。

「なんじゃと？」

古麻呂の顔付きが変わった。居並ぶ者たちも笑いを止めて嶋足に目を注いだ。

「儂に従っては損をすると申すか！」

いきなり古麻呂は杯を投げ捨てた。

「返答次第によっては許さぬぞ！」

「お叱りを覚悟の上でまかり越しました。お館《やかた》さまはこたびのこと、これで決着がついたとお考えにござりまするか？」

「もう奪われるものはなにもあるまい。奈良麻呂は参議などになれぬ。仲麻呂の勝ちだ。儂とて諦《あきら》めて陸奥へ行くのじゃ」

「手緩《てぬる》き処分とは思われませなんだか？」

嶋足はさらに質した。

「もしお館さまが内相《ないしょう》のお立場であればいかがいたしました？　噂に過ぎぬとは申せ、お命を縮めんと画策した相手にござります。罪を問わずに力を封じるだけでご安心なされまするか？　それほど内相はお心の広いお人にござりまするので？」

嶋足の言葉に皆は顔を見合わせた。

「なにか掴んでおるのか？」

不安の色を浮かべて古麻呂は訊ねた。

「こたびの寛大なご処置は右大臣のご子息さまが怪しき振る舞いをなさっていたゆえのことに過ぎませぬ。ここで騒ぎを大きくいたせば藤原にも火の粉がかかって参ると案じたまでのこと。そこでとりあえずは奈良麻呂さまのお力を封じ込め、頃合を計って一掃いたす所存にござります」

「それはまことか！」

古麻呂は見る見る青ざめた。

「右大臣のご子息さまを都より遠ざけ、皆様方と無縁としてから粛清に取り掛かる策と見ました。茨田麻呂さまとて手前とおなじ見方をしております。内相がお館さまに陸奥へ急げと促しますのも、その狙いがあってのこと。内相が一番恐れているのはお館さま。奈良麻呂さまから切り離し、孤立させる肚と見て間違いありますまい」

「そうして奈良麻呂の首を刎《は》ねる気か」

古麻呂は拳《こぶし》を作って床を叩きつけた。

「読めた。読めたぞ。いかにも嶋足の申す通りじゃ。あの仲麻呂がこれくらいで安心するはずがない。儂が都にいてはいつまでも枕を高くして寝られぬ。儂を追いやっている隙に奈良麻呂や東人らを誅《ちゅう》し、次に儂の首を刎ねる気でおるに違いない」

古麻呂は怒りに肩を震わせた。

「茹田麻呂さまもあまりのご仕打ちに嘆かれておいでです。お身内に関わりのある者がおるゆえに処罰を寛大にするなど言語道断。それですべてを済ますのであればまだ許されましょうが、ほとぼりを冷ました上で新たな責めを加えるとなると、人の所業にあらず。政も地に堕ちたと憤慨しておりまする」

「茹田麻呂がそう申しているのか！」

古麻呂の顔が綻《ほころ》んだ。

「お立場上、なにもできぬと悲しんでおられます。ただ……なにもできぬとのお言葉を逆に取れば、内相の命令にも従わぬということになりましょう」

「儂がなにを行なったとて衛士府は見過ごすという意味じゃな」

古麻呂の目が輝いた。

「そこまでは手前の口から申し上げられませぬが……まさかの折りには都を留守にしたいものだと申しております」

「分かった。皆まで言うな。儂も苅田麻呂には決して迷惑をかけぬ。苅田麻呂の言い分も当然じゃ。衛士府を預かる身でありながら不穏を取り締まらぬとなればあとで危うくなる。だが、都を離れていればだれからも文句は言われぬ。そういうことであろう」

「恐らく……手前の推量かも知れませぬが」

嶋足は笑顔で頷いた。

「かたじけない、と苅田麻呂に申せ。この古麻呂が頭を下げていた、とな。約束しよう。まさかの折りには苅田麻呂が都を留守にできるように取り計らう。衛士府が動かぬと分かれば万の味方を得たも一緒だ。それを待っていた。仲麻呂の館など二百の手勢でこと足りる。奈良麻呂が躊躇したとて儂がやる。死ぬか生きるかの境目じゃ。ここで引けば一生の悔いとなろう」

おお、と皆が膝を立てた。

「内相とて――」

嶋足は声を張り上げた。

「そこに抜かりはありませぬ。ことにお館さまのお動きには目を光らせております。迂闊にことを運べば失敗いたします。やはりここは一度都を出られて安心させるのが得策と存じます。都に残るは奈良麻呂さまと東人さまばかり。内相も必ず油断いたしましょう。そこに取って返して不意を衝《つ》けば……」

「できる。勝利は儂のものだ」

古麻呂は甲高い笑いを発した。

「その策なら奈良麻呂や東人も頷く。手勢の数が四百には膨らむぞ。仲麻呂の館を守るは多くて三百とおるまい。仲麻呂の首を刎ねたら右大臣を我らの頭に頼む」

「右大臣が頷きましょうか？」

嶋足は首を捻った。

「倅のことを言い立てれば我らに荷担するしかなくなる。実の兄が我らの決起を承認すれば他の者らも従うしかあるまい。その上で女帝の退位を促す。新帝には塩焼王《しおやきおう》、安宿王《あすかべおう》、黄文王《きぶみおう》、道祖王《ふなどおう》の中のいずれかになっていただく。たった一日で片が付く」

興奮のあまりに古麻呂はべらべらと策を口にした。嶋足は背筋に冷たいものを覚えながらも、笑顔を崩さずに聞いていた。

「仲麻呂も儂が都を出立して二日や三日では警戒を緩めまい。やはり五、六日が過ぎねば安堵せぬ。儂が陸奥へ出立する日は七日後。それに五、六日を加えればこの月の末か、次の月の頭辺りが仲麻呂の命の尽きる日となる」

古麻呂は計算してさらに笑いを発した。

「多麻呂、そちは奈良麻呂の館に戻って今のことを報告いたせ。東人や佐伯古比奈にも密かに会って策を詰めよ。ここで臆すれば命を失うことになると叱りつけるがよい」

多麻呂は嬉々とした顔で頷いた。

「そちの方は……」

古麻呂は嶋足に目を移して、

「ことが成るまで我らに近付くな。衛士府の者が我が館に出入りしていると仲麻呂に伝われば、そこを手繰られて露見せぬとも限らぬ。決起の日取りは追って知らせる。楽しみに待つがよい。やはり丸子の運が儂に回って来た。成就の暁には褒美は望むがままぞ」

ははっ、と嶋足は頭を下げた。横目で嶋足は多麻呂を覗いた。多麻呂の横顔にもはや嶋足への疑いは微塵も感じられなかった。

四

「なれど……心が塞いでおります」

嶋足の報告を得て苅田麻呂は半身を浮かせた。小躍りしそうな喜びようであった。

「でかした！」

嶋足は本心を打ち明けた。

「戦さを防ぐ役目にありながら、むしろ戦さを助長することになるとは……」

「いずれおなじことになった。仲麻呂さまがあのまま許すわけがなかろう。追い詰められればもっと大きな戦さになる恐れもある。四百程度で決起するとあれば未然に捕らえることができる。また、たとえ攻めて来たとて衛士府の千二百の兵力を動員すれば封じ込められる。その日を境にして都に平穏が戻る。そなたが気にすることではないぞ。もともと決起の日取りを探れと命じたのは儂だ。もし詮議の最中に古麻呂さまがそなたの名を口にしたときは儂が責任を持って潔白を申し開く。すべては都の安泰を願ってのこと。だれ一人としてそなたを責めはせぬ」

「仲麻呂さまにご報告をいたす方がよろしいのでしょうか？」
「決起の当日まで言わぬ方がよかろう。ここで仲麻呂さまに身勝手な動きをされれば苦労が無駄となる。これが最後の機会だ。儂とそなたの二人だけでことを進めよう」
「承知いたしました」、
釈然としないものを覚えながらも嶋足は平伏して苅田麻呂の前から退《しりぞ》いた。

「だんだんと分かってきたらしいの」

言人の店に立ち寄って天鈴に苅田麻呂とのやり取りを伝えると、天鈴は笑った。

「苅田麻呂は仲麻呂の命すら案じておらぬのさ。確かにおぬしの得た情報を仲麻呂に伝えればどう転ぶか分からなくなる。仲麻呂とて命は惜しかろう。むざむざと決起を待つ度胸はあるまい。衛士府に命じて即座に奈良麻呂一派の捕縛を行なうかも知れぬ。それではまた半端になってしまう。末端の者まで一掃できぬ。苅田麻呂の言い分に間違いはない。だが、仲麻呂を大事と思っていれば、それよりも身の安全を図ろうとする。つまり、苅田麻呂にはどっちでもいいのさ。これで万が一、仲麻呂が死んだとしても致し方ないと考えておろう。奈良麻呂の兵さえ鎮圧すれば苅田麻呂の目的は達せられる。苅田麻呂の手柄となる。ましてや豊成と仲麻呂との間に反目があるらしいと知ってはなおさらだ。仲麻呂を殺されたところで苅田麻呂が右大臣から責められる恐れもなくなった。のびのびとやれる」

「手柄など当てになされるお人ではない」

それだけは嶋足も信じていた。

「出世を拒んで衛士府に残っているお人だ」

「なれば正義であろう」

天鈴は嘲笑《あざわら》った。

「それこそ始末に悪い正義だな。自分一人が正しいと思っている。そういうやつが国を滅ぼすのだぞ。仲麻呂すら殺されたとて構わぬと信じている。正義のためなら可愛い部下のおぬしが殺されても平気であろうよ」

嶋足は押し黙った。

「鮮麻呂《あざまろ》なら違う。あいつなら自分で古麻呂らに近付こう。また、可愛い部下を守るためになら己れの正義も捨てよう。それが人の生き死にを預かる者のすることだ。自分はなに一つ手を汚さずに正義を口にされては部下が従わぬ。おぬしだから保《も》っているだけだ。いい加減に苅田麻呂を見限れ。あいつが今度のことでなにをした？　なにもせずに衛士府でおぬしの報告を待っているだけではないか」

「その苅田麻呂さまに従えと勧めたはそなたであろう」

「ああいう男とは知らなかった。気付いたゆえに、離れろと言っている」

「俺の考えなど無用と言うか？」

さすがに嶋足は憮然となった。

「むきになるな」

天鈴は苦笑いして、

「苅田麻呂の態度がおかしいと最初に言い出したのはおぬしの方であろうに」

「…………」

「先手を打つのが肝要だぞ」

天鈴は真面目な顔で嶋足に言った。

「だれに対しての先手だ？」

「苅田麻呂にさ」

「冗談を言っている場合ではない」

「苅田麻呂に任せておけば間違いなく戦さになる。苅田麻呂は決起の後に奈良麻呂一派を封じる策と見た。苅田麻呂にとってはどうでもいい問題であろうが、それでもし仲麻呂が殺されれば一大事。我らの辛苦が報われぬ。豊成はおぬしの手柄を認めてくれまい。ここはなんとしても仲麻呂に生きて貰わねば困る。そのためにも決起の直前で防ぐ必要があろう。当日であれば決起の証拠も揃っている。たとえ実行に移さずともおなじ結果となるはずだ。奈良麻呂らに言い訳の余地はない」

「それはそうだな」

嶋足も認めた。

「当日には古麻呂からの連絡があろう。そうしたらおぬしは苅田麻呂とともに都を離れろ。あとは俺が引き受ける。信用できる者を選んで仲麻呂へ決起の注進をさせる。仲麻呂は慌てて奈良麻呂一派を捕らえにかかる。それで全部が片付く。決起前なら衛士府の力がなくても仲麻呂でなんとかできよう。苅田麻呂が都へ戻る頃には始末がついているということさ。注進した者からおぬしの名を耳にすれば仲麻呂はおぬしの手柄と認めてくれよう」

「それでは俺が苅田麻呂さまに叱られる」

「戦さで何百の兵が死んでも構わぬのか」

「…………」

「苅田麻呂はそれをさせようとしているのだ。仲麻呂の勝ちは決まっている。それなら無駄に兵を殺させることもあるまい。そう苅田麻呂に言え。正義を重んじる苅田麻呂なら、そう言われて叱るはずがなかろう。叱るようなら正義ではない。手柄欲しさのためと定まる」

しばらく考えて嶋足は頷いた。天鈴の言う通りである。

「俺はだれのために働いているのか……」

嶋足は混乱の極みに達していた。

「蝦夷のためと言うたであろうが」

天鈴は一喝した。

五

古麻呂は郎党四十人を従えて陸奥へ出立した。いよいよ決起の日が間近であろう。嶋足は緊張の何日かを過ごした。

奈良麻呂の使いが嶋足の家を訪れたのは古麻呂が都を出て五日目の夜明け前だった。

すなわち七月の二日である。

男はそっと庭から忍び込んで嶋足の寝ている部屋に侵入した。嶋足は飛び起きると刀を手にして身構えた。まだ部屋の中は暗い。

「さすがだな。寝首も掻けぬ」

使いは多麻呂だった。

「なぜ庭から先に声をかけぬ」

寒気を感じつつ嶋足は問い質した。一瞬だが多麻呂に殺気を覚えたのである。

「衛士府の者でも他に泊まっておれば殺す気で踏み込んだ。明日は大事の日だ」

多麻呂は当たり前のように言って嶋足の前に胡座《あぐら》をかいた。

「大事の日とな」

嶋足の胸の鼓動が早まった。

「弓守《ゆもり》を起こして白湯《さゆ》でも沸かさせよう」

心の乱れを気付かれぬように嶋足は言った。

「要《い》らぬ。お館さまの言葉を伝えたら直ぐに戻らねばならぬ。今日は忙《せわ》しない。実を申せば昨夜から寝ておらぬ。貴様が羨ましい。呑気に眠っていられるだけありがたいと思え」

多麻呂は声を低めて笑った。

「今宵の夕刻に苅田麻呂を伴って額田部《ぬかたべ》の賀茂角足さまのお館に泊まりに参れとのこ

とだ。暑気払いの酒宴を催す」

「俺と苅田麻呂さまだけか？」

賀茂角足の名が出て嶋足の身が引き締まる。

「中衛少将《ちゅうえのしょうしょう》の高麗福信《こまのふくしん》さまと巨勢苗麻呂《こせのなえまろ》さまも参られる手筈となっている」

「中衛府も遠巻きにするということか！」

二人の名を聞いて嶋足は絶句した。いずれも武勇で都に知れ渡っている者であった。

「奈良麻呂さまはおぬしに兵の纏《まと》めをして貰いたがっていたが俺が断わった」

多麻呂は薄笑いを見せて、

「貴様が側にいると落ち着かぬ。それで賀茂角足さまのお館に行って貰うことにした」

「古麻呂さまはどうしておられる？」

「夜の闇に乗じて都に舞い戻る。こちらの兵力は四百と少し。東人さまをはじめとして多くのお方が荷担してくだされた。密告でもない限り明朝の我らの勝ちは動かぬであろう。のんびりと酒でも呑んで勝利の報告を待て」

多麻呂は腰を上げた。

「延期はあるまいな」

嶋足は多麻呂に念押しした。

「延ばせば苅田麻呂さまのお心が動く。額田部まで足を延ばして無駄となれば責任が持てぬ。昼過ぎにもう一度連絡をくれ」

「できぬ。安心しろ。古麻呂さまはすでに都へ向かっている。後戻りはできぬ」

多麻呂はしっかりと請け合った。

「内相の館《たち》の様子は調べてあるのか？」

「そこに抜かりはない。一昨日までは三百近い兵を揃えて警護を固めていたが、昨日より半分以下に減らしている。おぬしの言った通り古麻呂さまが陸奥へ向かったと見極めて安堵したのであろう。その数なら半刻《はんとき》と保《も》つまい。仲麻呂ばかりか大炊王の首を刎ねることもできよう。女帝が館にあればもっと面白いの。面倒を一気に払うことができる」

「帝のお命まで奪う気か！」

「一つも二つもおなじだ。どうせやるなら徹底してやると奈良麻呂さまもお覚悟を決められた。俺もその方がいいと思う。死んでしまった帝に忠誠を誓う者などおるまい」

からからと多麻呂は哄笑《こうしょう》した。

「しかし……おらぬであろう。帝が館にあれば警護の兵を減らしはすまい。仲麻呂の首で我慢せねばなるまいの」

嶋足は内心で安堵の息を吐いた。

「美濃麻呂さまの様子が少し怪しい」

思い出したように多麻呂が口にした。

「おぬしが集まりに出ぬことをしきりに案じている。よほど頼りにしているのか……それとも俺が睨んだ通りの男なのか」

「どう睨んだ？」

「意気地無しということよ。ああいうお人が危ない。最後の最後まで心がふらつく。奈良麻呂さまも分かっておられるようで、昨夜より奈良麻呂さまのお館に留め置いている。万が一裏切られてはことだからな」

吐き捨てるように言って多麻呂はまた庭から姿を消した。

〈どういう意味だ？〉

嶋足は多麻呂の言葉を反芻《はんすう》した。

自分を疑っていると見えるのだが、その割には大事を軽々と打ち明ける。もしも嘘なら逆に美濃麻呂のことを口にするわけがない。

嶋足は困惑していた。

〈美濃麻呂さまに確かめても無駄ということか……〉

嶋足は思い付いた。多麻呂の言葉の確認を防ごうとしたのであろう。とすればやはり怪しい。あるいは美濃麻呂がすべてを白状したとも考えられた。

〈明朝と教えて油断させる肚《はら》では？〉

嶋足の額にどっと脂汗が噴き出た。

風雲急

一

多麻呂《おおまろ》の監視のないのをしかと見極めてから嶋足《しまたり》は言人《ことんど》の店に走ると天鈴《てんれい》に報告した。早朝に叩き起こされた天鈴のぼんやりとした目がやがて少しずつ鋭さを取り戻した。

「どう思う？」

ざっと話し終えた嶋足は質した。

「信用しておらぬようだな」

天鈴はにやにやとして白湯を啜《すす》った。

「多麻呂にしては喋り過ぎだ。それがまず気になった。美濃麻呂《みのまろ》さまが怪しいと盛んに口にしていたが、それなら美濃麻呂さまの館《たち》に出入りしていた俺にも疑いを向けるのが当たり前と言うものだろう。なのに古麻呂《こまろ》さまの動きとか、帝を殺《あや》めるのも辞さぬなどと平気で打ち明ける。もともとその程度の愚か者なれば見過ごすところだが……あの多麻呂は違う。一番の切れ者と見ている」

「いかにも。少なくともおぬしよりは先を見る目を持っていそうだの」

天鈴は笑いを崩さずに言った。嶋足は鼻で笑って続けた。

「俺だけが邪魔なら襲ってきたはずだ。今朝はまったく不意を衝《つ》かれた。やり合っていたら必ず殺されていたに違いない」

「…………」

「となると、狙いは一つと見た。俺を用いて苅田麻呂《かりたまろ》さまの動きを封じ、さらに仲麻呂《なかまろ》さまを油断させるための策」

「攻撃を明朝と思わせて、今夜にでも仲麻呂の館を攻める気でいるということか」

天鈴も頷いた。

「なんとしても確証が欲しい。俺の考えが当たっているなら古麻呂さまはすでに都に一歩という場所まで戻っているはずだ。反対に明朝の攻撃であれば少なくとも夕方までは都に近付こうとはすまい。万が一見咎《みとが》められれば策が崩れる。古麻呂さまが今どこにいるかでおおよその見当がつく」

「よし。都に入る道筋をすべて調べさせる。馬を使えば昼前にも答えがでよう」

天鈴は緊張を取り戻して請け合った。

「しかし、だ」

天鈴は嶋足を見据えて、

「今夜の襲撃と決まった場合、おぬしはどう動くつもりだ。それをまず聞きたい」

「今夜となるとのんびりしてはいられぬ。手遅れになれば一大事。やはり苅田麻呂さまにご報告して衛士府《えじふ》の力で防ぐしかあるまい」

「それなら手助けは考え直す」

天鈴はあっさりと撤回した。

「この期に及んでも決心がついておらぬ者となど組む気はない。勝手に調べればよかろう」

「俺にどうせよと言うのだ！」

嶋足はどんと床を叩いた。

「いまさらなんの決心だ」

「衛士府を動かすのは苅田麻呂。それではおぬしの手柄とはならぬ。多少危ない橋を渡ってもおぬしの手柄となるよう仕向けねばなるまい。そういう約束だぞ。なのに相変わらず苅田麻呂への忠誠か？　いいさ。もうなにも言わぬ。このまま衛士府へ行け。行って苅田麻呂にいそいそと報告するのだな。それで不穏は避けられる。苅田麻呂とて今夜と知ればおぬしの望み通り兵を繰り出して鎮圧に回る」

「どんな策がある！　なれば教えてくれ」

嶋足は声を荒らげて、

「俺は信用されておらぬ疑いが濃いのだぞ。それでぎりぎりまで様子見すれば後手に回される。もし仲麻呂さまが殺められれば終《しま》いだ。手柄も糞もあるか！」

「様子見をしろとは言っておらぬ。それなりの手はこちらが打つ。ただ、苅田麻呂は動かすなと言うておる。衛士府が妙な動きを取らねば奈良麻呂も安堵して今夜の襲撃の準備を続けるであろう。多麻呂はきっと衛士府の監視をしている。俺ならそうするな。敵が恐れているのはおぬしではない。千を超す衛士府の兵力ではないか」

天鈴の言葉に嶋足は詰まった。

「衛士府が少しでも怪しい動きを見せれば奈良麻呂たちは日延べにかかる。賭けてもいい」

「しかし……陸奥へ向かったはずの古麻呂さまを都近くで捕らえたら動かぬ証拠とな

る」

「恐らくそれも嘘と見た」

「嘘？」

「決起のために古麻呂という旗印は必要であろうが、古麻呂はわずか四十の手勢しか引き連れておらぬ。その上、いつ都に戻るか知れぬ古麻呂を待っていては好機を失う恐れもでてくる。第一、奈良麻呂は四十の兵を当てにせねばならぬような策に乗らぬ。そんな度胸はない。とっくに四百の兵を集めているに決まっている。古麻呂の役目はむしろ襲撃に成功してからの都の制圧と見るのが妥当だ。多麻呂が古麻呂のことを口にしたのはおぬしに襲撃を信じ込ませるために過ぎぬ」

有り得る、と嶋足は唸った。

「おぬしは多麻呂に言われた通り、苅田麻呂を誘って賀茂角足《かものつのたり》の館へ参れ」

「なんだと！」

嶋足はさすがに青ざめた。

「それしか奈良麻呂らを信用させる手はない」

「敵は信用しても、苅田麻呂さまは変に思うであろう。なんと言って誘うのだ？」

「間抜けのふりをするしかあるまいな。どうせ賀茂角足もただの暑気払いで押し通す。襲撃の日時が近付いたのでおぬしや苅田麻呂が信用に値する者かどうか確かめんとしているのではないか、と言えば苅田麻呂も頷いて従おう。角足の館は都から遠く離れている。その途中で不審を苅田麻呂に打ち明けろ。万が一を案じて仲麻呂に今夜おぬしらが誘われたことを報告してあるとでも言えばいい。苅田麻呂とて文句は言うまい。大事を取るに越したことはないのだからな。それで苅田麻呂を欺いたことにはならぬ」

「苅田麻呂さまが都へ引き返すと申されたときはどうする？」

「勝手にさせろ。それまでにはすべて片付いている」

「どう片付けるつもりだ？」

「今夜の角足の館での暑気払いに中衛少将の高麗福信《こまのふくしん》も招《よ》ばれていると言ったであろう」

言われて嶋足は頷いた。

「高麗福信は実直な男だ。そうでなければ帝の側近にはなれぬ」

中衛府は天皇の直接の警護を受け持つところで、のちに成立した近衛府《このえふ》とほぼ同等の役目を果たしている。事実、やがてこの二つは統合され、新たに右近府《うこんふ》、左近府《さこんふ》と改編させられた。その少将となると位よりも信任が重視される。

「そんな大物を奈良麻呂一派が簡単に味方に引き入れられるわけがなかろう。となると間に立つ者が必ずいる」

「心当たりがあるのだな」

天鈴の笑いを見て嶋足は察した。

「もう一つ裏を読めずにいたが、小野東人《おののあずまんど》の館にしばしば出入りする中衛府の舎人《とねり》がおる。恐らくあの者が仲立ちをしているに相違ない」

「なんという者だ?」

「教えたとておぬしは知るまい。確か従八位《じゅはちい》辺りの下っ端だ」

「それなら俺と変わらぬ」

嶋足は天鈴の言い種に苦笑いした。

「ただし、あの者の真意は摑めぬ。本心から奈良麻呂一派に取り入ろうとしているのか、あるいは高麗福信に命じられて奈良麻呂の動きを探り出そうとしているのか……」

天鈴は舌打ちして、

「なかなか尻尾をださぬ男でな。言人も判断を下せずにいた。従八位程度の男ではどうせ知れていると見て俺も放っておかせた。なれど角足の館に高麗福信が招かれているとなると話は違ってくる。他に高麗福信と繋《つな》がる者は見当たらぬ。やはり福信が送り込んだ配下と見做してよさそうだ。密接な繋がりなくして舎人ごときが少将を動かせるはずがない。危ういところだったな」

「なにが？」

「このままでは手柄をその男に横取りされるかも知れぬということよ。思えば当然だ。仲麻呂ほどの策士がおぬし一人の調べに安心するわけがない。高麗福信に手を回して中衛府にも密かな探りを入れさせていたのだ」

「確かに」

「呑気に構えているときではない。これから直ぐにあの男の寝込みを襲おう」

天鈴は刀を手にして立ち上がった。

「訪ねてなんとする？」

「おぬしは苅田麻呂とともに今夜は都を留守にしてしまう。今夜が危ないと仲麻呂に伝えるだけで充分と見ていたが、本当にあの男が高麗福信の手の者なら、仲麻呂はそちらから詳しい様子を聞き出す。としたらおぬしの手柄がたちまち薄れてしまう。ここはおぬしがあの男に近付いて手駒を全部与えるのだ。そうして調べさせた上で仲麻呂に報告させれば手柄をあの男と分かち合うことになろう」

「よくもまあ……咄嗟《とっさ》に思い付く」

嶋足は呆れた。

「せっかくここまで運んだのだぞ。いくら銭を費やしたと思う？　ここにきて手柄を横取りされてたまるか。あの男が小野東人に近付いたのは近頃のことだ。おぬしの報告を得てから仲麻呂が動かしているに過ぎぬ。そんな者に手柄を奪われては物部《もののべ》の恥となる。場合によってはことが済むまで閉じ込めておく」

「ふざけるな！　まこと中衛府が潜り込ませた者ならただでは済まなくなるぞ」

「奈良麻呂の仕業と見せ掛ければ問題なかろう。あらためて言うておく。今度の機会を逃せばおぬしは衛士府の大志《だいさかん》で生涯を終えねばなるまい。正念場ぞ。望みを果たさんとするのであれば、あの者を殺す覚悟すら持たねばならぬ」

「あの者、あの者と言うが、だれなのだ」

嶋足の苛立《いらだ》ちがつのった。

「上道臣斐太都《かみつみちのひたつ》と申す男よ」

「斐太都さまか！」

嶋足はあんぐりと口を開けた。いかにも中衛府に出仕していて、階位は従八位上のはずだった。嶋足より一つ下の階位だが、嶋足はつい先ほどに昇進したばかりなので、つい昔のくせがでて上に見てしまう。

「承知の者だったか」

天鈴は意外な顔をした。

「上だけを見ているから斐太都さまの名を知らなかったのであろう。内裏《だいり》に仕える兵であればたいてい斐太都さまの名を存じている」

嶋足はじろりと天鈴を見据えて、

「俺が前に勤務していた兵衛府の詰所は中衛府のそれと間近にあった。それでたびたびお見掛けした。弓にかけては中衛府一という評判ぞ。どれほど詳しいか知れぬと呆れていたが、おぬしでも知らぬことがあるのだな」

「そんなに腕の立つ男か？」

天鈴は興味を抱いた。

「でなければ中衛府の兵が斐太都さまの姿を見掛けただけで身を縮めはすまい」

「…………」

「そうか……あの斐太都さまが乗り出していたとは知らなかった。確かに斐太都さまなら立派な仲立ちとなろう。位こそ低いが上のお人らの信頼を得ている」

「その男なら……真意をどう見る？」

「むろん帝を裏切りはせぬ。間違いなく高麗福信さまの命を受けて探っておるのだ」

嶋足は断言した。

「斐太都さまなら安心して任せられる。早速に参ろう。あの方の指図で三百の中衛府の兵が動けば必ず鎮圧に成功する。俺も安堵して都を離れられるというものだ」

嶋足も勇んで立ち上がった。

二

従八位上となると最低に近い階位だが、それでも官人には違いなく、個人の屋敷を与えられている。嶋足は知らなかったが、天鈴はさすがにその場所を突き止めていた。古びた小さな屋敷で、崩れた塀から軽々と庭に入り込むことができる。

「なるほど、欲だけはなさそうな男だな」

天鈴は貧しい暮らしに苦笑いした。庭の片隅には矢場《やば》が設けられていた。狭い庭なのでもちろん規模は小さい。それでもそこだけは綺麗に掃除されている。庭にはびこる雑草と較べて目立つ。天鈴は屋敷の中を窺った。と言っても恐らく四間《ま》くらいしかない。まだ居るとしたなら、その部屋の見当は直ぐついた。

行け、と天鈴は顎で合図した。

嶋足は天鈴を庭に残して戸口へ向かった。

「ごめん。斐太都どのはおられるか」

一応声をかけて嶋足は上がり込んだ。どうせまともな訪問ではない。

嶋足は寝室と思われる部屋を目指した。

板戸を開けると出仕の用意を整い終えた斐太都が半弓を片手に胡座をかいていた。庭に踏み込んだときから察していたのであろう。

「無礼な。何者だ？」

斐太都は嶋足を睨んで一喝した。

「衛士府の大志、丸子嶋足と申します」

名乗ると斐太都に緊張が走った。

「いかに衛士府の大志と申せ、返事も待たずに入るとは礼を欠いた仕打ちにござろう」

「失礼を承知の上でお訪ねしました」

「庭に潜むのはお手前の郎党か？」

斐太都はちらりと目を動かして、

「会《お》うたことはないが、お手前の名はよく存じておる。よくぞこのあばら家に参られたと歓迎いたしたきところなれど……どうも気に入らぬ。まるで夜盗の隠れ家にでも押し込むような振る舞い。返答によっては許さぬ」

それでも弓を床に置いて言った。

「腰を下ろして構いませぬな？」

嶋足は斐太都の正面に座った。

「以前は兵衛府に出仕しておりました。そこで何度か斐太都どののお姿を見掛けており申す。手前にははじめてという気がしませぬ」

「ほう。それは光栄でござるな。嶋足どのと申せば中衛府中に名が広まっている。見事な出世にあやかりたいと皆が言うており申す」

どこまで本気か斐太都は笑った。

「今宵の賀茂角足さまの館での暑気払いの酒宴に高麗福信さまがおいでになるという噂を聞き込みました。その真偽をお訊ねしたい」

いきなり嶋足は核心に触れた。斐太都はぎょっとした顔をして嶋足を見詰めた。

「なんと申された？」

「そのご様子ではまだらしい。しかし、確かな話にござる。いずれ小野東人さま辺りよりご貴殿にも使者が参るはず」

「今宵……角足さまの館に福信さまが招かれると申されるのか？」

「さよう。衛士府の苅田麻呂さまにも同様のお誘いがござった。手前にその旨を伝えにきた使者より高麗福信さまのことも聞き及び申した。あまりに思いがけぬお名ゆえ、聞き違えかと確かめました。嘘ではござらぬ」

「………」

「宮中には不穏の噂が流れておりまする。それを知らぬ高麗福信さまではありますまい。この時期に都を離れて賀茂角足さまの館を訪れるのは奇妙。それで橋渡しをしていると思われるご貴殿に是非とも会わねばなるまいと決めた次第にござる」

「手前が橋渡しだと？」

「奈良麻呂さまの身辺にある者で福信さまの信頼を得ているお人は斐太都どのしか考えられませぬ。いきなり現われた手前がこう申したとて、直ぐには信用してくだされぬであろうが、今宵の酒宴には裏があり申す。恐らく奈良麻呂さまは高麗福信さまや苅田麻呂さまを都から遠ざけて、今宵こそことを起こす所存にござろう。それを承知の上で慎重に策を施していただきたい」

「悪いが……ちっともお手前の話が分からぬ」

斐太都は遮った。

「つまり……奈良麻呂さまは手前のことを信用しておられぬということか？」

「……？」

嶋足は身を強張《こわば》らせた。

「それでわざわざお手前を遣《つか》わして覚悟を見定めんとしているのであろうが、その心配は無用とお伝えくだされ。この斐太都、一度決めたことは貫き通す。姑息な手段を用いられては奈良麻呂さまの名が廃《すた》る。戻ってそう伝えられよ。中衛府は必ずお味方する」

「そういうお人ではありますまい」

斐太都の真意を見抜いて嶋足は微笑んだ。

「手前とて人を見る目は持ち合わせておりまする。手前をお信じくだされ。手前とて斐太都どのとおなじ役目で奈良麻呂さまに近付いた者にござる。謀反を防ぐのが大事」

「それをそのまま小野さまに伝えて構わぬのか？　もういい。帰ってくれ」

斐太都は興味を失った顔で立ち上がった。

「帰るわけには参らぬ」

慌てて嶋足は立ち塞がった。

「衛士府は動けぬ。中衛府が頼りなのだ」

「たわけたことを！」

斐太都は怒鳴り散らした。

「よくもぬけぬけと。衛士府がなんで動けぬ。都の平穏を守るのが衛士府の役目であろう」

「それゆえ衛士府には必ず奈良麻呂さまの目が光っている。迂闊な動きを見せれば即座に悟られる。ぎりぎりまで待つしかない。この機を逃せばいつまでも不穏が止まぬ。それはご貴殿とて承知にござろう。角足さまの館が都の中なれば咄嗟の対応もできようが、それもむずかしい状況だ。手前とてできるならこうして頭を下げたくはない。しかし、今となれば中衛府の働きに頼るしか道がない」

嶋足は床に膝をつけると両手を揃えた。

「ご不審はもっともなこと。なれど、この場は信じていただきたい。手前は秦多麻呂《はたのおおまろ》に疑われておりまする。ますます動きがままならぬ身。斐太都どのの赤き心を信じて、思い切ってお訪ねした次第にござる」

「このこと苅田麻呂さまもご承知か？」

それに嶋足は首を横に振った。

「苅田麻呂さまが同席せぬ限り信用できぬ。お引き取り願いたい」

斐太都は厳しい目に戻した。

「苅田麻呂さまは正義のお人」

嶋足は溜め息を吐くと口にした。

「手前は苅田麻呂さまの下で働くを誇りと感じています。されど苅田麻呂さまはこれまでのことに腹を立てておいでだ。苦労して謀反の確証を得ても上のお方《かた》らが潰しにかかる。それではいつまでも不穏が続く。苅田麻呂さまは奈良麻呂さま方が決起するまで衛士府を動かす気がない。いかになんでも実際に兵が動けば謀反を隠しようがなくなる。それを待っておいでなのだ。そのお心は分かる。手前とてそんな気になる。しかし……これが奈良麻呂さまと仲麻呂さまだけの命の取り合いで済むなら問題はないが、そこに大炊王さまや、万が一にも帝がおられればどうなる？ 雇われた兵どもにはその見分けができまい。苅田麻呂さまに背《そむ》くようで心苦しいが、やはり未然に戦さを防ぐのが一番と心得る。と申して苅田麻呂さまでなければ衛士府は動かせぬ。なにとぞ察してくだされ」

嶋足は涙ながらに額を床に擦り付けた。

「正義のお人か……」

斐太都は暗い天井を仰いで嘆息した。

「まこと、その通りだな。だれもが保身ばかりを考えている。いかにも戦さにならぬ限り、罰を与えることなどできまい」

「お分かり願えたか！」

嶋足は歓喜の顔を上げた。

「今の話、嘘ではござるまい。ご貴殿が苅田麻呂さまの命を受けて奈良麻呂さまに近付いたこと、確かに信用つかまつった」

「では！」

「お手助けしたいのは山々なれど、中衛府は動くまい。ご貴殿は勘違いしておられる」

辛《つら》い顔をして斐太都は言った。

「手前が福信さまの下知《げち》で小野さまに接近したのは隠さぬ。だが、それは謀反を突き止めて中衛府が未然に防ぐためではないのだ」

嶋足は戸惑った。

「高麗福信さまは右大臣豊成さまをいたくご信頼されている」

嶋足は絶句した。てっきり仲麻呂が探りを入れさせたと信じていたのに、豊成となれば話が異なる。

「もちろん右大臣さまのご子息が奈良麻呂さまの一派と浅からぬ付き合いをしていることは承知であろう?」

嶋足は小さく頷いた。

「それを右大臣さまは心底案じておられる。なんとか引き離そうとされたようだが、奈良麻呂さまの一派は許さぬ。当然であろう。事後に右大臣さまがどちらにつくかで情勢は一変する。向こうも必死なのだ。右大臣さまはほとほと困り果てて福信さまにご相談召《め》された。それで手前が奈良麻呂さまの動きを見定めるように命じられた。決起の日時を探り、その日ばかりはご子息を館に押し込める肚《はら》だ。そうすれば後で言い訳が立つ。勝利がどちらに転がろうと右大臣の名に傷がつかぬ」

「たったそれだけのことで!」

嶋足は唖然となった。

「たったそれだけのことだ。たまたま福信さまが中衛府の少将ということで、中衛府の動きとは無縁だ。もっとも、奈良麻呂さまの方はそう思っておるまいがの。衛士府と中衛府が襲撃を見過ごせば勝ち目が大いにある」

「すると、ご貴殿が今のことを報告したとて、なんの動きも期待できぬというわけか」

「中衛府を鎮圧に用いるには帝の認可を仰がねばならぬ。そうなれば直ぐに仲麻呂さまにも伝わる。勘に過ぎぬが、右大臣さまはそれを望んではおるまい。今の時点でもご子息さまは奈良麻呂さまとつるんでいる。謀反が鎮圧されれば次にその矛先が右大臣さまに及ぶのは必定。決起が今夜と知っても、恐らく右大臣さまによってその報告が握り潰される」

「なんということだ!」

嶋足は奥歯をぎりぎりと噛み締めた。

「国の乱れや帝のお命よりも我が身が大事か。狙われているのは己れの弟ではないか!」

「しかし、本当に今宵なのか?」

斐太都は首を捻った。

「多麻呂は明朝と申したが……たぶん手前の口からそれが仲麻呂さまに伝わると見ての策。油断させて今夜の襲撃と思われる。でなければ苅田麻呂さまを角足さまの館に招くわけがない。古麻呂さまも都近くまで戻っているらしい」

「本日、昨今の不穏についての帝のお言葉が右大臣さまによって発せられる」

嶋足は怪訝《けげん》な顔で斐太都を見詰めた。

「右大臣さまもことがなんとか円《まる》く収まるに越したことはないと考えているのだろう。手前を潜り込ませたのは最悪の事態を考慮に入れてのこと。そうでなくては右大臣が務まらぬ」

「帝のお言葉とは？」

「だれとは言わぬが、仲麻呂さまの館を襲って、仲麻呂さまばかりか帝ご自身のお命まで奪おうという計略がある。それを耳になされてお心を痛められているというお言葉だ。だが、それを突き詰めれば国が乱れる。民も不安に駆られるだろう。そこで特別に罪を許す。胸に覚えのある者は今日を限りに心を入れ替えて内裏への忠誠を尽くすように、とのことだ」

嶋足には返す言葉がなかった。

「謀反を承知で……すべてを許すだと？」

それだけをようやく口にした。

「その後、皇太后さまより主だった方々《かたがた》へ直々《じきじき》のお言葉があるとも聞いている。その席に招かれるのは奈良麻呂さまや、奈良麻呂さまに荷担なされている王族の方々」

嶋足は眩暈《めまい》を覚えた。それでは謀反人がだれであるか名指ししているに等しい。

「確かに簡単にはいくまい。かえって追い詰める結果になろう。だが、それを言われて今夜に決行すると思うか？　たとえ今夜と決めていたとて、そこまで見抜かれていたと知れば日延《ひの》べをするのではないか？」

「日延べしては二度と決起ができなくなる。それは奈良麻呂さまの一派も承知。これで逆に今夜と定まった。この首を賭ける」

「そうか。なるほど、その通りだ。お帝が一喝したことで仲麻呂さまにも油断が生じていよう。狙うとすれば今夜しかないか」

斐太都も悟って肩を落とした。

「なにが大事か考えてほしい」

嶋足は斐太都に懇願した。

「中衛府に動いてもらうしか手がない」

「手前にはその力がないと言ったであろう」

斐太都は額の汗を拭って繰り返した。

「どうせ右大臣さまに潰されてしまう」

「では、仲麻呂さまにお手前の口から伝えてくれぬか」

「なんで俺だ！　お手前がすればよかろう。俺は仲麻呂さまに面識がない」

　動転して斐太都は断わった。

「俺が行けば、なぜ衛士府が動かぬかと問い詰められる。だれが聞いてもおかしな話だ。衛士府の人間が中衛府を動かせと、どうして言えよう」

「この事態だぞ。苅田麻呂さまを口説いて衛士府が鎮圧すればよい」

「それでは目の前の魚を取り逃がす。なんとしても今夜で片付けたい。民のためだ」

「俺に福信さまを裏切れと言うのか」

　じっと斐太都は嶋足を睨んだ。

「仲麻呂さまが手を回せば帝の認可が下りる。高麗福信さまが反対しても中衛府を動かすことができる。そうであろう？」

　渋々と斐太都は認めた。

「俺と苅田麻呂さまは角足さまの館に参って奈良麻呂さま一派を油断させる。夕方に踏み込めば必ず戦さの準備を整えているはずだ。動かぬ証拠となろう。福信さまに義理を果たすつもりなら、角足さまの酒宴に招かれても行かぬように申せばよい。それに右大臣さまのご子息も今夜は外出させぬようにすることだ。そこまでやれば裏切りとはならぬ。仲麻呂さまの館に参ったら俺の名を先に言ってくれ。きっと仲麻呂さまに取り次いでくれる」

嶋足は必死で掻き口説いた。だれの手柄になろうと、もはや無縁だった。

「大義の前に裏切りなどない！　ご貴殿は帝をお守りする中衛府の武人ではないか。右大臣の身勝手でこの国を好きなようにはさせぬ」

嶋足の言葉に斐太都はぴくんと眉を吊り上げた。やがて、その目に笑いが浮かんだ。

「そなたのような者がなにゆえ古麻呂さまや美濃麻呂さまに近付いているのか……実は奇妙に思うていた。まことの武人との噂を耳にしていた。噂など当てにならぬものだが、今度ばかりは正しかったらしい。まさしく大義の前に裏切りはない。帝の愁眉《しゅうび》を晴らすのが中衛府に出仕する者の務め。喜んで仲麻呂さまにご報告申し上げる。それできっと中衛府に鎮圧の命令が下されよう」

斐太都は深々と嶋足に頭を下げた。

「分かってくだされたか」

嶋足は思わず涙を溢れさせた。

「今後ともにお付き合いくだされ。これが済めばゆっくりと酒など呑みたいものだ」

斐太都の言葉に嶋足も頷いた。

「なれど高麗福信さまの名や右大臣さまのことは伏される方がよろしかろう。仲麻呂さまは頭が回られる。反対に勘繰られる恐れも」

「承知いたした。あくまでも手前の一存で謀反の訴えに及んだと貫き通す」

斐太都は請け合った。

三

「致し方あるまいな」

歩きながら嶋足の話に耳を傾けていた天鈴は溜め息を洩らして頷いた。

「まさか右大臣の手の者とは気付かなかった」

「致し方ないとは、どういう意味だ？」

「手柄をあやつに奪われてもということだ」

「…………」

「仲麻呂から見れば、斐太都は二重に裏切ったことになる。奈良麻呂の決起を知らせ、しかも右大臣の命に背いての密奏ではないか。生命《いのち》を賭けての忠誠と映ろう。いかにおぬしが間に立ったと知っても、仲麻呂の感謝は斐太都に向けられる。ましてや鎮圧するのが中衛府となると……衛士府の影が薄れる。いまさら言うたとて遅いが、こうなるなら苅田麻呂とともに衛士府を働かせるのが良策だったかも知れぬ。策に溺れた俺の責任だ」

天鈴は自分で言って苦笑いした。

嶋足は黙々と歩いた。

「おぬしを責めているのではない。まさか右大臣がそこまでやるとは……しかし、親であれば当たり前のことだ。迂闊は俺さ。斐太都を口説いて仲麻呂に伝えさせろと言ったは俺だ。おぬしに無駄足どころか、これまでの苦労を捨てさせる結果となった」

「いいのだ」

嶋足は微笑んだ。いつも自信たっぷりの天鈴が落ち込んでいるのを見るだけで笑いがこみ上げてくる。それに、戦さを防ぐという目的は果たされたも同然だった。

「それにしても豊成という男、仲麻呂よりも始末に悪い。倅と己れの身の安全さえ守れば弟ばかりか帝さえどうなっても構わぬということだろう。それで右大臣の要職にあるとは呆れ果てたものだ。帝の首など簡単にすげ替えられると見ているのだ。よくこれまで国が保たれていたものよな。ひょっとして奈良麻呂が勝てばいいとすら願っていたのではないか。倅は功労者の一人になるし、うるさい弟もいなくなる。本当の策士は豊成だ」

「斐太都どのもそれを薄々感じていたればこそ裏切る決意をしたのであろう」

「腹が立ってきたぞ。俺はやたらと腹が立ってきた。まともな者が一人もおらぬ。そんな者らの風下になぜ蝦夷《えみし》が立たねばならぬ。承知しているつもりだったが、あまりにもひどい。なにが仏の国だ。せっかく拵《こしら》えた大仏が泣いておるわ」

天鈴は足元の小石を蹴りつけた。

「決めた通りに動いていいのだな？」

嶋足は確かめた。

「そうするしかない。ここでまた衛士府を動かせばややこしくなる。斐太都はおぬしに感謝しておろう。それなら斐太都の運に乗り合わせるのも策の一つだ。中衛府がことを鎮めれば斐太都は間違いなく中衛府の大尉《だいじょう》くらいにはなれる。うまくするともっと上にも。右大臣がこれで失脚でもすれば内裏の人事は仲麻呂の思うがままだ。高麗福信の代わりに少将に据えられる可能性とてある」

「まさか、そこまでは無理であろう」

中衛府の少将と言えば階位は正五位以上と定められている。従八位上から見れば十三階級もの特進となる。

「邪魔者をすべて排除して、内裏の実権がすべて仲麻呂の手に転がり込むのだぞ。その程度の褒美《ほうび》など安いものだ。それに、仲麻呂とて側近の武人が欲しい。おぬしの言ったごとく中衛府で評判の男なら出世も有り得る」

「…………」

「だからこそ手柄にこだわったのだ。二つや三つの出世を願って銭を使ったのではない。場合によっては一気に陸奥守になれたかも知れぬ好機だった。まあ、見ていろ。斐太都がどこまで駆け上がるかをな。あやつはおぬしと違って家柄もよさそうだ。特進に反対する者もおるまい。そのときに羨んだとて俺は知らぬ。せいぜい悔しがれ」

「羨みはしない。俺ならだれに口説かれても苅田麻呂さまを裏切れぬ。それを斐太都どのはするのだ。報われて当たり前」

「まったく……おぬしは張り合いがない」

天鈴は呆れた様子で、

「そんな調子ではいつ望みが叶うのか……鎮圧に加われねでは得意の腕を示すこともできぬ。斐太都の引き立てがあれば苅田麻呂と同様の少尉ぐらいにはなれるだろうが……」

「生命のやり取りをするわけではない」

少尉でも充分過ぎるという顔を嶋足はした。

「したさ。何度も危ない目に遭った」

「それは斐太都どのも一緒だ。死を覚悟して小野東人さまに近付いている」

「まあな。もういい。勝手にしろ。だが、せっかく売った恩だ。斐太都とはつかず離れずいることだ。そうでなければ俺や言人の仕事が無意味となる」

言われなくても嶋足はその気でいた。斐太都ほど信頼に足る武人は珍しい。嶋足は天鈴と別れて衛士府に向かった。苅田麻呂に角足の館での酒宴を伝えるためである。

四

額田部《ぬかたべ》にある賀茂角足の館に苅田麻呂と嶋足が連れ立って馬を走らせたのは夕刻間近い頃であった。伴《とも》に従えているのはわずか四人でしかない。

都からだいぶ遠ざかった地点で一行は少しの休憩を取った。額田部にはもう近い。

「お話ししておかねばならぬことがあります」

意を決して嶋足は苅田麻呂を見やった。苅田麻呂は郎党に背中の汗を拭かせている。

「奈良麻呂さまは衛士府がまこと味方につくかどうか確かめんとして苅田麻呂さまを酒宴に誘ったものと思いまするが……どうも解《げ》せぬところがありまする」

「とは？」

苅田麻呂は厳しい目で嶋足を見返した。

「いかにも都から離れた鄙とは申せ、苅田麻呂さまほどのお人を酒宴に誘えば、いつか人の口の端《は》に上らぬとも限りませぬ。ましてや今宵の酒宴には中衛府の高麗福信さまも参られます。もし、これが仲麻呂さまのお耳にでも入れば穏やかではありますまい」

苅田麻呂もゆっくりと頷いた。

「それは奈良麻呂さまも承知のはず。手前が奈良麻呂さまのお立場にあれば、わざわざ疑いを強めるような真似をいたしませぬ」

「なにが言いたい？」

「秦多麻呂はただの暑気払いだと繰り返しておりましたが……あるいはそう言って苅田麻呂さまを都から遠ざける策ではなかったかと」

「うーむ」

と唸った苅田麻呂だったが、

「朝のことなれば考えられぬでもないが……本日、帝より臣下に対してのお言葉が発せられた。あれを聞いては、いかに奈良麻呂さまとて決起を早まるまい。むしろ我らがどこまで本気でいるかを知ろうとする。案じるな。今宵はただの酒宴となろう」

嶋足の疑いを退けた。

「それに我らの居場所ははっきりさせている。なにか都に異変があれば直ぐにだれかが駆け付ける。それから動いても間に合う。兵さえ挙げてくれればなんとでも始末がつく」

「しかと確かめたわけではござりませぬが、衛士府の動向を探っている者がいたように思われます。大事を前に我らの探りが発覚してはと危ぶんで知らぬ顔をしておりましたが、なにやら胸騒ぎがしてなりませぬ」

「監視については儂《わし》も感じていた。が、今日に限ったことではあるまい。奈良麻呂さまが我らを簡単に信用せぬのはむしろ当然のこと」

「出過ぎたこととは存じますが」

嶋足は苅田麻呂に頭を下げた。

「中衛府に上道臣《かみつみちのおみ》斐太都《ひたつ》と申す者がおります」

苅田麻呂は怪訝《けげん》な顔をしながらも頷いて、

「弓の名手という評判を聞いている」

「その斐太都も奈良麻呂さまの動向を密かに窺っており申した」

「中衛府もか……なるほど」

意外ではなかったらしく苅田麻呂は苦笑した。帝が臣下を呼び集めて宣命《せんみょう》するほどの事態である。その側近である中衛府が動いていても不思議ではない。

「斐太都も決起があるとすれば今宵ではないかと案じておりました」

「なにか摑んでいるのか？」

さすがに苅田麻呂は不安を浮かべた。

「なにも……単なる疑いにござります」

「大丈夫だ。杞憂《きゆう》に終わる」

苅田麻呂は自分に言い聞かせるように言った。都には簡単に戻れない場所に居る。

「衛士府と異なり中衛府は帝を直《じか》にお守りする立場。些少《さしょう》の疑いであっても放っておくわけには参りませぬ。そこで手前がなにか詳しいことを知らぬかと近付いて参ったので」

嶋足は少しの嘘をついた。が、苅田麻呂は当然という顔で頷いた。

「むろん、最初は突き放しておりましたが、斐太都は苅田麻呂さまが帝に仇《あだ》なすわけがないと頑《かたく》なに信じておりました。それで、手前の奈良麻呂さまへの接近も探りの策であろうと……信用に足る者と見て手前も頷きました」

嶋足は苅田麻呂を正面から見詰めた。

「斐太都ならそうであろう」

苅田麻呂は嶋足を許した。

「やむなく中衛府の手助けを頼みました」

「ほう」

「衛士府が動けば直ぐに伝わります。出過ぎた真似をしたと申すはそのことで」

「なにか変事があれば中衛府が出動するという約束か？」

「ははっ」

「そうなれば中衛府に手柄を奪われるな」

苅田麻呂はじっと嶋足を睨んだ。

「申し訳ありませぬ」

「欲のない男だの。よい、それでよい」

苅田麻呂は肩を揺すらせて笑った。

「都の平安が保たれれば衛士府の役目は果たせる。だれの手柄になろうと構わぬ。そなたがそれでいいと思ったなら儂はなにも言わぬ。まさか今宵の決起はあるまいと思うが……今後は斐太都と足並みを揃えて進めるがいい」

「勝手をお許しくださりませ」

謝りながら嶋足は嬉しかった。

「だが、もしかしてそなたの勘が当たれば今宵は忙しくなるぞ。都の異変はたちまち儂に届く。そうなったら賀茂角足を捕縛して都に引き連れる。覚悟いたせ。我らの数はたったこれだけだ。角足の館には四、五十人の郎党がおろう。知らぬふりをして逃げ帰ることもできるが、それをしては衛士府の名が廃《すた》る。討ち死にをしてでも意地を見せねばなるまい」

嶋足は大きく頷いた。

「一人はここに残って様子を見ていろ」

苅田麻呂は部下に命じた。

「なれど、異変を叫びながら館に飛び込んでこられれば後の手を打てなくなる。そのときは何食わぬ顔をして館に顔をだせ。儂の倅が急な病いに罹《かか》ったとでも言うて訪ねてくればいい。それが都の異変を知らせる合図だ」

「畏《かしこ》まってござります」

一人が直ぐに頷いた。

「不思議だな。決起など有り得ぬと、たった今まで思うていたが……なにやらそんな気もしてきた。迎えにあれほどの数は要るまい」

苅田麻呂は目敏《めざと》く迎えの馬を見付けた。こちらに向かって八頭の馬がやってくる。

「消えろ。悟られてはまずい」

苅田麻呂は居残りの部下に叫んだ。部下は馬を引き立てて林に姿を隠した。

「あれは！」

嶋足は先頭の影を見定めて唸った。

「秦多麻呂にござります」

「いよいよ奇妙」

苅田麻呂は面白そうに笑いを上げた。

太刀風《たちかぜ》

一

「遠路はるばるお越しくだされまして恐縮にござりまする」

七人を率いて先頭に立って来た秦多麻呂《はたのおおまろ》は馬の背に跨《また》がったまま苅田麻呂に頭を下げた。

「手前――」

「名はこの嶋足より耳にしておる」

狩衣《かりぎぬ》の尻の土埃《つちぼこり》を払って苅田麻呂は腰掛けていた岩から立ち上がった。

「馬上の挨拶とは無礼であろう」

嶋足は多麻呂を睨みつけた。剣幕に押されて多麻呂は慌てて飛び下りた。他の七人も従う。いずれも腕に覚えのありそうな連中だった。雇われ兵らしく礼がなっていない。

〈やるな、こいつら〉

腕の筋肉の張りと重そうな刀を眺めて嶋足は察した。ぶら下げているだけでも苦労する。こちらも腕を見込んだ者らを同道させているが、苅田麻呂も含めて五人では苦戦する。賀茂角足《かものつのたり》の館《たち》にはこれに数倍する兵が潜んでいるはずだ。嶋足はさすがに不安を覚えた。

「角足さまが楽しみにお待ちにござります。館へはこの者がご案内つかまつる」

多麻呂は一人を前に出させた。

「手前は都にちと所用がござって、そのついでにご対面を願ったまでのこと。今宵はごゆるりとお寛《くつろ》ぎくださりませ」

多麻呂の言葉に嶋足は安堵した。

「皆さま方はお揃いか？」

苅田麻呂が多麻呂に訊ねた。

「奈貴王《なきおう》さまと巨勢苗麻呂《こせのなえまろ》さまのお二方はとうにお見えになられてござりまするが、高麗福信《こまのふくしん》さまは急な当直を仰せつかったとのことでお断わりの使者が参られました」

「中衛府の少将ともなればさもあろう。ご自身の楽しみばかり言うてもいられぬ」

苅田麻呂は当然のように口にした。多麻呂も頷いた。少しも疑ってはいないらしい。警戒していたのは都の治安を直接預かる衛士府の方であったのだろう。その兵の要《かなめ》である苅田麻呂が誘いに乗ったことで安心しきっている、と嶋足は見た。

「残念だな」

多麻呂は嶋足と向き合った。

「おぬしとゆっくり酒を呑んだことがない。その気で俺もやって来たに……おぬしさえ構わねば都の用を果たしてふたたび戻る。夜中になると思うが起きていてくれるか？」

「寝ていたら叩き起こしてくれ」

嶋足はにやにやと笑って応じた。

「無粋な真似はしたくないがの」

多麻呂も意味あり気な笑いを浮かべて、

「館には美しい女たちが顔を揃えていた。酒宴のためもあろうが……それぱかりでもないようだ。俺もできれば館に残りたい」

「なるほど。しかし、遠慮は無用。おぬしとは積もる話がある。いろいろとな」

嶋足の言葉に多麻呂は大きく首を縦に振って馬の鞍に手を掛けた。

「それでは失礼つかまつる」

苅田麻呂にまた頭を下げて飛び乗った。


「そなたの心配が当たったと見える」

館への道をゆっくりと辿りながら苅田麻呂は嶋足に並んで耳打ちした。先導の馬とはだいぶ離れている。

「女まであてがって館から出さぬ気であろう。夜中に戻ると多麻呂は申したが……つまり、それが決起の時刻と見た」

「手前も同感に存じます」

「いささか落ち着かなくなったの。中衛府が上手く立ち回ってくれればよいが……真夜中では衛士府の者とて用意が足りぬ。と申して、ここで引き返せば必ず追っ手に取り囲まれよう。甘く見ていた儂の責任だ」

苅田麻呂には軽い焦りが見られた。多麻呂の行動とて、苅田麻呂らの退路を塞ぐ策と取れないこともない。

「ご案じ召されますな。斐太都《ひたつ》は信頼に足る者にござります。高麗福信さまが急遽《きゅうきょ》お取り止めになられたことでも中衛府の動きが察せられます。今頃は兵の用意を整えて仲麻呂さまの館のご様子を窺っているに相違ございませぬ」

「だが、中衛府だけで間に合うか？」

苅田麻呂は頷きながらも案じた。中衛府の兵は三百に過ぎない。言葉通り奈良麻呂が四百以上の兵を集めていれば危ない戦さだ。

「都に騒ぎが持ち上がれば苅田麻呂さまがたとえ都を留守にしておられたとて衛士府が出動いたします。真夜中でも二百や三百は動けましょう。それまで中衛府が持ち堪《こた》えてくれたなら必ず制圧できまする」

嶋足は請け合った。

「そうじゃな。部下を信ずるしかない」

苅田麻呂もそれで覚悟を定めた。

二

苅田麻呂と嶋足が賀茂角足の催す暑気払いの酒宴に列席した、ちょうどその時刻。都では上道《かみつみち》臣斐太都が仲麻呂に面会を許されて館の庭に控えていた。嶋足の名を口にしたお陰であった。でなければこの遅い夜半に会ってくれるはずのない相手である。

「おなりじゃ」

斐太都の両脇を固めている郎党の一人が渡殿《わたどの》を向かって来る影を認めて頭を下げるように命じた。斐太都は土に額を押し付けて待った。渡殿を踏む足音が近付いた。

「中衛府に仕える舎人《とねり》だそうじゃの」

頭上から落ち着いた声がした。斐太都はますます畏《かしこ》まった。

「高麗福信の配下と聞いたが……この夜更けに急ぎの知らせとはなんのことじゃ」

「恐れながら――」

「直答《じきとう》はあいならぬ」

郎党が小声で叱った。

「構わぬ。ここは蚊が多い。早く済ませよ」

仲麻呂は郎党を制して斐太都を促した。

「恐れながら、お人払いをお願いいたしたく存じまする」

顔を少し上げて斐太都は言った。

「よほどのことか?」

「ははっ」

「なれば館に上げさせよ。そこで聞く」

仲麻呂は郎党に命じると先に部屋へと向かった。郎党は舌打ちして斐太都を睨んだ。

「申し訳ございませぬ。内相《ないしょう》のお生命に関わる一大事と心得ましたゆえ」

斐太都は郎党に謝った。郎党は仕方なく頷くと渡殿に架かった階段を示した。

「昼に小野東人さまよりの使いの者が……手前の許を訪ねて参りました」

斐太都は説明をはじめた。狭い部屋に仲麻呂と二人きりである。さすがに声が震えた。

「その者の口上は高麗福信さまを賀茂角足さまの館での暑気払いにお誘いしたいとのことでございました」

「角足の館での暑気払いとな？」

仲麻呂は怪訝な顔をして、

「その使者がなにゆえそなたの許に参った。小野東人と血縁でもあるのか？」

「ご不審はごもっともにございます」

斐太都は額を床に擦り付けて続けた。

「手前は福信さまのご命令によって小野東人さまや奈良麻呂さまのご様子をかねてより探っていた者にござります。疑われぬよう、中衛府が奈良麻呂さまに心を寄せていると申して近付きました。そうして手前が小野さまと福信さまの仲立ちを……」

「福信が奈良麻呂の動きを探っていたと申すのか」

仲麻呂は思いがけない顔をして膝を進めた。

「それで、なにか摑んだか？」

「謀反の企ては明らかに存じます。本日はお帝《かみ》より臣下に対して不穏な言動は慎むようにとのお言葉が下されたばかりにござります。なのに都から離れての集まりは奇妙。真意を確かめた上でなければお取り次ぎができぬことと心得て、福信さまにお伝えする前に小野さまの館を訪ねましてござります」

「して？」

仲麻呂は急《せ》かした。

「いつ、とは申されませなんだが、小野さまははっきりと決起のことを口になされました。諸王、諸臣の中に、恐れおおくも、皇太子と内相を殺害する企てが進められていると」

「まだ懲《こ》りておらぬとな！」

仲麻呂は青ざめた。

「耳にした限りでは道祖王《ふなどおう》さま、黄文王《きぶみおう》さま、安宿王《あすかべおう》さま、奈良麻呂さま、大伴古麻呂《おおとものこまろ》さま」

「承知じゃ」

憮然として仲麻呂は頷いた。

「すでに備前《びぜん》の秦《はた》一族を中心とした四百ほどの兵を掻き集め、奈良麻呂さまの下知《げち》を待つばかりの状況にございます。加えて、陸奥へ下向《げこう》したはずの大伴古麻呂さまも、ご身内に病いが出たと偽って都に引き返しつつあるとか。今頃は戻っておられる頃かも」

「現に動きがはじまったと申すのか！」

仲麻呂は動転して腰を浮かせた。

「打ち明けたからには覚悟を決めろと小野さまは手前に迫ってございます。そのご様子のただならぬを見て手前は謀反への荷担約束いたしました。でなければ小野さまの館より一歩も出られなかったはず」

「いつじゃ？　決起はいつなのじゃ」

仲麻呂は声を荒らげた。

「角足さまの暑気払いには衛士府の苅田麻呂さまと丸子嶋足も招かれております。そこで手前は意を決して嶋足を訪ねました。嶋足も手前とおなじ考えにござりました。今宵の酒宴は中衛府と衛士府の兵の動きを封じるためのもの。下知する者が都におらねば必ず後手に回ります。それが狙いであるとするなら、決起は今宵か明朝」

「なんと！」

仲麻呂はぶるぶるっと体を震わせた。

「それを承知で苅田麻呂と嶋足が角足の誘いに乗ったと申すのか！」

「誘いを拒めば奈良麻呂さまに悟られまする。いかに奈良麻呂さまとて衛士府の千二百の兵を相手に戦う気にはなれますまい。となると決起の日延べを図りましょう。それではいつまでもこの不穏が繰り返されまする」

「いかにも。それはその通りじゃ」

仲麻呂は少し落ち着きを取り戻した。

「すると……誘いに乗ったふりをして衛士府の兵が待機しておるということだの」

「衛士府には奈良麻呂さまの息のかかったお人が大勢おられます。敵を欺くにはぎりぎりまで知らぬふりをするしか……それで手前がお願いにまかり越しました」

「どんな願いじゃ？」

「お耳障りな話とは存じまするが……福信さまに命じて奈良麻呂さまの動きを探らせたのは右大臣さまにござります」

言って斐太都は平伏した。

「兄者《あにじゃ》が命じたと？」

仲麻呂は意味が分からず首を傾《かし》げた。

「ご子息さまの身を案じてのこと。もし決起と定まれば無縁の場所に引き離さんとのお心遣いと伺っております」

「無縁の場所？」

仲麻呂はしばし考えて、

「そうか。手を汚さずに高みの見物をいたす所存であったか！」

ぎりぎりと歯嚙みした。

「それが兄者の本心であるのだな」

「衛士府は動きがままなりませぬ。と言って中衛府も右大臣さまの抑えで同様にござります。この上は、恐れおおくもお帝《かみ》のご威光を以てして中衛府に下知をお願いいたしたく存じます。福信さまにはわざと今宵の酒宴を伝えずにおきました。福信さまはお帝に忠誠を誓っておいでのお人。もし下知あれば必ず奈良麻呂さまの鎮圧に動きまする」

「福信は兄者の手先と違うのか？」

「断じて。右大臣さまのご命令を退けることができなかっただけにござります」

「でかした」

仲麻呂は斐太都の手を取って礼を言った。

「早速にお帝へ奏上いたそう。それを聞けばお帝もきっとご決断召される。この通りじゃ。礼を申す。よくぞ覚悟を定めて知らせてくれた。この恩は忘れぬ」

「先手を打たねばなりませぬ」

斐太都は重ねた。

「変事と知れば衛士府も駆け付けて参りましょうが、敵の数は侮《あなど》れませぬ。中衛府だけでそれまで守り切れますかどうか。それよりは小野さまの館を急襲するのが良策と見ました」

「奈良麻呂ではなく、か？」

「小野さまの館は手薄にござります。小野さまをお縄にいたしますれば奈良麻呂さまも動転いたして少し様子見にかかりましょう。その騒ぎが伝われば衛士府も市中の警護に回ります。今宵の決起に間違いなければ、もはや隠せませぬ。確証を必ず挙げてご覧にいれまする。動かぬ証拠を突き付ければ奈良麻呂さまとて言い訳がなりますまい」

「やれると申すのじゃな」

　頼もしそうな目で仲麻呂は念押しした。

「下知さえいただけましたなら」

　斐太都は請け合った。

「よし。儂がお帝に代わって下知を下そう。書面を持たせる。それを手に福信の許へ走れ。お帝には入れ代わりに儂が願う。案ずるな。待っていては後れを取る。好きに働け」

　決断すると仲麻呂は早かった。

「捕らえたら東人を衛士府の牢に閉じ込めよ。それと道祖王さまも召し捕れ」

「よろしいのでござりますか！」

「構わぬ。あのお方は心が弱い。直ぐに奈良麻呂らの謀反を打ち明けるに相違ない。ここまで来て曖昧にはできぬ。儂の今後に関わる。決めたら徹底して進めるしかなかろう」

「分かりました」

「答本忠節《とうほちゆうせつ》と申す医者がおる。兄者に奈良麻呂らの謀反の疑いを訴えた者じゃ。その者も捕らえよ。ひょっとして兄者とつるんでいる者かも……責めれば面白いことを白状するやも知れぬ。しかと頼んだぞ」

「お任せくださりませ」

「ことが上手く運べば悪いようにせぬ。そなたは儂の守り神じゃ。この首が繫がった」

仲麻呂はからからと笑った。

「丸子嶋足の手柄にござります。あの者が手前に仲麻呂さまの許へ参ってお頼みしろと」

「じゃが衛士府は動かぬ」

冷たい目に戻して仲麻呂は言った。

「退けはせぬが、そなたとは違う。今頃、茢田麻呂とともに酒を食らっているのであろう」

「敵を油断させる策にござります」

「分かった、分かった。ますますそなたが気に入ったわ。今後は儂の片腕となれ」

笑って仲麻呂は斐太都を制した。

三

「女を眠らせて館を抜け出るぞ」

小水に立った嶋足を追うように苅田麻呂がやって来ると耳元に囁いた。二人は庭に出て小水をしながら策を練った。

「他の者にも伝えよ。寝所《しんじょ》にそれぞれが引き下がってから四半刻《しはんとき》（三十分）後に厩《うまや》の前へ集まれ。決起は間違いないと見た。角足の様子を見れば分かる。もう間に合わぬかも知れぬが、我らの役目も終わった。奈良麻呂さまは安堵してことにかかっていよう。館の者に気取《けど》られたときは致し方ないが、なるべく騒ぎを起こすな。都に戻るのが一番の大事ぞ」

苅田麻呂に嶋足は頷いた。

「儂は酔い潰れたふりをする。それで皆も寝所へ案内されよう」

「巨勢苗麻呂さまはいかがいたしますか？」

「知らせずともよい。呑気なお人だ」

嶋足は苦笑した。苅田麻呂らが同席したこともあるのだろうが、ただの酒宴と信じきっている。

「兵の姿は見当たらぬようであったが……」

「三十はおるものと思われます」

嶋足は断言した。夥《おびただ》しい数の馬のひづめの痕跡を嶋足は前庭に見ている。いずれも新しいものだった。兵がどこかに潜んでいると見做して間違いないであろう。

「馬の足音を聞き付けて追っ手が参るな」

「この真夜中では心配ありませぬ。林にでも隠れてやり過ごせば躱《かわ》すことができまする」

「そうあって欲しいの。こちらは五人。闇の中では敵も味方も分からぬ」

「なに、散って戦えば我らに有利でござります。少なくとも我らには同士討ちの恐れがありませぬ。存分に働けましょう」

「いかにも。ものは考えようだ」

苅田麻呂は笑って首を何度も振った。

それからおよそ半刻後。

嶋足は夜の慰《なぐさ》みに遣わされた女を縛り上げて猿轡《さるぐつわ》をかませると部屋を抜け出た。庭から裏手の厩へと回る。一人がすでに待っていた。

「見張りの者はおらなんだか？」

小声で質した嶋足に部下は、

「捕らえて藁《わら》の中に放り込んであります」

得意気に報告した。

「我らの馬を外に連れ出しておけ。追われぬように残りの馬の縄を切って逃がしたいところだが、それをやれば館の者らに気付かれる。馬はここだけとは限らぬ。兵らはどこかに馬ごと身を隠しているのだろう」

部下は馬をなだめつつ厩から曳き出した。

やがて苅田麻呂も現われた。数が揃うと嶋足たちは館の外に急いだ。幸いだれにも気取られていない。

「馬の足音が届かぬ場所まで歩く」

苅田麻呂は田舎道を先に進んだ。

ようやく馬の背に飛び乗って夜道を駆ける。

夕方に休んだ場所に辿り着くと、苅田麻呂はその場に居残りを命じた部下の名を呼んだ。同時に部下が林から姿を見せた。

「ご苦労だった。都からの知らせはまだのようだが、このまま戻る」

部下も頷いて馬に乗った。

「どうやら気付かれたとみえまする」

嶋足は闇に耳を澄ませて言った。遠くから地を蹴る馬の響きが伝わって来る。危ないところだった。馬を停めたために追っ手の足音を聞き取ることができたのである。走らせていれば自分の馬の足音の方が遥かに高い。

「林に逃れてやり過ごすしかありますまい」

「よし。そなたに任せる」

苅田麻呂は嶋足の策に従った。

一行は嶋足に続いて林に踏み込んだ。

それと敵の接近はほぼ同時だった。

二十頭近い馬が地を激しく揺るがして目の前を駆け抜けた。松明《たいまつ》の数でかぞえただけで実際はもっと多いのかも知れない。苅田麻呂でさえ大きく肩で息を吐いた。

頃合《ころあい》を計って嶋足たちは道に戻った。

「あの勢いでは追い越したと察して立ち返るかも知れんな」

「そのときは都の入り口で待ち構えておりましょう。敵の狙いは苅田麻呂さまの下知を封じることにあります。都にさえ戻さねば役目はおなじ。恐らく分散していくつかの道を塞ぐ策に出るものと思われます」

「数が散ってくれるならありがたい」

茢田麻呂は薄笑いを浮かべた。

「三つに散れば七人前後。楽な仕事だ」

「御意《ぎょい》」

嶋足も笑って馬の腹を軽く蹴った。

不意に飛び出た黒い影たちに道を塞がれたのは都の明りが間近に見える場所であった。

「慌てるな、俺だ」

馬上で腰の刀を抜いた嶋足を影が制した。

「天鈴《てんれい》か？」

嶋足は察して部下たちを鎮めさせた。

「やはり戻って来たの。必ず途中で行き合うと思っていた。もうはじまったぞ」

天鈴は嶋足の前に馬を進めて来た。

「その者は？」

苅田麻呂は不審な目を嶋足に注いだ。

「同郷の者に存じます。言人《ことんど》の店に寝泊まりしておりまする。こたびの探索については手助けを頼みました」

天鈴が言う前に嶋足が紹介した。言人のことは苅田麻呂も知っている。特に疑いも見せずに苅田麻呂は頷いた。天鈴は十七の若さだ。まさか都に潜む物部《もののべ》を束ねている者とは考えもしない。天鈴も丁重に挨拶した。

「はじまったとは？」

嶋足が訊ねた。

「中衛府が先手を取った。高麗福信に帝の命《めい》が下されて小野東人の館を取り囲んだ。それと道祖王もな」

「まことか！」

苅田麻呂に動揺が生じた。

「それで奈良麻呂さまの動きはどうじゃ？」

「今のところなにも……ことが露見したと知って策を練っている最中にござろう」

天鈴は臆せずに応じた。

「答本忠節《とうほちゆうせつ》も捕らえられたぞ」

　天鈴は嶋足に言った。

「なぜだ？　謀反とは無縁のはず」

「忠節は右大臣と通じている。そこを締め上げて右大臣の倅の一件を白状させようという肚に違いない。ついでに右大臣まで葬ってしまおうという魂胆だ。膿《うみ》を全部出そうとしているのさ。せっかく帝の許しが出たのだ。半端なところで鞘に納める気はない」

「そなた、ただ者ではなさそうじゃの」

　聞いていた苅田麻呂は苦笑した。

「そんなことより、早く都に戻らねばあんたの体面が潰れるぜ。中衛府の兵らは引き立てた忠節を左衛士府《さえじふ》の牢に投げ込んだ」

「なんじゃと！」

　苅田麻呂は眉を吊り上げた。左衛士府は苅田麻呂が直轄している。

「内裏の中の牢では右大臣の邪魔が入ると案じてのことだろう。その点、市中の牢なら安心だ。それにあんたの親父さまは帝に忠義を尽くしている。すべては仲麻呂の計算だ。なのに肝腎のあんたが都を留守にしていたんじゃ格好がつくまい。それで迎えに駆け付けた」

苅田麻呂は絶句した。

「俺の詮索《せんさく》などはどうでもよかろう。まだ間に合う。追い詰められたと悟れば奈良麻呂は必ず兵を動かす。その前に衛士府の兵を出動させて奈良麻呂の館を囲めば戦さを防げる。この期《ご》に及んでもうじうじしている奈良麻呂に感謝するんだな。これが仲麻呂だったら間髪を入れずに反撃に出たはずだ。結局は睨んだ通りの阿呆だった。古麻呂などは中衛府の動きを知って都から遠ざかった。奈良麻呂の弱腰をとっくに承知してるのさ」

「古麻呂どのはどこに居る？」

「さあな。知らぬ顔で陸奥への道を辿っているんじゃないのかね。いずれにしろ古麻呂を失えば奈良麻呂は終《しま》いだ。館を囲むだけで神妙になろう。せめてその程度は衛士府がしねえと市中警護の役目が泣くぜ」

「参るぞ！」

苅田麻呂は声を張り上げて嶋足を促した。

「奇妙な仲間を持っておるな」

慌てて並んだ嶋足に苅田麻呂は叫んだ。

「申し訳ありませぬ」

無礼さに嶋足も腹を立てていた。

「惜《お》しい。蝦夷でなければ衛士府に迎えたい者じゃ。あやつには後で礼を申す」

ははっ、と嶋足は顔を輝かせた。嶋足は速度を緩《ゆる》めて天鈴と並走した。

「せめて口の利きようくらい覚えろ」

「内裏の世話にはなっておらぬ」

天鈴は嘯《うそぶ》いた。

「それより多麻呂だ」

「多麻呂がどうした？」

「忠節が衛士府の牢に繫がれたことで多麻呂はすべてが罠だと察したはず。恨みはおぬし一人に向けられる。きっと都の入り口を固めておる。多麻呂の配下は二十も居る」

「多麻呂の動きを知っておるのか？」

「俺が都を出るまでは奈良麻呂の館に詰めていた。たとえ奈良麻呂が制したとて聞くまいな。おぬしの首を地獄への土産《みやげ》にしよう。奈良麻呂はともかく、多麻呂の身分ではどうせ死罪を免れまい」

「そのときは苅田麻呂さまを守って都に先導してくれ」

「なんで俺が苅田麻呂を守らねばならぬ」

「乗り掛かった船ということがあろう」

「乗ってはおらぬ。むしろおぬしを乗っている船から引き下ろしに来た。手柄は斐太都のものだ。一応は高麗福信が要となっているが、斐太都がすべての采配を握っている。仲麻呂は衛士府など頼りにしておらぬ。苅田麻呂にはああ言ったが、本心はおぬしの身を案じて来たのだぞ。都の異変を知れば角足がおぬしらを殺しにかかるのではないかと思ってな。ここで死に急ぐこともあるまい。朝まで身を潜めていれば多麻呂も諦《あきら》める。都から逃げ出さねば己れの身が危うくなる」

「俺の姿がなければ多麻呂は苅田麻呂さまを見逃すか？」

「バカ言え」

「それなら抜けられぬ。ともに戦って囲みを破るだけだ」

「勝てると思うのか？　連中は兜《かぶと》や鉄の腹巻《はらまき》で武装している。槍で喉でも突かぬ限り滅多に倒せまい。この人数では無理だ」

「それを知りながら苅田麻呂さまに都へ急げと言うたのか」

嶋足はぎろっと天鈴を睨んだ。

「返事をしろ」

「そろそろ鞍替えの頃合だ」

天鈴は仕方なく口にした。

「斐太都は上手く波に乗った。本当ならおぬしのはずだった。それができなかったのは莉田麻呂への忠誠であろう」

それ以上天鈴は言わなかった。が、嶋足には分かった。莉田麻呂と嶋足を引き離そうとしたのである。莉田麻呂が死ねば否応なしにそうなる。そうして斐太都との連携を図ろうとしたのであろう。

「こんな場合でも、まだ策か」

嶋足は腕を伸ばして天鈴の肩口を摑んだ。

「策を壊すのはいつもおぬしだ！」

天鈴は乱暴に払った。

「気に食わぬなら勝手に死ね。俺は知らぬ」

「望むところだ。立派に死んでやろう」

嶋足は天鈴に唾を吐きかけると馬の腹を蹴って莉田麻呂らの後を追った。嶋足は後ろを振り向いた。天鈴らが馬を停めて嶋足を眺めていた。

「くそっ！」

思わず声になった。

「どうした？」

苅田麻呂が声をかけてきた。苅田麻呂も天鈴が消えたことに気付いていた。

「多麻呂が待ち構えているやも知れませぬ。しかも二十とか。いかがいたします？」

「考えたとて仕方あるまい。そこを越えねば都に入られぬ。あの者が申した通りじゃ。大事の日に衛士府を纏《まと》める我らが都を遠巻きにしていたでは帝に言い訳が立つまい。たとえ屍《しかばね》となっても都の門を潜る」

おお、と部下たちは声を揃えた。

「なれば手前が盾《たて》となりまする」

嶋足が言った。

「多麻呂の恨みは手前に向けられましょう。その隙に苅田麻呂さまは逃れてくださりませ。衛士府の体面を守るのが今は一番」

「…………」

「待ち伏せと見たら我らだけで突入いたします。この暗さでは遠目《とおめ》が利かぬはず。争いがはじまったら道を迂回してそのまま都へ」

「やってくれるか」

苅田麻呂は部下たちにも訊ねた。部下たちは当然のように頷いた。

「儂には過ぎた者どもだの」

苅田麻呂は苦笑いして、

「中衛府に手柄を奪われたのは儂の策の過ちだ。儂がそなたなら儂を見限る」

一人一人に目を注いで礼を言った。

「着いたら直ぐに援軍を差し向ける。死に急ぐでない。敵は鎧《よろい》を着込んでおろう。その分、馬の脚《あし》が遅くなる。泥田にでも誘えば重さで脚が取られる。諦めてはならぬ」

苅田麻呂は策を授けた。

四

案に相違して嶋足たちは都の入り口である羅城門《らじようもん》の間近まで無事に辿り着いた。多麻呂はまさかこの大門から戻るとは思わずに別の入り口を固めているのであろうか。嶋足たちもはじめはそのつもりだったが、そうなると丘陵をいくつも越えて脇に出なければならない。苅田麻呂を一刻も早く衛士府に送り込むには羅城門を突き抜けるのが最良と判断したのである。それが功を奏したらしい。

「でもなさそうじゃの」

暗がりから羅城門を眺めて苅田麻呂は溜め息を吐いた。篝火《かがりび》は赤々と燃えて門の丹《に》色《いろ》を闇に浮かび上がらせているが、門衛の姿はどこにも見当たらなかった。常に何人かが立って守衛しているはずである。

「多麻呂らに倒されたのであろう。連中は門の先で待ち構えているに違いない」

「では我らが門を駆け抜けまする。苅田麻呂さまは様子を窺ってお入りください。なんとか敵を門から離れさせます」

嶋足は言うと部下たちを促した。

「一気に走る。敵が現われたら分かれて小路に逃げ込め。市中の道は我らが詳しい。敵の数も分散する。狭い道では弓も使えまい」

部下たちは自信を得たように頷いた。四方向に散れば一人が相手する数は五人前後。勝ち目がない戦さではないのだ。それに都に戻ったという安堵がなによりも大きい。

「儂は兵を率いて奈良麻呂さまの館に向かう。無事に切り抜けた者はそこに参れ」

苅田麻呂はそれぞれの手を握って言った。

嶋足たちは叫び声を発しながら羅城門を目指した。門は不気味なほど静かだった。

広い石段を駆け上がる。

嶋足は辺りに目を動かした。門の陰に五、六人の死骸が転がっていた。門衛である。

「停まるな！」

嶋足は部下を急がせた。

そこに何本かの矢が飛んで来た。柱に突き立つ。嶋足は腰の刀を抜いて門を越えた。

広い道を塞ぐように両側から七、八頭の馬が現われた。嶋足は真っ直ぐ向かった。この方が弓の攻撃を避けられる。びゅうっ、と矢が嶋足の頬を掠《かす》めた。馬が驚いた。嶋足は手綱《たづな》を引いて鎮めた。なおも突き進む。部下たちは三方に散った。門の陰に隠れていた敵が慌てて追って行く。嶋足は一人頷いた。

「嶋足、待ったぞ！」

正面の男が進んで来た。

もちろん多麻呂だった。

「その首貰《もら》った」

多麻呂は刀を抜いて突進して来た。嶋足も背筋を伸ばして体勢を整えた。多麻呂は鎧で身を固めている。首を刎ねるしか倒すことができない。嶋足はしっかりと柄《つか》を握り直した。

「貴様だけは許さぬ！」

多麻呂は擦れ違いざま横なぎに襲った。嶋足の刀が確かに受け止めた。青白い火花が散った。鉄の燃える匂いが広がった。

嶋足は振り向きもせずそのまま馬を走らせた。多麻呂は慌てて馬を反転させた。

「卑怯者！　それで武者と申すか」

「武者の務めは他にある」

前方の敵を蹴散らして嶋足は振り返った。多麻呂たちが追って来る。門の側に敵は一人も見えない。これで苅田麻呂は無事に衛士府へ戻れる。嶋足は闇を駆けた。敵の数は十人ほど。となると部下を追った数は知れたものだ。一人にせいぜい三人というところだろう。それで引けを取る者たちではない。すべてが嶋足の思い通りに運んでいる。

嶋足は朱雀大路《すざくおおじ》から右に折れて佐保川《さほがわ》に誘った。この暗さで石の多い川原では敵も馬を下りるしかない。川を背にすれば背後の攻めを気にする必要もないのだ。加えて水を吸った鎧では身動きがままならなくなる。心得ている敵なら滅多に川へ踏み込んで来ない。その分戦いが楽になる。

「先回りしろ！　やつは川へ逃げる気だ」

多麻呂の叫びが耳に届いた。さすがに戦さ慣れしている男だ。

二頭が必死で追い付いて来た。槍を繰り出して来る。嶋足よりも馬を仕留めようという戦法らしかった。嶋足はその槍を巧みに摑むと思い切り引いた。敵は堪《こら》えた。その瞬間を逃さず嶋足は指を放した。反動で敵は馬から転げ落ちた。後に続く馬の脚がその男の顔面を蹴散らした。男は絶叫した。蹴った馬も脚をもつれさせた。

嶋足は川原の土手に到達した。躊躇なく馬を川に進める。膝までの深さを見極めて嶋足は飛び下りた。馬の尻を叩いて遠ざける。

どどどっと敵が土手を下りて来た。そのまま何頭かが川に踏み込んで来る。嶋足は取り囲まれる前に馬の脚を払った。馬が棒立ちとなって敵を川に振り落とす。よほどの乗り手でもない限り水の中で馬を扱うのはむずかしい。水への恐れがあるのだ。当然、馬の動きは鈍くなる。その脚を斬るのはたやすい。嶋足は次々に襲った。たちまち三頭が敵を川に落として逃げ去った。水の中から飛び出た敵は槍を失っていた。真っ暗な川に投げ出されれば思わず両手でもがいてしまう。嶋足は一人に接近して喉を正面から突いた。残りは鎧に溜まった水音をさせながら必死で川原に逃れた。嶋足は追った。首筋を狙って刀を振るう。手応えがあった。首が見事に斬り落とされた。敵たちは悲鳴を上げた。

「間抜け！　じわじわと囲め」

多麻呂が馬から下りて怒鳴り散らした。他の者たちも川原に飛び下りる。嶋足は数を確かめた。三人を葬ったのに、まだ八人も居る。敵はやはり嶋足に的を絞っていたのだ。嶋足の息は上がっていた。馬で駆け通しの上に水の中での戦いは消耗が激しい。足も冷えはじめていた。このままでは分が悪い。全員が馬から下りたのを見定めて嶋足は少しずつ浅瀬へと移動した。それでも八人を相手にして勝てる自信はなかった。ましてや多麻呂が居ては先が知れている。対等に向き合っても勝てるかどうか知れない腕なのである。

そこに何頭かの馬の足音が響いた。

多麻呂はぎょっとして闇に目を凝《こ》らした。

「運はまだあるか！」

先頭の影が嶋足に叫んだ。

紛れもない天鈴の声だった。天鈴が五人の者を従えて加勢に駆け付けてくれたのだ。

これで七対八の争いとなる。嶋足の腰は安堵で砕けそうになった。

「なんとか首は繫がってるようだ」

天鈴は川に飛び込んで嶋足と並んだ。

「死ねと言ったのはだれだ」

嶋足は天鈴の脇腹を小突いた。

「おまえには銭がかかっている。生き延びて働いて貰わねばならぬ。思い直したのさ」

天鈴はにやりと笑って刀を抜いた。敵が天鈴に襲いかかった。若いと見て侮ったのだ。

「俺をだれだと思っている！」

天鈴は正面から刀を振り落とした。物凄い火花が上がった。天鈴の刀は敵の兜を二つにかち割っていた。重い蝦夷刀《えみしとう》の威力である。

嶋足は啞然とした。

察してはいたものの、これほどまでの腕とは思ってもいなかったことである。

「貴様……前に会ったな」

多麻呂が前に進んで来た。

「面白い。張り合いが出て来たぞ」

「銭で片付ける気はないか？」

天鈴の言葉に多麻呂は怪訝な顔をした。

「どっちも雇われ者だろう。殺し合いをしたところでだれも喜ばぬ。恨みを捨てるってんなら都を無事に逃れさせてやるぜ」

「ふざけるな！」

「ふざけてるんじゃやねえ。本気だ。俺は嶋足を死なせたくねえんだ。ここで引くと言うなら道をつけてやる」

「どんな道がある？」

嘲笑して多麻呂は先を促した。

「どこに逃れたところで追っ手の手が回る。だが、陸奥なら別だ。我ら物部が世話しよう。我らの本拠地の東和《とうわ》に入ってしまえば安心だ。朝廷も手が出せぬ。悪い取り引きでもなかろう。ここに居るのは我らだけ。話に乗っても損はせぬ。男は諦めが肝腎てやつさ」

明らかに多麻呂に迷いが見られた。

「やってもいいんだぜ。七対七になった。どっちが何人生き残るかだ」

天鈴は動揺を見抜いて詰め寄った。いつもながら鋭い勘をしている。

「蝦夷にとっても朝廷は敵だ。その気になれば今夜の恨みも晴らせよう」

「なれば、なにゆえ嶋足が仲麻呂の手先となっている？」

「だれの手先でもねえよ。そいつが生き延びたらあんたにも分かるだろう」

うーむ、と多麻呂は唸《うな》った。

「親父たちは喜んであんたを迎えよう。その腕を無駄にすることもあるまい。苅田麻呂にはあんたを始末したと伝える。陸奥までは道案内をつける。それで手を打て」

多麻呂に従う者たちは目を輝かせた。すでに戦意は失われていた。逃げられるという望みが男たちを変えていた。一人が刀を川原に捨てた。もう一人が槍を放り投げる。

「決まったらしいな」

天鈴は多麻呂に迫った。部下たちの様子を眺めて多麻呂も鞘に刀を戻した。他の部下たちも安堵の色で川原に胡座をかいた。

「今の言葉に嘘はなかろうな」

多麻呂は天鈴を睨み付けた。

「この者は陸奥を支配する物部の跡継ぎだ」

嶋足は多麻呂に教えた。

「信じて任せるがいい。陸奥に一歩でも足を入れれば物部の力を知らされる」

「今夜のところは信用しよう」

多麻呂は厳しい目に戻して、

「しかし、それも部下たちのためだ。ほとぼりを冷ましたらまた都に立ち戻って貴様との決着をつける」

「嘘は互いのことであろうに」

天鈴は苦笑いした。

「暑気払いと言って嶋足を騙《だま》したのはだれだ」

多麻呂は押し黙った。

「まあいい。後の話だ。騒ぎを聞き付けて役人にでも駆け付けられれば面倒になる」

天鈴はとりあえず言人の店に多麻呂らを案内するよう配下たちに命じた。

「俺を逃したことを後悔するかも知れぬぞ」

多麻呂は天鈴に言い残して立ち去った。

嶋足と天鈴だけが川原に残された。

「途方もない策を思い付くものだな」

嶋足はほとほと呆れていた。

「多麻呂ごときと生命《いのち》のやり取りをしている場合ではなかろう。上手い具合に苅田麻呂と分かれてくれたので考え付いたのさ。それに多麻呂ほどの男なら味方にして損はない」

「なると思うか？」

「なるさ。必ずな」

天鈴はそう言って馬を曳いて来た。

「今度は奈良麻呂の館だ。ここに嶋足があり、と都のやつらに見せ付けてやれ」

嶋足は大きく頷いて馬に飛び乗った。

風間《かざま》

一

嶋足は奈良麻呂の館《たち》を目指して馬を飛ばした。何度か嶋足は兵に道を塞がれた。日頃は市中警護と無縁な中衛府の兵たちである。衛士府での己れの身分と斐太都《ひたつ》の名を口にすると兵たちはただちに道を開けてくれる。だが嶋足はやはり不本意なものを覚えた。この役目は明らかに衛士府が務めるものである。これではなんのために鍛練を重ねてきたのか分からない。裏で動いていた者たちはともかく、事情を聞かされていない部下たちは中衛府に後れを取ったと嘆いているに違いない。

〈いや……〉

それよりも斐太都の才を認めるべきなのであろう。狭い禁裏の守りと市中ではなにもかもが異なる。なのに衛士府よりも少ない兵を動かして要所を見事に固めている。斐太都があればこそ決起の出鼻を挫くことに成功したのだ。もし無能な男であったなら都は大混乱に陥っていたはずである。

「とまれ！」

奈良麻呂の館を間近にして嶋足はまた多くの兵たちに誰何《すいか》された。

「衛士府の丸子嶋足と申す者。通されよ」

「嶋足さまにござりますか！」

歓声を上げた兵たちは衛士府の者だった。

「苅田麻呂さまが案じておられました」

「様子はどうだ？」

馬上から嶋足は質した。

「お覚悟を定められたようで、なんの動きも見られませぬ。苅田麻呂さまは百の兵とともに館を囲んでおられます」

「よし。怪しい者は絶対に通すな」

嶋足は安堵の色を浮かべて囲みを抜けた。

「無事でございましたか！」

羅城門で別れた者たちが嶋足を認めて駆け寄った。全員に異状がない。

「これでなんとか皆が戻ったな」

苅田麻呂もほっとした顔で嶋足を見詰めた。

「十騎以上に追われたと聞いて儂《わし》も覚悟をしていたに……運の強い男よの」

「多麻呂は倒しましてございます」

嶋足は真っ先に報告した。でないと行方を追及される。

「そなたが戻ったからには衛士府に引き返す。奈良麻呂さまにこれ以上の動きはあるまい。衛士府の牢に道祖王さまと小野東人が押し込められている。尋問はなぜか右大臣豊成さまのお役目となっている。お相手が道祖王さまではいかにも我らごときには荷が重い。とは思うが、やはり立ち会うのが今後のためであろう。衛士府は我らの管轄。拒まれても押し通す。豊成さまを疑うわけではないが、ここでまた曖昧にされては苦労が無駄となる」

苅田麻呂は五十の兵に居残りを命じて衛士府への引き揚げにかかった。

「なぜ右大臣さまなのでございましょう？」

嶋足は苅田麻呂と馬を並べて首を捻《ひね》った。

「命を狙われたご当人の仲麻呂さまでは具合が悪かろう。尋問に私怨が含まれていると勘繰られる恐れもある。それと……」

苅田麻呂は少し口を噤《つぐ》んだあとに、

「尋問に手加減があれば、それを盾《たて》にして右大臣さまをも追い詰めることができる。答本忠節《とうほちゆうせつ》という医者は仲麻呂さまの手にあるとか。その男を責めて右大臣さまのご子息が奈良麻呂と繋がっていたのを白状させる気とみた」

「すべての枝を払うご所存でありますな」

嶋足は深い息を吐いた。

「斐太都と申す者……大した采配じゃの」

苅田麻呂は苦笑いして嶋足を見やった。

「立ち遅れがあったにせよ、少しも衛士府の働き場所がない。市中に乱れもない。まさかあれほどの者が中衛府に居たとは思わなかった。衛士府の面目がすっかり潰れた」

「申し訳ござりませぬ」

「そなたが謝ることではあるまいに」

「中衛府に任せたのは手前にござります」

「致し方なかろう。我らが今宵の酒宴を拒めば必ず決起の日延べにかかったはずじゃ。手柄を求めるのが目的ではない。これで都の不穏が除かれた。それをよしとせねばなるまい」

「ははっ」

嶋足は苅田麻呂の言葉を肝に銘じた。

「民にとってはどうせ無縁の諍《いさか》い。こともなく治まって安堵しておろうが……内裏は大きく変わるな。今日より名実ともに仲麻呂さまの世となる。それが果たして国のために幸いとなるかどうか。喜んでばかりもいられぬ」

苅田麻呂は呟《つぶや》いて眉を曇らせた。

嶋足も頷いた。仲麻呂の政《まつりごと》に望みを抱いての行動であれば嶋足も晴れ晴れとしたであろうが、どちらに荷担するでもなく市中の不穏を取り払うことだけを専《もっぱ》らにしてきたのだ。もし仲麻呂が私欲ばかりで政をはじめれば、誤った選択ということになる。

「仲麻呂さまがなにをしたとて、内裏にもはや諫《いさ》める者は一人もおらなくなった。右大臣さまでさえ退けられるなら他のお人は耐え忍ぶしかない。こうなれば仲麻呂さまが国のためを思うてくれるのを祈るのみじゃ」

そこに衛士府からの知らせが飛び込んだ。

「古麻呂どのが都に戻る途中と申すとな」

苅田麻呂は確認を取った。

「都の変事を聞き及んで陸奥への下向を取り止めたとのことにござります」

「だれか出迎えに急げ」

苅田麻呂は鼻で嘲笑《あざわら》いつつ命じた。

「四、五十の郎党を率いているだけではなにもできまいが、館まで目を放すな」

「手前がそのお役目を」

嶋足が名乗りを挙げた。

「そなたでは騒ぎとなる心配がある。古麻呂どのにも意地があろう。味方と信じていたそなたに引き立てられるを潔しとはすまい」

苅田麻呂は首を横に振って退けた。

二

衛士府に戻った嶋足は翌日の午後まで一睡もせずに苅田麻呂とともに尋問に立ち会

った。道祖王も連行されていると聞いていたが、さすがにそれはなかった。右大臣のはからいで私邸での尋問に切り替えられたと言う。牢屋に押し込められているのは小野東人と答本忠節の二人だけであった。東人については右大臣が尋問の役目を担《にな》い、忠節は中衛府の高麗福信が受け持っていた。苅田麻呂や嶋足らが尋問に口を挟むことは禁じられていたので、立ち会いと言っても見守るだけのことだった。

午後に至って尋問はいったん中止された。嶋足は疲れた体を馬に乗せて自分の家に戻った。家には天鈴と言人が待ち構えていた。

「どんな様子だ?」

着替えをしている最中にも天鈴は急《せ》かした。

「小野さまは知らぬ存ぜぬを繰り返してばかりだ。あまりにも手ぬるい。と言うより右大臣さまはことを荒立てるおつもりがないのであろう。尋問も別の者に任せて、ご自身は夜中に館へ引き揚げられた。あれでは何日尋問を繰り返しても一緒だな。だが忠節に対しての中衛府の調べは厳しい。おぬしや苅田麻呂さまが睨んだように、仲麻呂さまはわざと右大臣さまに尋問を任せたに相違ない。二人の証言に食い違いが生ずれば右大臣さまへの疑いが膨らもう。我らにはそれが見えるのに、右大臣さまは少しも気付いておられぬ。ご自分に尋問の役目が回されたことを喜んでおられよう。哀れな気さえした」

「道祖王については？」

「決起について型通りのお訊《たず》ねをして、それに王は首を横に振られただけとか。それ以上のことはまだ進んでおらぬ」

「呆れたものよ。それでことが済むと思っているのか……東人の館には鎧を着た者らが三十も居たのだぞ。言い訳が通るまいに。いかに右大臣の力があっても揉《も》み消しはできぬ」

天鈴は嘆息した。

「多麻呂らはどうなった？」

嶋足は質した。

「すでに都を出てござる」

言人が代わりに応じた。

「伊勢より陸奥へ向かう船に乗せることにしました。もう心配はありますまい」

「多麻呂は成敗したと苅田麻呂さまに伝えた。追っ手もない」

「苅田麻呂はそれを信じたか？」

天鈴は厳しい目をして嶋足を見詰めた。

「むろんだ。苅田麻呂さまは羅城門で多麻呂が俺を襲うのを見ておられる。俺がこうして無事であるのは、すなわち多麻呂が敗れたことを意味する」

「いかにも」

天鈴は笑って頷いたあとに、

「仲麻呂がどう決着をつけるかきちんと見届けさせて貰おう。奈良麻呂の館にはまだ兵らが潜んでいる。安心はならぬ。ことと次第によっては生命を捨てて抗《あらが》おう」

言人を促して立ち上がった。

「もう行くのか？」

「こっちも多麻呂らの手配で夜通し起きていた。長い夜だったな。なにかあれば言人の店に知らせてくれ」

天鈴はそれでも元気な足取りで消えた。

「酒をくれ。呑んで俺も少し寝る」

嶋足は弓守《ゆもり》に支度を言い付けた。

斐太都が訪ねて来たのは夕刻だった。弓守に起こされるまでもなく嶋足はその声で察して戸口に急いだ。

「ご挨拶が遅れてしまった。さきほどまで市中を固めておったゆえ身動きがとれず申し訳ござらぬ。お陰で無事に終りそうだ」

斐太都は部屋に上がると礼を言った。

「苅田麻呂さまがご貴殿の采配の見事さに舌を巻いておられた。我ら衛士府でも果してあれほどに要所を固められたかどうか」

「ようやく一段落つき申した。聞けば昼過ぎまで衛士府におられたとか。そうと承知なら衛士府に顔をだせばよかった。部外者の手前が衛士府に参れば迷惑と思い、ずうっと市中の見回りを引き受けていた」

斐太都らしい配慮に嶋足は笑顔で頷いた。

「奈良麻呂さま方にお咎めなしのお言葉が皇太后さまより下されたのをご承知か？」

「ん？」

寝ぼけていたせいの聞き違いかと嶋足は思った。嶋足はもう一度と促した。

「内相の館についさきほど塩焼王《しおやきおう》さま、安宿王《あすかべおう》さま、黄文王《きぶみおう》さま、奈良麻呂さま、そして大伴古麻呂さまの五人が呼び出された」

斐太都は低い声で続けた。

「小野東人はまだなにも白状しておらぬ。だが、謀反の噂は今にはじまったことではない。そこで皇太后さまが五人の身を案じられてお言葉を授けることとなったらしい。世間は五人の方々の謀反と信じておるようだが、皇太后さまとお帝《かみ》は有り得ぬ噂と見ている。だが噂の立ったことを恥じて謹慎いたせ、とのお言葉だそうな」

「謹慎だけで済ますと!」

嶋足には信じられなかった。

「このたびのことは不問に付すゆえ、今後このようなことに加わってはならぬ、と」

「馬鹿な……それではなんのために我らがここまで苦労いたしたか知れぬ」

やり切れないものを嶋足は感じた。

「奈良麻呂さま方にも思いがけないお言葉だったらしく、それを伝える仲麻呂さまに平身低頭して礼を申し上げたそうな」

斐太都は複雑な苦笑を洩らした。

「裏があるのでは?」

嶋足はその笑いで見抜いた。

「仲麻呂さまは奈良麻呂さまらの兵を離散させるための策だとはっきり口になされた」

「…………」

「明日より小野東人への尋問が右大臣さまから中納言藤原永手《ちゅうなごんふじわらのながて》さまへと移される。中納言さまには仲麻呂さまの息がかかっている。容赦ない尋問となろう。そこで謀反の確証が挙がれば皇太后さまのお言葉も撤回せざるを得なくなる。噂の段階ゆえに皇太后さまも温かな処置を取られたに過ぎぬ」

「安心させて手足をもぎ取ってしまってからゆっくり料理にかかる肚《はら》だとでも？」

「賢い策と言うべきであろう。奈良麻呂さま方はさきほどのお言葉で首が繫がった思いに違いない。これ以上疑いを持たれぬように兵らを館から追い払い、謹慎に努める。そこを捕縛すれば面倒は一つもない」

「そのために皇太后さままで動かしたと！」

嶋足は啞然としていた。

「皇太后さまはまさか仲麻呂さまの用いた策とも知らず、本心から奈良麻呂さま方をお許しになったはずだ。でなければいかに奈良麻呂さまとて信用すまい。恐ろしいお人だ」

斐太都は思わず口にして少し慌てながら、

「明日からの尋問には手前も証人として呼ばれている。もはや小野東人も逃れられなくなる。必ずや右大臣さまにも罪が及ぶ。わずかの血しか流さずに仲麻呂さまの世となろう」

「どういうご処分をなされると思う?」

「それはお帝のお心による。仲麻呂さまは、軽くて遠島《えんとう》と考えておられるようだが」

「遠島で足りぬとなれば死罪か……」

「いかになんでも王さま方は許されると思うが、奈良麻呂さまや古麻呂さまはその処罰を免れぬのではないか? 内相のお命を狙っただけではないのだ。もしお帝が内相の館にあれば、ともにお命を奪う策であった。それをお耳にいたせば決して処罰に反対すまい」

「だろうな」

「兵を集め、刃《やいば》を交えての果てのことなら諦めもつこうが……なにやら釈然とせぬ。あるいは奈良麻呂さまが刃向こうて来ると覚悟していたに、なんとも後味《あとあじ》の悪い結果となった」

「奈良麻呂さまはそういうお人だ。ご自身が招かれたことと思うしかなかろう。陸奥守の佐伯全成《さえきのまたなり》さまからも前に伺った。決起の機会は二度もあったとな。結局は武人ではなかったということだ。あまりにも命惜しみをなされたとしか言えぬ」

「そなたのような者が、まこと奈良麻呂さまのお味方に回っていれば結果がどう転んでいたか知れぬの。仲麻呂さまはそれさえも分かっておられぬようだ」

「とは？」

「衛士府の手助けあればこそそのことと私は何度も口にいたしたが……」

「そのことはもういい。苅田麻呂さまも気にしてはおられぬ。衛士府の務めは仲麻呂さまのお命を救うことではなかった。決起を防いで国の乱れと民の安泰を図ることにある。それが果たされたからには満足じゃと苅田麻呂さまは申された」

「苅田麻呂さまによろしく申し上げてくれ」

斐太都はふたたび礼を言って帰った。

三

翌日の早朝から小野東人への尋問が中納言藤原永手の命令によって再開された。右大臣のときとは異なって衛士府の尋問もむしろ歓迎された。自白の公正さを知らしめるためと思われた。謀反の確証があってのことだから当然でもある。永手は脇に苅田麻呂を従えて斐太都の訴えを最初に聞いた。続いて牢屋に斐太都を同行させて東人と対面させた。それでも東人は頑《がん》として決起を否定した。その返事を予測していたらしく永手は笞打《むちう》ちと水責めの拷問《ごうもん》を命じた。東人は青ざめた。昨日の尋問は言葉のやり取りだけだったのである。

「冠《かんむり》を外《はず》し、衣服を剝《は》ぎ取って責めよ」

永手は冷酷に言い放った。人前で冠を外されるということは最大の屈辱である。獣に貶《おとし》められるのとおなじだ。東人は泣き喚いて許しを願った。すべてを明かすと言う。

「それはあとで聞く」

永手は兵らを促した。東人の冠が乱暴に取られた。髷《まげ》があらわとなる。次いで上半身が裸に剝《む》かれた。東人は身を捩《よじ》った。

「申す。申すゆえ許してくだされ」

東人は怯えて懇願した。その目が斐太都や嶋足に向けられた。

「お頼みしてくだされ。後生ぞ。体に笞の傷があっては必ず地獄へ落とされる。なにとぞお頼みを……儂が悪かった。覚悟はついておる。命惜しみで言うのではない」

東人はぼろぼろと涙を溢れさせた。

「ではなにゆえ即座に白状せなんだ。右大臣さまとなにかの密約でもあったか？」

永手は近寄ると顎を持ち上げた。

「そんなものはござらぬ。誓って申す」

「今日は長い日となるぞ。どこまでも付き合うてやるほどに安心するがよい」

永手は兵に目配せした。笞が勢いよく東人の背中に振り落とされた。東人は絶叫した。

「…………」

「備前の秦《はた》一族を奈良麻呂の許へ送り込んだのはそなたじゃな？」

東人は否定、というより笞の痛みで声を発することができない状態だった。

「私兵を抱え、武器を揃えることは先日の勅できつく禁じられたはず。それを承知しながら百以上もの武者を奈良麻呂に抱えさせたのはいかなる所存からじゃ。そのことだけでそなたは極刑を免れぬ。累《るい》は一族郎党にまで及ぶと思え。お帝《かみ》から高い階位を授かりながら国を乱す策に傾くとは言語道断じゃ。目玉をくりぬき、舌を切り落としても飽き足らぬ。そなたが自ら舌を嚙み切って死んだとて一向に構わぬ。謀反の詳細を知る者は他にいくらでもおる」

永手は笞打ちを続けるように叫んだ。

懇願の悲鳴が牢屋に響き渡った。笞でおなじ場所を三度も叩かれれば肉が殺《そ》げ骨にまで達する。東人の背中は血塗《ちまみ》れとなった。

「白状いたすと申しております」

茹田麻呂が無残な顔をして進言した。

「このまま続行いたせば死にましょう」

「水をかけよ！」

気を失いかけた東人を見て永手は怒鳴った。

「これまでの手緩《てぬる》さが東人らを増長させたのじゃ！　内相ばかりかお帝のお命まで狙うとは畜生にも劣る者ばら。思い知らせてやる」

永手は崩れた東人の頭を踏み付けた。

「答本忠節とやらは右大臣さまのご子息が奈良麻呂とつるんでおったと白状したぞ。ことが成ればお帝より駅鈴《えきれい》と御璽《ぎょじ》を奪い取り、右大臣の下知を仰ぐとの談合があったそうではないか！」

東人は必死で首を横に振った。茹田麻呂と嶋足は顔を見合わせた。そんな話は聞いていない。そもそも忠節はそこまでの情報を得られる立場に居ないはずである。

「まだまだ足りぬわ！」

永手はさらに笞打ちを命じた。牢屋の石畳は東人の血で赤く染まった。

「謀反は紛れもなきことゆえ致し方ないが」

東人の昏倒によって尋問が中断されると苅田麻呂は部屋に戻って深い嘆息をした。

「永手さまはすべてを白状させたあとに責め殺すつもりであろう。死ねばその言葉が嘘であったかどうかも究明できなくなる。仲麻呂さまがそう命じたに違いない」

「執拗に右大臣さまとの関わりを言い立てておりました。東人が一つでも頷けばそこをさらに広げて追及いたしましょうな」

「舌を嚙んで死ぬ方が楽であろうに……東人も見苦しい。いやな成り行きとなったの」

「御意《ぎよい》」

「この様子では決起に賛意を示さずとも、誘われて口を噤んでいたお人らもただでは済むまい。どこまで増えるか先が知れぬ。決起を未然に防いだとて無意味であったかも知れぬぞ。流れる血の量に変わりがない」

苅田麻呂は肩を落とした。

永手に呼ばれて苅田麻呂と嶋足が牢屋に急いだのは、それから半刻後のことだった。一歩踏み込むなり嶋足は東人が絶命していることを察した。東人の背中には無数の笞の跡が見られた。白い背骨が飛び出ている。外した笞の傷が顔を切り裂いて目玉を潰している。嶋足はさすがに顔を背けた。

「すべてを告白して果てた。げに恐ろしき陰謀であった。死は当然の報いである」

永手は有無を言わせぬように断じた。苅田麻呂は頷いた。永手は中納言である。反論が許される相手ではない。

「去る六月中に内相のお命を縮めんとして合わせて三度の談合を持ったと白状した。はじめは奈良麻呂の館に集まり、二度目は図書寮《ずしょりょう》の蔵の近くの庭、そして三度目が太《だ》政官院《じょうかんいん》の庭であったとか。会合に顔を見せたのは安宿王《あすかべおう》、黄文王《きぶみおう》、奈良麻呂、古麻《こま》呂《ろ》、多治比犢養《たじひのうしかい》、多治比礼麻呂《いやまろ》、大伴池主《おおとものいけぬし》、多治比鷹主《たかぬし》、大伴兄人《えひと》、他に十数名。この日には加わらなかったが、奈良麻呂の決起に意を一つにする者として道祖王《ふなどおう》、奈貴《なき》王《おう》、佐伯全成《さえきのまたなり》、佐伯古比奈《こひな》、賀茂角足《かものつのたり》、多治比国人《くにひと》、佐伯美濃麻呂《みのまろ》らの名を口にした。彼らは、あろうことか禁裏の庭にて塩汁《しおじる》を酌み交わして盟約を結んだ。決起の日時を七月の二日の夜半と定め、内相の館を四百の兵を用いて取り囲み、内相のお命を奪ったのちには、おなじ館にある大炊王《おおいおう》さまを急襲し、その地位を退け、さらに皇太后の宮を占拠して駅鈴と御璽を手中に収める策であったと言う。それに成功した暁には右大臣に事後を委《ゆだ》ね、お帝を廃し、塩焼王《しおやきおう》、安宿王、黄文王、道祖王の中からどなたかを選んで即位させ、天皇にしようとの考えであったとか」

「……………」

「決して見過ごせぬ一大事と心得る。儂は早速内裏に戻りて内相にご報告いたす。衛士府も心して今後の下知を待て。東人が口にした者らに対する捕縛の命《めい》が直ぐにも発せられよう。それぞれの尋問によってさらなる捕縛者が出るは必定。牢がいくつあっても足りなくなる。尋問の場を今から設けておけ」

「おそれながら！」

さすがに茹田麻呂は遮《さえぎ》った。

「その自白、立ち会うた者は他にどなたにござりまするか？　衛士府の牢内でのこと。我らが側におらぬでは責任を負いかねまする」

「中納言の儂がしかと耳にしたと申したのじゃ。それに文句をつける者はおらぬ。そなたは命ずるままに働けばよい。それとも、今の自白が信用できぬと申しておるのか？」

「いえ、決してさようでは」

「奈良麻呂の謀反を突き止めて内偵を進めていたのは衛士府であろう。儂は内相よりそう聞いておる。今になって首を傾《かし》げるは解《げ》せぬ。そなたらは嘘を内相に報告したのか！」

永手は一喝した。

「中衛府の働きに妬みを抱いているのではあるまいな？　なればなおのこと衛士府の力を示してみせねばなるまいに、調べの邪魔だてするとは以《もっ》ての外《ほか》ぞ。控えろ！」

「調べを中断いたすと中納言さまは申されました。それゆえ部屋に引き下がったのでございます。それについてご返答を」

「自白しそうだと聞かされて問い詰めたまでのことじゃ。つい失念しておった」

永手は悪びれずに言った。

「死なせたことについては儂が責めを負う。じゃが、今はそんなことを話し合っているときではあるまい。なにが大事か心得よ」

永手は苅田麻呂に東人の死骸の始末を言い付けて立ち去った。苅田麻呂と嶋足は憮然として永手の部下らを睨み続けた。そこに斐太都が異変を耳にして現われた。斐太都は東人の懐ろに潜り込んで内偵を続けていた男である。死骸を目にしてその場に立ち尽くした。

「東人は仲麻呂さまに敵対する、ありとあらゆるお人の名を並べ立てて死んだそうな」

茆田麻呂は冷笑を浮かべて言った。

「そんな余力があったのか？」

じろりと茆田麻呂に睨《ね》めつけられて笞を用いた男は身を縮めた。

「口を利けぬような様子に見えたがの……中納言さまはさすがに尋問がお上手だ」

茆田麻呂は言い放って牢から去った。

「はじめからそのつもりであったか……」

斐太都は東人の死骸に合掌した。

「東人さまさえかような扱いでは……」

どこまできつい処罰が広がるか知れたものではない。嶋足は寒気を感じていた。

四

それからの衛士府は多忙を極めた。一度に二十名を超える者たちへの召喚の命令が通達されたのである。捕縛ではなく召喚の形を採っているところに仲麻呂の狡猾さが示されていた。もちろん東人の死は固く伏せられていた。形式だけの調べと甘く見てか、いずれもさしたる不安を見せずに衛士府へ出頭した。皇太后からの許しの言葉を得ているからにはそれも当然であろう。衛士府の前には道を埋めるほどに牛車《ぎっしゃ》が並んだ。直ぐに帰れると見た者たちが待たせている車である。尋問を司《つかさど》っている永手もそれぞれが到着するたびに笑顔で出迎えた。王まで加えられているのだから丁重さも不思議ではない。その慇懃《いんぎん》さは調べの最中でも崩れなかった。嶋足が最初に立ち会いを求められたのは安宿王に対する尋問であったが、永手は終始笑いを見せて、罪はすべて奈良麻呂にあると言い立てた。安宿王は永手を味方と信じ込み、東人の告白を裏付ける証言を重ねた。

「六月の二十九日に黄文王が相談したきことがあると言って誘いに参った。それに従い太政官院の庭まで足を運ぶと、そこには二十ばかりの者たちがすでに集まっていた。一人一人が近付いて名乗りを挙げた。中に奈良麻呂が交じっていた。小野東人の姿も見掛けた。なんの相談なのか分からずにいると塩汁の椀を渡された。呑み干したが、奈良麻呂は天地と四方に向けて礼拝をいたそうと立ち上がった。なんの祈願かと質したが、だれ一人教えてくれない。それでも仕方なく礼拝した。すると皆は頷いて四方に散って立ち去った」

永手は、面倒なことに巻き込まれたものですな、と同情した顔で談合に連なっていた者たちの名を訊ねた。安宿王は他に三、四人の名を口にした。それ以外には暗がりのせいでよく分からないと言い張る。永手は自分から多くの名を挙げた。東人の証言によるものだと聞かされて安宿王は、それならそうかも知れない、と小さく頷いた。永手は尋問を切り上げて安宿王を牢屋に監禁するように嶋足へ命じた。安宿王は絶句した。

「子供ではあるまいに」

永手は急に冷たい目をして、

「なんのための談合かも知らずに塩汁を呑み干し、礼拝をしたと申されまするか？」

「そうじゃ。私はなにも知らぬ」

「それで王の務めがなるとお思いか？　奈良麻呂はそこに付け込んで参ったのじゃ。愚かな者でも王は王。まこと情けない」

「なんと申す！」

「知らずに盟約を交わすは間抜けと申した」

「おのれ！　無礼であろう」

「耳と目がござらぬのか？　奈良麻呂は無言でいたわけではありますまい。なんのための盟約か子供でも分かりますぞ」

「わざと知らぬふりをしたのじゃ。あないな恐ろしい陰謀とは知らなんだ。それゆえな」

気付かぬ顔をして盟約に加わった」

「では承知であったことになりますな」

永手はしたりと詰め寄った。

「内相の館を襲う相談にお誘いになったのは黄文王さま。それに間違いありませぬな」

がっくりと安宿王はうなだれた。

安宿王から談合の確証を得た永手は続いて黄文王を待たせてある部屋へと急いだ。互いに口裏を合わせられることがないようにそれぞれを離れた部屋に通してある。

「安宿王さまはいたく後悔してござりましたぞ。黄文王さまからのお誘いがなければ談合に加わるつもりはなかったと仰せにござる。もっとも、黄文王さまにしたところで奈良麻呂の誘いを無下《むげ》に断われなかっただけのことと庇《かば》っておいでにござりました。お帝も案じておられます。この上は素直にお打ち明けくださってお許しを願うのが大事と思われまする。奈良麻呂は黄文王さまのお力添えが欲しいばかりに引き入れたのでござるよ。お立場がお立場ゆえにご迷惑を被《こうむ》られたに過ぎぬ。まこと手前も残念に思うております」

そうじゃ、そうじゃと王は膝を乗り出した。王は奈良麻呂が接近してきた経緯を詳しく永手に伝えた。いちいちそれに永手は嘆息を交えながら頷いた。

「すると……内相の館にもし大炊王さまがあられたときは、ともどもにお命を？」

「まさか奈良麻呂とてそこまでは口にせなんだが……」

「戦さとなってはなにが起きてもおかしくはござるまい。そして……その後はお帝をお諫めして退位を願うおつもりであったとか？」

「安宿王がそう申したか？」

「手前にはそう聞こえましたが」

「我らは内相の息のかかった皇太子では国の乱れの原因《もと》となると案じていたのじゃ。お帝の退位までは望んでおらぬ。お帝によって新たな皇太子を定めていただく考えであった」

「刀を突き付けてでござるか？」

「…………」

「そうではないか。内相を葬った後に、願いとは詭弁《きべん》にござろう。白々しい返答などもはや要らぬ。反逆はそれで明らかじゃ！」

黄文王は永手の声に縮み上がった。

「牢獄にてお帝の沙汰を待つがよい。もはや逃れられるなどと思うでない。反逆と定まったときは儂にすべてが任せられておる。覚悟召されるのじゃな。お帝のお慈悲を常に授かりながら奈良麻呂ごときと徒党を組んで、己れの罪の重さにも気付かぬとは恥を知れ」

黄文王はぶるぶると体を震わせた。

「目障りじゃ。さっさと引き立てよ」

永手は側の者たちに命じた。

黄文王はふらふらと立ち上がった。何人かが慌ててその体を取り押さえた。

「仮にも王族であろう。潔くいたすがよい」

永手は苦々しく言って威圧した。

しかと見届けるつもりでいた嶋足だったが尋問が続くにつれ、それは苦痛となった。永手も王族を済ませると別の者に任せた。それをしおに嶋足も詰所《つめしょ》に引き下がった。奈良麻呂と古麻呂に対しての尋問は夜に回されている。その立ち会いを命じられている苅田麻呂が詰所で嶋足を待っていた。苅田麻呂は尋問の一部始終を嶋足から聞かされて唸った。

「あれは尋問などではありませぬ。巧みに言葉を操って罪を重くさせております」

「しかし……談合に安宿王さまと黄文王さまが加わっていたことに嘘はない。それを耳にいたせばお帝はどんな処罰にも頷かれるであろう」

「手前が言うては差し障《さわ》りがありましょうが、王さま方はどなたも奈良麻呂さまに操られていた人形に過ぎませぬ。罪がなににあるかもご承知ではございませなんだ。そのお方たちにあれほど厳しい処罰が必要でありましょうや」

嶋足は哀れを禁じ得なかった。

「王であることが問題なのだ。許せばまたぞろ王を取り込む者が現われぬとも限らぬ。仲麻呂さまには大炊王さまお一人で十分であるのだろう。お気の毒だが黄文王さまはもはや望みがあるまい。我らにはどうしようもない」

苅田麻呂は無力を痛感した顔で呟いた。

「奈良麻呂さまと古麻呂どのの尋問には仲麻呂さまも立ち会われるとの知らせが入った。むろん仲麻呂さまは東人の死を承知のはず。明日の朝までに何人が生き残るか……辛い夜となる」

「お帝の処罰を待たずに獄死させるということにございますか！」

「その方が面倒がなかろう。なんと言っても奈良麻呂さまはお帝と血の繋がりがある。もしお情けで処罰を軽くされては困ると仲麻呂さまは見ているはずだ。決起の確証さえ得られれば殺したところで問題にはならぬ。東人のことどて仲麻呂さまの下知によるもの」

「むごいお人にござりまするな……」

「勝てば奈良麻呂さまとておなじことをしたやも知れぬ。そう思って諦めるしかない」

「…………」

「そなたはこれで退出しても構わぬぞ」

「は？」

「古麻呂どのと顔を合わせたくはなかろう。まことの尋問であるならそなたの証言も必要となろうが、もはや問い詰める気もないと見た。ただ責めて責めて殺す所存であろう。死ぬ間際の恨みがそなたに向けられては堪らぬ。好きにするがよい」

苅田麻呂は本心から案じて言った。

嶋足は腕を組んで悩んだ。

「立ち会いを務めだと思うな。古麻呂どののためにも顔を見せぬ方がいい。古麻呂は武人じゃ。そなたに不様な姿を晒《さら》したくあるまい」

「それでお許しが得られるなら」

嶋足は喜んで命令に従った。もうたくさんだった。戦場で首を掻き斬るならともかく、抗えぬ者を責め殺すのを見るのは忍びない。

「なにかあれば使いを遣わす。今夜のところはゆっくりと休め。夜明けから今まで苦労をかけた。それと……これの始末がついたときには、あの者を衛士府に連れて参れ」

「天鈴のことで？」

「衛士府に在るのを誇りとして過ごして参ったが……これからはどうか知れぬ。陸奥守にでも任じられて、のんびりと暮らすのもよさそうに思えてきた。そのためにはあの者と親しくするのが大事ではないのか？」

にやにやとして苅田麻呂は言った。

「言人《ことんど》の店がどんなところか多少は承知している。よしなに伝えてくれ」

「承知つかまつりました」

笑顔で嶋足は請け合った。

「厭な世の中になるぞ……きっとな」

苅田麻呂は庭に目を動かした。夏を楽しむがごとくに白い花が咲き盛っている。その花が咲いていたのを苅田麻呂ははじめて気付いたように眺めた。

五

苅田麻呂の想像は的中した。一言の弁明も許されずに奈良麻呂は仲麻呂の目の前で惨殺された。笞《むち》と杖《じょう》で交互に二百も叩かれ、ただの肉塊となって果てたことを嶋足は苅田麻呂からの使いの報告で知った。古麻呂も同様であった。古麻呂は水桶に逆さ吊りにされた上で笞打ちを続けられたと言う。二人は仲麻呂への恨みを最期の最期まで口にしたらしい。そこに立ち会っていればその矛先は間違いなく嶋足にも向けられていたはずである。

「道祖王さまもお亡くなりになったとな!」

嶋足に使いの者は頷きながら、

「他に多治比犢養《うしかい》さまと賀茂角足さま……それに黄文王さまもお果てになられた由にございます。ただし、衛士府への出仕はご無用と苅田麻呂さまが申されました」

「黄文王さままで……」

あまりのことに嶋足は言葉を失った。いかに罪は奈良麻呂側にあるとは言え、獄に繋いでたった半日のことである。しかも王が二人も含まれている。鬼でなければとうてい果たせぬ仕打ちであった。ことに黄文王については尋問に立ち会っただけに衝撃が大きかった。

「黄文王さまは……小者に笞打たれたを恥じて自ら石畳に頭を打ち付けてお命を断たれたと聞き及んでおりまする」

使いの者は付け加えた。

「出仕が無用とはいかなるわけだ？」

「陸奥に出向いて陸奥守佐伯全成さまを尋問の上に都まで引き立てよとのご下知にございます」

「このまま陸奥へ行けと申されたのか！」

「明朝には必ず出立いたすようにとのお言葉でありました」

嶋足は溜め息とともに頷いた。それもまた苅田麻呂の温情に違いないと感じたからである。旅に出て心を鎮めろということなのだ。

「あい分かった。無事に務めを果たすと苅田麻呂さまに申し上げてくれ」

嶋足は使いの者を労《ねぎら》って帰すと弓守を天鈴の許へ走らせた。

「全成がどう動くか案じているのだろう」

天鈴は呆れながらも頷いた。

「都の情勢が伝わる前に全成の身柄を押さえてしまわなければ危ない。奈良麻呂や古麻呂ばかりか王まで獄中で殺されたと知れば全成も素直に縄にはつくまい。どうせ弁明も許されずに殺されると分かっているのだ。よほどの間抜けでもない限り抗《あらが》って己れを主張する。さすがに苅田麻呂よな。それを察しておぬしを陸奥へ急がせることにしたのだ。おぬしなら一度会って信用されている」

「引き受けたものの厭な役目だ。殺すために連行することになる」

「まったく……仲麻呂がここまで素早い手を打つとは思わなかった。あの奈良麻呂と古麻呂はもうこの世の者ではない。なんとも呆気ない始末とはこのことよ。もう少し派手な喧嘩になると見ていたがな」

天鈴は苦笑いした。

「よく平気でいられる」

嶋足は不愉快そうに天鈴を睨み付けた。

「死んでしまったものは仕方あるまいに。だが……これほどに冷酷な男であるなら先はまだまだ知れぬ。当分は仲麻呂の世となろうが、きっとそれをよしとせぬ者が生まれるはずだ。苅田麻呂とて現に見限ったようではないか。せいぜい保《も》って十年か。あるいは五年も待たずに新たな火種が燃え上がる。ものは考えようだ。仲麻呂の力を頼りに出世をと考えたが、むしろ関わりを持たなくてありがたかったと思う日がくるかも知れんぞ」

「心に思っていても仲麻呂さまにはだれ一人として逆らえまい」

「時というものを侮っていよう」

天鈴は笑った。

「時ばかりはいかに仲麻呂とて自由にできぬ。時は確実に仲麻呂を締め上げていくのさ。俺にもまた楽しみが増えてきた」

天鈴は真面目な顔で言った。

「そんな日が本当にくると思うか？」

「おまえが仲麻呂を倒さぬとも限らぬ」

ばかな、と苦笑した嶋足だったが、心のどこかにはその思いが生まれていた。あの者は人ではない。その思いが嶋足の中で強まっていたのである。

風待ち

一

嶋足がふたたび陸奥の地に舞い戻ったのは七月の十五日のことだった。都を発《た》ったのが五日の早朝だったから、ちょうど十日で駆け抜けたことになる。二日に一度は馬を替え、一日に四刻（八時間）は走らせないと成し遂げるのはむずかしい。途中、いくつもの山や川を越えねばならず、風や雨を凌《しの》いでの旅である。伊勢辺りから船を用いて多賀城《たがじょう》に向かえば遥かに楽で日数も縮められるのだが、船は嵐や潮の流れに大きく左右される。馬の方が確実で安心できた。体のきつさを厭《いと》う嶋足ではなかった。

「いかがなされます？」

名取《なとり》の柵《き》を間近にして弓守《ゆもり》は質した。無理をすれば多賀城に向かえぬ時刻でもない。

「やはり今夜は名取に泊まるとしよう」

頭上の雨雲を眺めて嶋足は言った。降ってはいないが、一刻とは保ちそうになかった。

「都からの知らせはまだ全成《またなり》さまに届いておるまい。多賀城の様子を見定める必要もある。また、今度は前と違って正式な尋問となる。髪を整え、衣服を改めねばなるまい」

口ではそう言ったものの嶋足の本音はただ心を落ち着かせたかった。全成とどう向き合えばいいのか、いまだに気持ちが揺らいでいる。潔く縄についてくれたとて、それは死出《しで》の旅への道案内でしかないのだ。

重い嘆息を吐いて嶋足は馬を進めた。

柵を中心にして町が広がっている。町の入り口に差し掛かると嶋足は見覚えのある男に呼び止められた。名取で商いを営んでいる物部《もののべ》の者であった。以前に会って一緒に酒を酌《く》み交《か》わしている。男は大役を果たした顔で嶋足に駆け寄ると馬の手綱《たづな》を握った。

「いろいろと御縁がありますの」

「来るのを承知していたらしい」

嶋足は苦笑いした。だいたいの見当はついている。

「天鈴さまが店でお待ちしております」

「なるほど。いつも天鈴にはかなわぬ」

船で先回りしたのだろう。

「柵に入る前にお会いしたいと……天鈴さまは一昨日の夜に到着なされました」

嶋足は頷いて男の案内に任せた。

「なにか聞いているか？」

嶋足は男に訊ねた。

「都に異変があったそうで」

「多賀城や名取に目立った動きはないか？」

「今のところなにも……知らせが届いた様子はいっさいございませぬ」

「一昨日から町の入り口で見張っていたのか」

「手前一人ではありませぬが」

男は頷いた。嶋足を待つついでに町の出入りを探っていたと見える。

「陸奥はいいな。俺も今度ばかりは都暮らしがほとほと厭《いや》になった」

天鈴と事前の相談ができると分かって嶋足はようやく笑顔を取り戻した。ここ何日かの緊張が解けていく心持ちだった。

「だから船にしろと言ったではないか」

会うなり天鈴はにやにやと笑って、

「船なれば酒を呑んでいるうちに着く。そのくたびれた衣を見ていると哀れでならぬわ」

天鈴は真っ先に酒を勧めた。

「何日かかった？」

杯に受けながら嶋足は質した。

「五日だ。それでも船足としては遅い方だぞ」

「すると俺が都を出て三日後のことか」

「三日で世の中ががらりと変わった。あの斐太都《ひたつ》、いったいどこまで出世したと思う？」

天鈴は挑むように嶋足を見据えた。

「俺の言うことを素直に聞いていれば、斐太都の代わりにおぬしがそこへ昇り詰めたものを……つくづく残念でならぬ。斐太都はむろん蝦夷《えみし》と違うが、それでもあの昇進は尋常でない。耳にして腰が抜けたぞ」

「中衛府《ちゅうえふ》の将監《しょうげん》にでもなったか？」

斐太都の階位は嶋足より一つ下の従八位上。役職は番長《ばんちょう》であった。そこの将監となると階位は従六位上となり、なんと八階位もの特進となる。さすがにそこまでは無理だろうと思いつつ、天鈴の口振りから嶋足は言った。

「将監だと？」

天鈴は大笑いした。

「ではその下の将曹《しょうそう》辺りか？」

「反対だ。将監ならせいぜい従六位程度であろうに。そんなものでは驚かぬ」

「もっと上になったと言うのか？」

嶋足は目を丸くした。考えられない。

「おまえが陸奥に旅立ったその日に謀反を未然に防いだ功績を認められて斐太都は従四位下の階位を授けられた」

「まさか！」

嶋足は絶句した。従四位下と言えば十五階位もの大特進となる。大国の国守《こくしゅ》にも相当する。陸奥守佐伯全成だとて従五位上の階位に過ぎない。朝廷はじまって以来の昇進と言っても大袈裟ではないだろう。

「役職はまだ定まってはおらぬが、今の中衛府に残るなら中将《ちゅうじょう》と同格だ。もし近衛府の中将にでも任じられれば即座に参議への道も開かれる。いや、それもあながち夢ではあるまいな。帝はことのほか斐太都が気に入ったのか朝臣《あそみ》の姓《かばね》まで授けた」

嶋足は眩暈《めまい》さえ覚えた。

「おぬしなど手の届かぬ男になったのさ。おぬしが手柄を譲ったばかりにこのざまだ。悔しいとは思わぬか？　あの斐太都が夢見心地でいるときに、おぬしはこうして苅田麻呂の下働きを務めていなければならぬ。固い鞍で尻の皮を破っても走り続けねばならぬのだ」

「まだ……信じられぬ」

嶋足は溜め息を洩らした。

「尋問をする佐伯全成とて、もはや陸奥守ではないぞ。とっくに解任されて後任が定まった。しかも仲麻呂の倅の藤原朝猟《ふじわらのあさかり》。藤原の一族が陸奥に長く赴任したことは一度もない。恐らくこたびとて任官は形ばかりで実際は陸奥介《むつのすけ》の余足人《あぐりのたるんど》辺りに任せるのだろうが、そろそろその通達が陸奥に届こう」

「尋問もせぬうちに解任だと？」

「確証などもはやどうでもいいのだ。奈良麻呂や古麻呂と付き合いがあっただけで罪と見做される。まったく……酷い話だな」

さすがに天鈴も眉を顰《ひそ》めた。

「従四位下……」

嶋足はまたそれを口にした。つい数日前まで自分より下の役職にあった者が、今では陸奥守さえ軽く凌《しの》ぐ雲上人となったのだ。

「そうだ。従四位下よ。苅田麻呂への遠慮など捨てて、おぬしが兵を指揮しておれば間違いなく陸奥守程度の役職は手にしていたであろう。言わんことではない。悔しければ今度のことを肝に銘じておくのだな。目的を果たすまでは私情を捨てねばならぬ。何度俺が口を酸っぱくして諌めたことか」

「悔しさよりも呆れているのだ」

断固として嶋足は言った。

「それをやれば内裏《だいり》の規律が乱れる」

「それこそ仲麻呂の狙いよ」

天鈴は当然の顔をして笑うと、

「仲麻呂に従えば限りない出世が叶うと皆に思わせると同時に、内裏を支配している者が帝ではなく仲麻呂だと示すことができる。斐太都はそれで運を手にしたのだ。斐太都の出世を目の当《ま》たりにして役人どもは大慌てで仲麻呂の館に日参しているに違いない。無能でも仲麻呂の覚えが目出度ければ昇進の可能性がある。それに……今度のことで内裏には多くの空席ができたでな」

「火はどこまで広がった？」

「ざっと四百人。郎党や女子供を除いての数だ。内裏はさぞかし広々としておろう」

「四百人だと！」

「そのうち二百はすでにこの世の者ではない。内裏は奈良麻呂や古麻呂など謀反の主だった者の処分しか明らかにしておらぬが、疑いない。なんとか無事に済んだのは佐渡に流されることとなった安宿王《あすかべおう》と、いまだ処分保留となっている塩焼王《しおやきおう》程度のものだろう。大伴一族は家持《やかもち》を除いてことごとく葬られた。佐伯の一族とてわずかしか残されておらぬ」

「では美濃麻呂さまもか」

「無事という噂は聞かぬ」

「哀れな……近頃はすっかり奈良麻呂さまを見限って仲麻呂さまに手蔓を求めていた

に」

「佐伯古比奈《こひな》が命惜しさにべらべらと白状したらしい。全成の心配が的中したわけだ。あやつのお陰で佐伯一族が滅びる」

嶋足は暗い顔で頷いた。全成は奈良麻呂との連携をはっきりと断わったものの、間近に古比奈が居るのを案じていたのである。

「都に戻れば様相がすっかり変わっていよう。もはやだれ一人として仲麻呂の顔色を気にせずに暮らしてはいけぬ」

「衛士府に変わりはないか？」

「茹田麻呂とおぬしにも多少の昇進はあろうが、さほど動きはなかろう」

嶋足は少し安堵した。

「こうなっては風待ちしかあるまい」

天鈴も諦めた顔をして、

「当分は仲麻呂の世が続く。取り入って昇進する方策がないでもないが……仲麻呂はやり過ぎた。しばらく様子を見守るのが大事だ。前にも申したように、仲麻呂の栄華は永く保つまい。欲に釣られて従っている者は恩義を感じぬ。なにかあれば簡単に仲麻呂から離れる。帝にしてもそのうち仲麻呂の横暴を憎むようになる。必ず波乱が起きると俺は睨んでいる。そのときに仲麻呂と敵対する者がだれになるかを見極めることこそ肝要だ」

「右大臣さまはどうなった？」

今の時点で仲麻呂に正面から立ち向かうことのできる唯一の人間である。

「豊成の命運は尽きんとしている。いや、今頃はもう内裏から遠ざけられているかも知れん。六日の昼に倅の乙縄《おとただ》が藤原永手《ながて》によって捕縛された。仲麻呂には最も近い身内ゆえ死罪は免れようが、遠国への配流は確実だ。その責めは豊成にも及ぶ。今の都で豊成に近付く者は犬ぐらいしかあるまいな」

「なれば、どなたが？」

「知らぬ。川の水はすべて仲麻呂に向かって流れている。それに逆らう岩を探すのはまだむずかしい。やがて落ち着いて川の水位が下がれば岩が水面に頭を出そう。岩を見付けたら密かに集めにかかる。そうして仲麻呂を倒す大風の吹き荒れるのを待つ」

「苅田麻呂さまは流れに逆らう岩の一つだ」

「まあ……そうだろうな」

「おぬしを衛士府に連れて来いと申していた」

「なんのために？」

「都を離れて陸奥辺りでのんびり暮らしたいと申された。おぬしの正体も薄々感付いておられるらしい」

「陸奥守にでもなりたいと言うのか？」

いまさらという顔で天鈴は遮って、

「今となっては無理な相談だ。俺も二、三年は陸奥に戻って暮らす」

「…………」

「その程度では仲麻呂の体制に揺るぎはあるまい。都に居ても仕方がない。鮮麻呂《あざまろ》と組んで陸奥の地盤を固めるのが先決だ。仲麻呂が滅びるときは国も大きく乱れる。蝦夷も大きな決断を迫られることとなろう。もっと力を強めておかねば危うい。都見物をして過ごしているわけにはいかんのでな」

「俺はどうすればいい？」

「激しく逆らわず、かと言って大きく流されずに漂っていればいい。斐太都を利用する手も考えたが、あれほどに出世した男はかえって危険だ。つるめば否応なしに仲麻呂派に引き込まれよう。斐太都からなにか言ってきても、のらりくらりと躱《かわ》すのが利口だな」

「その方が俺も気楽だ」

「斐太都とて、さぞかし困惑していよう」

天鈴はくすくすと笑った。

「雨漏りのするあばら屋に暮らしていた者が、今は郎党を三十も抱える身となった。言葉遣いもしっかり改めねばならぬ。従四位下となると帝への直答《じきとう》も許される。気苦労なことよ」

嶋足は斐太都との隔たりをあらためて感じた。寂しさを覚えた自分を醜いと思いながらも、嶋足は拳《こぶし》をしっかりと握り締めた。

「それでいいのだ」

見抜いて天鈴は言った。

「仲麻呂の下で出世したところで先行きがどうなるか知れたものではないが……少なくともおぬしは理不尽を怒る立場にある。その怒りを忘れるな。今日より我らの敵は仲麻呂と心得るがいい。倅が陸奥守となってはなおさらだ。あんな者らに陸奥を好き勝手にされてたまるか。次はおぬしが仲麻呂を討て」

嶋足は……不敵な笑いを見せて領いた。

二

翌日、嶋足は名取の兵を五十ほど従えて多賀城に入った。名取の者たちには都の情勢を詳しく説明してある。

事情をなに一つ知らない多賀城の門衛は嶋足の再訪に仰天した。

「両日中には都から知らせが届くと思うが、全成さまは陸奥守を解任された。今日は衛士府の名代《みょうだい》として全成さまにお訊ねしたきことがあってまかりこした。まずは陸奥介の足人《たるんど》さまに取り次いでくれ」

「それは……陸奥守さまに内密ということで」

門衛は怖々《こわごわ》と嶋足に質した。

「本日より当分の間は足人さまが陸奥守さまの代理を務めることになろう」

わざと嶋足はそれを口にした。全成の名誉を傷付けるようで心苦しいのだが、それをしないと逆に多賀城の兵らが揺れ動く。全成にもはや力がないことを知らしめるのが陸奥の暴動を防ぐただ一つの手段である。

門衛は身を強張《こわば》らせて嶋足に一礼した。

嶋足はやがて政庁とは離れた官衙《かんが》で足人と対面した。実直な男であるのは前回の訪問で見極めていた。

「全成さまはこたびの謀反にいっさい無縁と当方も心得ております」

嶋足は真っ先に告げた。

「なれど多くの者らが全成さまの名を口にしているのも確かでござる。佐伯の一族が多く関わっていたことも荷担の疑いを強める結果となりました。手前は証言を得て、そのお身柄を都にと命じられたに過ぎませぬが、手前が都を離れた直後に全成さまの解任が定められたとのことにございます。奈良麻呂さまに近しいというだけの理由で牢に繋《つな》がれている者も大勢おります。解任も仕方ありますまい」

「罪がないと承知のお人でもか？」

足人はぎろりと嶋足を睨み付けた。

「解任されたと申しても、新しき陸奥守さまが当地に赴任されるまでは前任の者が職務を果たす慣わしとなっている。なのに門衛ごときに全成さまの失職を口にするは出過ぎたことであろう。罪も定まっておらぬ。当地はまだまだ全成さまの支配下にある」

足人はどんと床を叩きつけた。

「内裏に逆らって兵を起こすと？」

「そんなことは言うておらぬ」

呆れた様子で足人は嶋足を見詰めた。

「全成さまもそういうお人ではない」

「佐伯の一族は大方獄死いたしました」

「なんと！」

足人はわなわなと体を震わせた。

「都に戻ったところで全成さまは許されますまい。それは全成さまも必ず悟られまする」

「…………」

「となると案じねばならぬのは全成さまを慕う多賀城の兵ども。全成さまのお心次第で決起の旗を掲げぬとも限りませぬ。それを防ぐのが手前の役目と心得て参りました。それゆえ門衛に解任のことを口にいたしました」

「どうしても救われぬのか？」

都の情勢をしかと知らぬ足人は甘い望みを捨て切れずにいた。

「残念ながら……」

「全成さまはなにも知らぬ。まことじゃぞ」

足人の口調は懇願に変わった。

「足人さまに最初に会うたは、そのこと」

嶋足は昨夜からの考えを口にした。

「なにとぞ足人さまから全成さまに多賀城を脱《ぬ》け出るようにお伝え願いたい」

あんぐりと足人は口を開けた。

「解任の噂を耳にして、手前と会う前に城を逃れたとなれば、内裏も信用しましょう。手前一人の迂闊さで済みまする」

「見逃してくれると申すのか」

足人はぼろぼろと涙を溢れさせた。

「決起されるよりは、と内裏も諦めるはず。むろん手前とて追っ手をかけまするが、多賀城の兵で全成さまを捕らえる者はいますまい」

「ありがたし」

足人は嶋足の手を取って礼を重ねた。

「それには及ばぬ」

いきなり声がかかった。

二人はぎょっとして振り向いた。

戸口に佐伯全成が立っていた。

「逃げれば我が罪を認めることとなる」

全成は笑って嶋足の前に腰を下ろした。

「以前に申したことに偽りはない。逃げも隠れもせぬ」

「しかし……言い分の通る調べではありませぬ。奈良麻呂さまとて、その日のうちに責め殺されましてござります」

嶋足は必死で訴えた。

「佐伯の一族のほとんどが死んだと申したな」

全成は何人かの名を並べた。嶋足はそれに頷き続けた。天鈴から聞いている。

「弁明も許されずに死んだとあっては……その役目、この全成が果たさねばなるまい。もう一度詳しく申し述べる。それを残さず書面に記して衛士府へ届けてくれ。都の牢内で叫んだところでだれも耳を貸すまい」

全成はじっと嶋足を見やった。

自害するつもりだ、と嶋足は察した。

「兵を挙げ、あるいは逃亡を図れば、大恩ある先帝に対してあの世で合わせる顔がない。と言って牢屋で死ねば逆賊の汚名を必ず被《き》せられる。潔白を訴えて自ら生命《いのち》を断つしか道はない。それで佐伯の家と己れの体面を保つことができる。そなたが儂《わし》なればいかがいたす？　未練たらしく生き長らえて野で果てるをよしとするか？」

「恐れ入りましてござります」

嶋足は全成の前に平伏した。

「来てくれたのがそなたでよかった」

全成はにっこりと微笑んで、

「そなたなればきっと我が訴えを届けてくれる。腹を切るに不安がない」

「全成さま！」

足人は全成にすがって男泣きした。

「嶋足は、我がことを託す大事な使いじゃ。無事に都へ戻してやらねばならぬぞ」

全成は足人に命じた。尋問のせいで全成が死んだとなれば多賀城の兵らが嶋足に対してなにをしでかすか分からない。それを全成は案じていた。

「陸奥で十年以上を暮らした。この土地で死ぬるのも悪くない。強がりではないぞ」

言って全成は外へ出た。

「着替えて待っている。儂の部屋に参れ」

全成は嶋足に笑いを残して立ち去った。

「全成さまこそ……まことの武人にござる」

嶋足の呟きに足人は涙顔で大きく頷いた。

全成は白い衣を纏《まと》っていた。

嶋足と並んで入った足人は思わず床に膝を落とした。全成の前には刀が置かれていた。

「都に居る倅どものことは聞かなんだが……」

全成は思い出したごとく嶋足に訊ねた。

「やはり……そうか」

目を伏せた嶋足の態度で全成は悟ると、

「むしろありがたい。都は遠くてなかなか会えなかったが、間もなく倅どもの顔を見ることができよう。楽しみが増えた」

さっぱりとした様子で嶋足を前に促した。

そこには紙と筆が用意されていた。

「長くはかからぬ。恨みごとを言うたとてはじまらぬ。どうせ内裏もそないな証言は残してくれまい。はじめよう」

襟《えり》を正して全成は嶋足の尋問を待った。

「奈良麻呂さまとはじめてお会いになったのはいつのことにござりまするか」

嶋足は溢れる涙を拭いつつ開始した。

全成は少しの澱《よど》みもなく淡々と語った。

嶋足は過ちのないように綴った。

尋問を終えたのは一刻後のことだった。

「お確かめになりまするか？」

嶋足は分厚い書面を差し出した。

「要《い》らぬ」

全成は足人に白湯《さゆ》を所望した。足人が頃合を計って整えていたのである。全成は椀に満たされた白湯を旨《うま》そうに呑んだ。

「そなたは後任の朝猟《あさかり》が陸奥へ赴任すまいと見ておるようだが……」

全成は解放された口調で言った。

「それなら他の者を陸奥守に据えよう。仲麻呂の倅なれば、もっと楽な役職に就かせることがいくらでもできる。若い倅に遥任《ようにん》をさせては仲麻呂の体面にも関わる。間違いなく朝猟は陸奥守として赴任をするはずじゃ」

「…………」

「となると仲麻呂の狙いは陸奥の黄金じゃの。今後は陸奥の民にとって辛いことになるかも知れぬぞ。蝦夷の者らに油断するなと言うがいい。容赦なく黄金を求めるに違いない」

嶋足は平伏した。全成の言う通りだった。

「では……参るか」

全成は白湯の椀を傍らに置いて刀を手にした。足人は覚悟を決めたらしく全成に近寄ると抜いた鞘を大事に受け取った。

「この歳でしくじっては見苦しい。そなた、手助けをしてくれぬか」

全成は嶋足に頼んだ。腕を承知のことである。嶋足は名誉と感じた。

嶋足が刀を抜いて側に立つと、全成は己れの刀の先を腹にあてがった。

「楽に落とし ますれば、お声を」

嶋足は刀を上段に構えて言った。

「突き立てたら直ぐにやってくれ」

全成は迷いを持たぬように、あっさりと腹に刀を突き刺した。嶋足は動転した。

「これでもはや悩みも消え果てた」

全成は静かに首を前に傾けた。

嶋足はしっかりと首筋を見定めて刀を一閃《いっせん》させた。音も立てずに全成の首が胴体から離れた。それは胡座をかいている全成自身の膝の間に納まった。足人は合掌した。

「お見事なご最期にござりました」

嶋足は全成の死骸に両手を揃えて一礼した。

「薄い御縁にござりましたが、手前、終生全成さまのお覚悟を忘れませぬ」

嶋足は本心から口にした。

と同時に仲麻呂への怒りが噴き上がった。

これほどの武人をむざむざと死に追いやったのは仲麻呂である。ましてや黄金を目当てに倅を陸奥守に据えるなど……。

〈恨みはこの嶋足が引き受けてござる〉

嶋足は胸の裡《うち》でそれを繰り返した。

三

　その夜、嶋足と天鈴は煌々《こうこう》たる月明りを頼りにして多賀城の城下を抜け出て東和《とうわ》へ馬を進めた。東和は物部の本拠地である。多賀城からだと飛ばしても二日はかかる。行くことなど考えていなかった嶋足だったが、足人が一刻も早く多賀城を立ち去るようにと案じてくれたのだ。それだけ全成を慕っていた部下が多いということだ。と言って都にそのまま引き返すつもりにはなれなかった。謀反はすでに平定されている。急いで帰ったところで状況に影響はない。天鈴の誘いを幸いと同行を承知したのである。


「伊治《これはる》に立ち寄って鮮麻呂《あざまろ》も連れて行こう」

　伊治は東和への道筋の途中にある。

「びっくりするぞ。まさかこれほど頻繁におぬしが陸奥へ戻るなどとは鮮麻呂も考えておらなんだに違いない。一応は知らせの者を出してはおるが、目を丸くしていよう。いかに都が揺れ動いたかということだな」

「それを言うならおぬしが都に参って三月《みつき》やそこらではないか。都の異変はそなたが持ち込んだような気さえする。つい春先まで俺はのんびりと市の見回りを務めていたに」

それが今は衛士府にあって異変の渦中に巻き込まれているのだ。嶋足は自分の運命の激変をあらためて感じていた。

「たった三月しか過ぎておらぬかの」

天鈴も指折り数えて苦笑した。

「斐太都の出世を間近に見たせいで不満が残るが、三月ではこんなものかも知れぬ。下働きの見回りが、今は衛士府の大志《だいさかん》だ。俺の腕もまんざらではないか」

「そうだ。心底から感謝している」

素直に嶋足は頭を下げた。天鈴と出会わなければ兵衛府で今度の異変をただ遠巻きに眺めていただけであろう。

「しかし……全成の言う通りだ」

天鈴は真顔に戻して、

「倅の朝猟を都に残して形式ばかりの陸奥守に就かせるくらいなら、確かにもっと旨《うま》味《み》のある役職がいくらでもある。階位とてもっと上のものを貰ってやれるに違いない。斐太都さえ従四位下にまで引き上げたのだ。倅なら正四位を帝に願ってもおかしくない。それをしなかったのは陸奥守が狙いとしか思えぬ。正四位となれば位が高過ぎて逆に陸奥守に就かせることができなくなる。俺としたことがそれに気付かなかったとは迂闊だった。まさか仲麻呂がそこまで陸奥に執着しているなど、考えてもみなかったでな」

「仲麻呂どののご子息が陸奥守か……」

「相手にとって不足はない」

天鈴は薄笑いを浮かべた。

「名も知らぬような下っ端役人が陸奥守として赴任してくるよりは面白い。俺にも東和に暮らす張り合いができたというものさ」

「……………」

「陸奥を舐《な》めてかかって来ようが……思い知らせてやる。心配するな。鮮麻呂と俺が居る限り好き勝手にはさせせぬ」

「あまり派手にやると戦さになるぞ」

「そこはおぬしよりも心得ている。蝦夷と物部は耐えることにかけたら国で一番だ」

「違いない」

嶋足は笑って頷いた。

「悟られぬよう、じわじわと抗《あらが》ってやる。朝猟が嫌なやつであればあるほど蝦夷の結束も強まる。ものは考えようだ。力を蓄えるには共通の敵が必要であろう」

「おぬしはどんなときでも負けぬな」

嶋足はほとほと感心した。

「おぬしとて諦めるなよ」

天鈴は嶋足を見詰めた。

「どんなに強大であろうと仲麻呂はもうじじいだ。生命を粗末にせぬ限り、きっと俺たちの時代が来る。風に乗って海を渡る日が来るまで生きているのが大事と心得ろ」

「そんなことをどこで学んだ？」

「物部の家訓みたいなものでな。全成の死に様におぬしはいたく感じているらしいが、俺が側にいて、もし全成がもっと若ければ……俺はぶん殴ってでも死なせはしなかった」

「………」

「六十を過ぎた男なら死に様を大事と心得てもかまわぬが、おぬしにはまだ相応《ふさわ》しい死に様などない。なにごとも果たさずに死ぬは、むしろ恥と思え。生き延びてこそ新たな道が見付かることもある。そうでなければ弓や刀の腕を磨くこともあるまい。ロ先ではなんとでも言えるが、あれは結局相手を殺して生き延びるための手段に過ぎぬではないか」

それにはさすがに異論がある。が、嶋足は天鈴に言わせることにした。

「武人の道などと言うは、たわごとだ。人に使われている者の言い訳よ。潔く死んだところで、親や子は一人も喜ばぬ」

「俺は両方の道を全うしたい」

嶋足はそれだけを言って話を切り上げた。

伊治に着いたのは未明だった。

靄《もや》の中に広大な館の影が浮かんでいる。

嶋足は緊張を覚えた。

鮮麻呂はともかく、蝦夷のほとんどが嶋足の父親である宮足《みやたり》に対して悪感情を抱いている。決して歓迎されないはずである。

「俺は先の道で待つ方がいいのでは？」

「ここまで来て気弱なことを」

天鈴は笑った。弓守も微笑んだ。

「おぬしについては伊治の豊成《とよしげ》さまも、もはや認めておる。俺が何度か便りを出した。胸を張って門を潜るがいい。立ち寄ったはそれもある。おぬしの口からこたびの都の異変の詳細を聞けばきっと喜ばれよう」

「仲立ちをしてくれるとのことか」

嶋足は胸が詰まった。

「親父が嫌いだからと言って倅を退けるような豊成さまではない」

「俺は昔から豊成さまが苦手だ。あの厳しい目で睨まれると怖くてたまらなかった。鮮麻呂への気後《きおく》れも実はそこにあったような」

「なればこそ会わねばならぬ。豊成さまがおぬしの後ろ盾になってくれれば全部の蝦夷を掌握できる。こっちもなにかとやりやすい」

天鈴は言って馬の腹を軽く蹴った。馬のいななきを聞き付けて館の門が開いた。

「おう、俺だ」

館にずうっと預けられていた天鈴は門衛に親しく声をかけた。門衛は駆け寄った。

「お帰りなされませ」

「嶋足を連れて参った。この時刻では豊成さまも起きてはおられまい。こっちも夜を駆け通しで少々くたびれた。挨拶は疲れを取ってからにしよう。そう申しておいてくれ」

天鈴は案内を断わって門を潜った。

「庭の外れに俺の住まいがある。豊成さまが建ててくれたものだ。遠慮は要らぬ」

「いいのか、勝手に上がり込んで？」

静まりかえっている館を気にしつつ嶋足は天鈴に続いた。ここに鮮麻呂が居ると思うと、なにやら頼もしい気がした。

「さすがに豊成さまのお館《やかた》だな。豪勢だ」

庭の広さは仲麻呂の館よりも大きい。

「来たのははじめてか？」

「ああ。噂には聞いていたが……圧倒される」

「弓守、館に走って飯の用意を頼んでくれ。それと酒だ。飲まねば寝れぬ」

弓守は頷くと反転した。

「まるで己れの館のようだ」

「七年近くも暮らした。遠慮をしていては保つまい。館の全部の者と馴染みだ」

「なるほど。だろうな」

やがて天鈴の住まいが見えた。都の嶋足の家の三倍はある。これでは確かに小馬鹿にされても仕方がない。

「よほど大事にされていたと見える」

「まあ、人徳というものさ」

平然と天鈴は応じた。


干物で酒を酌み交わしているところに庭を足速に駆けて来る足音が聞こえた。

「あれは鮮麻呂だ」

天鈴は聞き分けて言った。

「それに水鈴《すいれい》も遊びに来ていたらしい」

その言葉に嶋足は浮き浮きした。

「嶋足が来たと言うが、本当か！」

ばたばたと鮮麻呂が駆け込んで来た。

鮮麻呂は嶋足を認めて顔を輝かせた。水鈴も息を弾ませて部屋に現われた。

「おまえ、なんでここに居る？」

天鈴は水鈴に質した。

「あれからずっとここに居たの」

「帰らずにか」

天鈴は呆れた。水鈴は気にせず嶋足の脇に座った。嶋足はどぎまぎしつつ挨拶した。

「陸奥守が死んだぞ」

天鈴が口にすると鮮麻呂は絶句した。

「この嶋足が首を刎《は》ねた。昨日のことだ」

「死罪となったのか？」

「いいや、都に戻っても罪を逃れられぬと察して自ら腹を切った。腕を見込まれて嶋足が首斬り役を務めた。立派な最期だったそうな」

「陸奥守の首を嶋足が落としたのか」

鮮麻呂は眩《まぶ》しい目を嶋足に注いだ。

「辛い役目だった。苦しませては申し訳ない」

嶋足は吐息しつつ応じた。

「蝦夷が陸奥守の首を……」

鮮麻呂はそれに驚嘆していたのである。

「言われてみれば凄いことだな」

天鈴も気付いた。

「あの全成、偉い男だったやも知れぬ。蝦夷のおぬしに死に際を任せるとは……」

天鈴に嶋足は大きく頷いた。

「祖父《おじい》が今夜はここに泊まれと言うておる」

鮮麻呂が嶋足に言った。

「じっくりと話したいそうじゃ。盛大な酒宴を開いてくれると申した」

「それはありがたい」

返事をしたのは天鈴だった。

「ゆっくり膝を突き合わせぬと嶋足の本当のところは分からぬ。挨拶だけではただの無粋者と見誤られると密かに心配していたのだ」

「都に八年も暮らした俺に無粋とは……」

嶋足は口を尖らせた。

「染まらぬところがおぬしのいいところよ。根っからの蝦夷だぞ」

天鈴のからかいに皆は爆笑した。

泊まると決まったせいで嶋足はゆっくりと眠ることができた。思えば都から陸奥への長旅で体が芯まで疲れ果てている。

熟睡から目覚めた嶋足は庭先にこっそりと忍び寄る足音を聞いた。いや、足音が先だったのかも知れない。嶋足は枕元の刀に腕を伸ばして引き寄せた。隣りに寝ていたはずの天鈴はどこにも見えない。

「起きてござる。入られよ」

嶋足はわざと声を発した。

足音がぎくりと止まった。

「なにか勘違いなされているのでは？　手前は都の衛士府に仕える者」

「その嶋足を訪ねて来たのさ」

相手は低い笑いをした。嶋足は刀を小脇に抱えて外に飛び出た。やはり多麻呂だった。

「どうしてここに？」

「おまえが多賀城に来ることは東和で知った。天鈴の親父どのの話では、たぶん伊治の館を訪れるであろうとのこと。それで礼をしに参った。東和ではちと具合が悪い」

「一人か？」

嶋足は周りに目を凝らした。

「都はどうなった？　それを最初に聞かせて貰おう。礼の仕方はその後で考える」

多麻呂は庭石に腰を下ろして促した。

「まともな尋問もなされずに多くの者が獄中で果てたと聞いている。俺は奈良麻呂さまが捕縛された直後に都を出たゆえ詳しくは知らぬが……古麻呂さまも奈良麻呂さまももはや生きてはおらぬ。仲麻呂さまの世となった」

「おまえは出世したか？」

「いや。手柄はすべて中衛府のもの」

「それなら働き損だの」

「仲麻呂さまの飼い犬にならなくて良かったと今は思うている。あのお人は恐ろしい。人を超えている」

「今になってなにを言う。だから奈良麻呂さまに荷担すればいいものを」

多麻呂は鼻で嘲笑《あざわら》った。

「奈良麻呂さまは阿呆であった。民のことなど一つも思うておらぬ。己れの恨みばかり。哀れな始末となったが、致し方なかろう」

「刀を抜け」

多麻呂は立ち上がると顎で命じた。

「どうしてもやるつもりか」

「いいから抜け」

多麻呂は、くん、と腰の刀を抜いた。

「おまえとは一度も刀を合わせておらぬ」

「…………」

「勘違いするな。喧嘩をする気はない。おまえと天鈴のお陰で生き延びた。陸奥に居ればもっと面白い先行きがありそうだ。おまえも仲麻呂に従うつもりはないらしい。それなら今日より仲間として付き合っていける。酒と杯がないゆえに、互いの刀を触れ合わせてかための約束をしたい」

「そういうことなら」

喜んで嶋足は刀を抜くと庭にぐさりと突き立てた。多麻呂もその刀と触れ合うように斜めに突き刺した。柄《つか》と柄が末広がりの形になっている。多麻呂はその真上に腕を伸ばした。嶋足はその手をがっしりと握った。多麻呂も握り返した。

「これまでのことは許せ」

多麻呂の目には涙が滲《にじ》んでいた。あっさりと嶋足が受けてくれるとは思っていなかったと見える。嶋足は微笑んで、

「天鈴の言うた通りだ。生きていればこそこういうこともある。都でやり合うていた

ら地獄まで喧嘩を持ち込んでいたに違いない」

「俺を好きに使ってくれ。わずかしか過ごしておらぬが陸奥が気に入った。どうせ逆賊となった身。備前には戻れぬ。今後はおまえに運を預ける。きっと後悔はすまい」

「ほほう」

そこに天鈴と鮮麻呂、そして水鈴がやって来た。三人は嶋足と多麻呂を囲んだ。

「狼同士がやっと手を組んだか」

「おまえの方が危ない獣だ」

嶋足は天鈴に言い返した。水鈴は笑った。

「山に行こう！」

鮮麻呂ははしゃいで叫んだ。

「陸奥の国を見渡しながら五人で仲間の約束をしよう。陸奥は俺たちが守る」

「そんなガキっぽい真似ができるか」

天鈴はしかめ顔《つら》をした。

「俺は行く」

嶋足は刀を腰に納めて頷いた。

「俺も付き合うぞ」

多麻呂は言って鮮麻呂に一礼した。

「兄さまは来なくてもいい」

水鈴は鮮麻呂の手を握って促した。

「待て……どうも仕方ないな」

諦めた様子で天鈴は鮮麻呂と並んだ。

「都から戻ったばかりの俺にきつい山登りをさせるとは……身勝手な棟梁になるぞ」

「山の上から皆で叫ぶのだ。陸奥を美しい国のままにする。朝廷には負けぬ」

鮮麻呂は興奮していた。

そして嶋足も胸を躍らせていた。

仲麻呂を倒すという新たな目標が嶋足の足取りをさらに強めていた。

その日のために生き延びる。

嶋足は心にしっかりと言い聞かせた。

本書は、二〇〇一年七月にＰＨＰ文芸文庫より
刊行されたものを改訂し文字を大きくしたものです。

|著者|高橋克彦　1947年、岩手県生まれ。早稲田大学卒。'83年に『写楽殺人事件』で江戸川乱歩賞、'86年に『総門谷』で吉川英治文学新人賞、'87年に『北斎殺人事件』で日本推理作家協会賞、'92年に『緋《あか》い記憶』で直木賞、2000年に『火怨』で吉川英治文学賞を受賞。本作『風の陣』（全五巻）は、「陸奥四部作」のうち、時代の順番としては最初の作品になる。以降、『火怨 北の燿星アテルイ』（上下巻）、『炎《ほむら》立つ』（全五巻）、『天を衝く』（全三巻）と続く。

風《かぜ》の陣《じん》 一《いち》 立志篇《りっしへん》

高橋克彦《たかはしかつひこ》

講談社文庫
定価はカバーに
表示してあります

2018年1月16日第1刷発行

発行者──鈴木　哲
発行所──株式会社　講談社
東京都文京区音羽2-12-21　〒112-8001
電話　出版（03）5395-3510
　　　販売（03）5395-5817
　　　業務（03）5395-3615

デザイン─菊地信義
本文データ制作─講談社デジタル製作
印刷───豊国印刷株式会社
製本───株式会社国宝社

Printed in Japan

ISBN978-4-06-293832-7

講談社文庫刊行の辞

二十一世紀の到来を目睫に望みながら、われわれはいま、人類史上かつて例を見ない巨大な転換期をむかえようとしている。

世界も、日本も、激動の予兆に対する期待とおののきを内に蔵して、未知の時代に歩み入ろうとしている。このときにあたり、創業の人野間清治の「ナショナル・エデュケイター」への志を現代に甦らせようと意図して、われわれはここに古今の文芸作品はいうまでもなく、ひろく人文・社会・自然の諸科学から東西の名著を網羅する、新しい綜合文庫の発刊を決意した。

激動の転換期はまた断絶の時代である。われわれは戦後二十五年間の出版文化のありかたへの深い反省をこめて、この断絶の時代にあえて人間的な持続を求めようとする。いたずらに浮薄な商業主義のあだ花を追い求めることなく、長期にわたって良書に生命をあたえようとつとめるところにしか、今後の出版文化の真の繁栄はあり得ないと信じるからである。

同時にわれわれはこの綜合文庫の刊行を通じて、人文・社会・自然の諸科学が、結局人間の学にほかならないことを立証しようと願っている。かつて知識とは、「汝自身を知る」ことにつきていた。現代社会の瑣末な情報の氾濫のなかから、力強い知識の源泉を掘り起し、技術文明のただなかに、生きた人間の姿を復活させること。それこそわれわれの切なる希求である。

われわれは権威に盲従せず、俗流に媚びることなく、渾然一体となって日本の「草の根」をかたちづくる若く新しい世代の人々に、心をこめてこの新しい綜合文庫をおくり届けたい。それは知識の泉であるとともに感受性のふるさとであり、もっとも有機的に組織され、社会に開かれた万人のための大学をめざしている。大方の支援と協力を衷心より切望してやまない。

一九七一年七月

野間省一